中國語言文字研究輯刊

二二編

許學仁 主編

第 2 冊

《說文解字》天文考
——以十三經與出土文物為比較範疇(下)

張育州 著

花木蘭文化事業有限公司

國家圖書館出版品預行編目資料

《說文解字》天文考——以十三經與出土文物為比較範疇（下）
／張育州 著 -- 初版 -- 新北市：花木蘭文化事業有限公司，
2022〔民 111〕
目 4+200 面；21×29.7 公分
（中國語言文字研究輯刊 二二編；第 2 冊）
ISBN 978-986-518-828-3（精裝）
1.CST：說文解字 2.CST：天文學 3.CST：研究考訂
802.08   110022439

ISBN-978-986-518-828-3

9 789865 188283

中國語言文字研究輯刊
二二編　第二冊　　　　　ISBN：978-986-518-828-3

《說文解字》天文考
——以十三經與出土文物為比較範疇（下）

作　　者　張育州
主　　編　許學仁
總 編 輯　杜潔祥
副總編輯　楊嘉樂
編輯主任　許郁翎
編　　輯　張雅淋、潘玟靜、劉子瑄　美術編輯　陳逸婷
出　　版　花木蘭文化事業有限公司
發 行 人　高小娟
聯絡地址　235 新北市中和區中安街七二號十三樓
　　　　　電話：02-2923-1455／傳真：02-2923-1452
網　　址　http://www.huamulan.tw 信箱 service@huamulans.com
印　　刷　普羅文化出版廣告事業
初　　版　2022 年 3 月
定　　價　二二編 28 冊（精裝）　台幣 92,000 元

《說文解字》天文考
——以十三經與出土文物為比較範疇（下）

張育州　著

目

次

附錄凡例

附錄三：字形表

一、採用段注本說文解字頁碼

二、排序依時代，各時代中依金文、石刻文字、兵器、簡帛文字、陶文、璽印、
　　貨幣排列，各類別又依時間先後排序，若無明確時間者置於該類別末處

三、頁碼標示中，卷為上下篇合稱，即一篇上、一篇下合稱卷一。頁碼後上、
　　下意指字位於當頁上端或下端。

附錄四：詞例詳目

　　附錄四為總詞例詳目一覽表，其中包含天文詞例和非天文詞例者，排序方
式均是以日、月、星的順序排列，又其中與正文相同均是以先出土文物，後傳
世文獻的表格方式。

出土文物部分

一、出土文物部分排列順序為金文、兵器、石刻、簡牘、帛書，並依各文物篇
　　名分立，同時在文物名稱後加括弧標示時代。

二、金文資料均取自中央研究院歷史語言研究所金文工作室製作之「殷周金文
　　暨青銅器資料庫」。

三、簡牘、帛書部分，依楚、秦兩國排序，其中若出現同時期，而難以分辨者依出土年代排序，此外由於楚帛書因本文認為仍歸屬於楚地，故安置於楚系簡牘末處。

四、資料中「／」符號，有以下兩種用途，其一是標示為文物中換行處；其二是若同一文物有其他名稱，則以此符號作為分隔，並在其後標示之。

五、「〔 〕」這項符號，僅出現在金文資料的同一器物或器名中，主要有兩個用途，其一是說明器物中銘文詞例不止一處，如：蓋內、器內壁、器內底、頸內壁等；其二是同一器名者，有多個器物，因此以這個符號標示出土地點，若不詳者則標示現藏處，以供區別。

六、簡帛詞例之後，標示數字部分者為簡號，如 23 號簡，則為（23）；若為背面者，則在簡號後加一「背」字，如 22 號簡背面則為（22 背）。

七、括號出現在詞例資料中，是據文物中字形學者考釋出的假借字或為隸定字。

八、為突顯各天文字例於詞例資料中，故在出現該字之處將字型顏色變更為紅色。

九、若金文資料中僅有部分詞例，或僅為一例，且為兵器者，則本文仍收錄之，以免產生「金文中未出現此字字例」的想法。

十、金文資料庫月字部分，汰除明確為時間義者〔註1〕，意即如一月、三月，等為時間單位的月字均除去，未收錄於本文之中，但其數量亦被本文計算入總算中。

傳世文獻部分

一、傳世十三經部分，依照《周易》、《尚書》、《毛詩》、《周禮》、《儀禮》、《禮記》、《左傳》、《公羊傳》、《穀梁傳》、《論語》、《孝經》、《爾雅》、《孟子》順序排序，並在其後附加篇名，篇名亦是各書中排列順序。

二、月字部分在三傳部分均不收錄表為時間義者，乃是因為三傳中作為時間用法的月，資料過於繁多，難以收錄之，故略而不收，但其總數量仍計算入本文中。

〔註1〕 其原因乃是由於用為時間名詞的月數量龐大，一時間難以均收錄之，且亦非本文討論重點。

附錄一　天文學相關書目

【依出版年排序】

編號	出版年	作　者	書　名
1	1933	朱文鑫	《天文考古錄》
2	1933	新城新藏	《東洋天文學史研究》
3	1933	高魯	《星象統箋》
4	1934	朱文鑫	《歷代日食考》
5	1934（二版）	朱文鑫	《史記天官書恆星圖考》
6	1939	陳遵媯	《天文學概論》
7	1968	馮澂	《春秋日食集證》
8	1979	鄭文光	《中國天文學源流》
9	1984	陳遵媯	《中國天文學史》
10	1985	劉昭民	《中華天文學發展史》
11	1986	曹謨	《中華天文學史》
12	1988	劉君璨	《中國天文學史新探》
13	1988	吳哲夫	《中華五千年文物集刊——天文篇》
14	1989	中國社會科學院考古研究所	《中國古代天文文物論集》
15	1989	潘鼐	《中國恆星觀測史》
16	1990	劉金沂	《中國古代天文學史略》
17	1991	金祖孟	《中國古宇宙論》。
18	1991	明文書局編輯部	《中國天文史話》

19	1993	陳久金、楊怡	《中國古代的天文與曆法》
20	1995	劉韶軍	《中華占星術》
21	1995	江曉原	《天學真原》
22	1995	張聞玉	《古代天文曆法論集》
23	1996	馮時	《星漢流年──中國天文考古錄》
24	1996	陳美東	《中國古星圖》
25	1996	薄樹人	《中國天文學史》
26	1998	常玉芝	《殷商曆法研究》
27	2000	陸思賢，李迪	《天文考古通論》
28	2001	馮時	《出土古代天文學文獻研究》
29	2001	李零	《中國方術考》
30	2001	陳久金	《帛書及古典天文史料注析與研究》
31	2001	馮時	《中國天文考古學》
32	2005	馮時	《天文學史話》
33	2007	陳美東	《中國古代天文學思想》
34	2008	張培瑜	《中國古代曆法》
35	2008	張聞玉	《中國古代曆法講座》
36	2009	劉操南	《古代天文曆法釋證》
37	2009	潘鼐	《中國古天文圖錄》
38	2011	馮時	《百年來甲骨文天文曆法研究》
39	2012	陳久金	《斗轉星移映神州：中國二十八宿》

附錄二　有無天文關係表[註1]

字形	說　文　說　解	與星象有關係	與星象沒關係
示	天垂象見吉凶，所以示人也。從二三垂，日月星也。觀乎天文，以察時變，示，神事也。凡示之屬皆從示。	V1	
禜	設縣蔽為營，以禳風雨雪霜、水旱癘疫於日月、星辰、山川也。從示從營省聲。一曰禜，衞使災不生。	V2	
物	萬物也。牛為大物。天地之數起於牽牛，故從牛勿聲。	V3	
歲	木星也。越歷二十八宿，宣徧陰陽，十二月一次，從步戌聲。律厤書名五星為五步。	V4	
督	惑也。（段：督惑也。）從目熒省聲。（段：从目熒省聲。）	V5	
烏	孝鳥也，象形。孔子曰烏肟呼也，取其助氣，故以為烏呼。凡烏之屬皆從烏。	V6	
畢	田罔也。從華，象畢形，微也。或曰由聲。（段：从田，从華象形，或曰田聲。）		V1
觿	佩角銳耑，可以解結。從角巂聲。詩曰童子佩觿。		V2
榑	榑桑，神木，日所出也。從木專聲。	V7	
杲	明也。從日在木上，讀若槀。	V8	
杳	冥也，從日在木下。	V9	
杓	枓柄。從木勺聲。		V3

〔註1〕表格中判斷是否與星象相關的標準是以《說文》原文中是否提及相關天文字詞，若《說文》原文沒有與天文相關字詞者，而是出現在《說文》段注者，則歸入與星象無關。

棓	梲也。從木音聲。		V4
東	動也。從日在木中，（段：從木，官溥說從日在木中，）凡東之屬皆從東。	V10	
叒	日初出東方暘谷所登榑木，（段：日初出東方暘谷所登榑桑）桑木也，象形。凡叒之屬皆從叒。	V11	
孛	㦔也。從宋人，色也，從子。（段：㦔孛也。从宋从子，人色也，故從子。）論語曰色孛如也。是此。（段無是此二字）		V5
日	實也。太陽之精不虧。從口一。（段：從〇一，象形。）凡日之屬皆從日。	V12	
旭	日旦出皃。從日九聲，讀若勖。（段：从日九聲，讀若好，一曰朙也。）	V13	
暘	日出也。從日昜聲。虞書曰至于暘谷。（段：虞書曰曰暘谷。）	V14	
啓	雨而晝姓也。從日，啓省聲。	V15	
暍	日覆雲暫見。從日昜聲。	V16	
晛	日見也。從日見，見亦聲。詩曰見晛曰消。	V17	
曅	星無雲暫見也。從日燕聲。	V18	
暈	光也。從日軍聲。		V6
昃	日在西方時側也。從日仄聲。易曰日昃之離。（段：易曰日昃之離。）	V19	
晦	月盡也。從日每聲。	V20	
昴	白虎宿星。從日卯聲。	V21	
暨	日頗見。從旦既聲。	V22	
冥	幽也。從日從六，冖聲。日數十，十六日而月始虧，幽也。冖聲。（段：窈也。从日六，从冖。日數十，十六日而月始虧，冥也。冖亦聲。）凡冥之屬皆從冥。	V23	
晶	精光也。從三日。凡晶之屬皆從晶。		V7
星	萬物之精，上列爲星。從晶從生。一曰星，象形，（段：上爲列星。从晶从生聲。一曰象形，）從〇，古〇復注中，故與日同。	V24	
參	商星也。從晶從㐺聲。	V25	
晨	房星，爲民田時者。從晶辰聲。	V26	
月	闕也。太陰之精。象形。凡月之屬皆從月。	V27	
朔	月一日始蘇也。從月屰聲。	V28	
朏	月未盛之明也。從月出聲。（段：从月出）周書曰丙午朏。	V29	
霸	月始生魄然也。承大月二日，承小月三日。從月䨣聲。周書曰哉生霸也。	V30	
朓	晦而月見西方謂之朓。從月兆聲。	V31	

朒	朔而月見東方謂之縮朒。從月內聲。	V32	
姓	雨而夜除星見也。從夕生聲。	V33	
罕	网也。從网干聲。		V8
仢	約也。從人勺聲。		V9
望	月滿也，與日相望以朝君。從臣從月從壬。壬，朝廷也。	V34	
碩	落也。從石員聲。（段：從石貝聲。）春秋傳曰碩石於宋五。	V35	
涒	食已復吐之。從水君聲。爾雅曰太歲在申曰涒灘。	V36	
霒	雲覆日也。從雲今聲。	V37	
嫦	甘氏星經曰太白號上公，妻曰女嫦。居南斗食厲，天下祭之，謂之明星。從女前聲。	V38	
娭	不繇也。從女孜聲。		V10
氐	至也、本也。從氏下箸一。一，地也。凡氐之屬皆從氐。		V11
堣	堣夷，在冀州暘谷。立春之日，日值之而出。從土禺聲。尚書曰宅堣夷。	V39	
鑱	嘗也。從金毚聲。		V12
斗	十升也。象形，有柄，凡斗之屬皆從斗。		V13
魁	羹斗也。從斗鬼聲。		V14
辰	震也。三月陽气動，雷電振，民農時也，物皆生。從乙匕象芒達，（段：从乙匕，匕象芒達。）厂聲也。辰，房星，天時也。從二，二古文上也。凡辰之屬皆從辰。	V40	

附錄三　與天文相關字形表

字形	部首	古文字字例			頁碼
		商代	西周	東周	
示	示	$\overline{T}$ （鐵 2.28.3，甲） （前 2.38.2，甲，古文字） （乙 972 反，甲，古文字） （林 1.18.10，甲，古文字） （戩 1.9，甲，古文字） （後 1.1.5，甲，古文字）		（秦駰玉版.甲.摹，秦文） （秦駰玉版.乙.摹，秦文） （秦陶 1087，戰文） （秦印，戰文） （貨系 350，戰文）	卷一 2 下

		（寧滬 1.112，甲，古文字）			
		（甲 803，續甲，古文字）			
		（錄 602，續甲，古文字）			
禜	示				卷一 6 下
物	牛	（甲 58，甲，古文字）		（龍崗 26，秦簡牘）	卷二 53 下
		（粹 561，甲，古文字）		（會稽刻石.宋刻本，秦文）	
		（續 2.16.2，甲，古文字）		（關沮 212，秦文）	
		（續 2.23.7，甲，古文字）			
		（燕 349，甲，古文字）			
		（陳 68，甲，古文字）			
		（戩.64，甲，古文字）			
		（前 4.35.2，甲，古文字）			
		（續 1.28.1，續甲，古文字）			

					卷二 69 上
		（徵 8.81，續甲，古文字）			
		（龜卜 49，續甲，古文字）			
歲	步	（餘 1.1，甲，古文字）	（利簋，金文，古文字）	（為甫人盨，金文，古文字）	
		（明 2235，甲，古文字）	（舀鼎，金文，古文字）	（鄂君啟舟節，金文，古文字）	
		（鐵 80.4，甲，古文字）	（毛公鼎，金文，古文字）	（睡虎地・秦律 35，秦文）	
		（甲 103，甲，古文字）			
		（甲 668，甲，古文字）			
		（甲 2657，甲，古文字）			
		（河 275，甲，古文字）			
		（前 5.4.7，甲，古文字）			
		（前 8.15.1，甲，古文字）			
		（後 1.19.7，甲，古文字）			
		（粹 188，甲，古文字）			

		（鐵 176.2，甲，古文字）			
		（甲 430，甲，古文字）			
		（甲 2961，甲，古文字）			
		（庫 441，甲，古文字）			
		（甲 608，續甲，古文字）			
		（甲 1902，續甲，古文字）			
		（甲 1941，續甲，古文字）			
		（續 5.1.1，續甲，古文字）			
瞀	目				卷四 137 上
烏	烏		（何尊，金文，古文字）	（鼄鎛，金文，古文字）	卷四 158 下
			（沈子它簋，金文，古文字）	（徽兒鐘，金文，古文字〔僕兒鐘〕）	
			（弔趯父卣，金文，古文字）	（曾侯乙鐘，戰文）	

			（班簋，金文，古文字）	（劃篙鐘，金文，古文字〔荊曆鐘〕）	
			（致鼎，金文，古文字）	（鄂君啟舟節，金文，古文字）	
			（效卣，金文，古文字）	（郭店・唐虞之道 8，楚文）	
			（寡子卣，金文，古文字）	（郭店・語叢 1.33，戰文）	
			（毛公鼎，金文，古文字）	（包山 3，戰文）	
			（禹鼎，金文，古文字）	（睡虎地・日書乙 187，秦簡牘）	
				（關沮 324，秦簡牘）	
榑	木				卷六 255 上
杲	木	（乙 1161，續甲，古文字） （乙 4488，續甲，古文字） （佚 11，續甲，古文字）		（包山 87，楚文）	卷六 255 上
杳	木	（後 2.39.16，甲，古文字）		（包山 95，包山文，古文字）	卷六 255 上

		（甲 427，甲，古文字）		
東	東	（甲 272，甲，古文字）	（臣卿簋，金文，古文字）	（東周左師壺，金文，古文字）	卷六 273 下
		（甲 436，甲，古文字）	（保卣，金文，古文字）	（䜌叔之仲子平鐘，集成 01.175，齊文）
		（燕 403，甲，古文字）	（效卣，金文，古文字）	（包山 207，戰文）
		（續 1.52.5，甲，古文字）		（九店 56.54，戰文）
		（明藏 732，甲，古文字）		（放馬灘・日書甲 61 壹，秦簡牘）
		（前 6.26.1，甲，古文字）		（睡虎地・日書甲 126 背，秦簡牘）
燊	燊		（我鼎，金文，古文字）	（䜌大史申鼎，集成 05.2732，齊文）	卷六 275 上
			（父己爵，金文，古文字）	（若，詛楚文・巫咸，秦文）
			（亞若癸匜，金文，古文字）	（桑，包 92，楚文）
			（亞若癸鼎，金文，古文字）	（若，睡虎地・效律 27，秦簡牘）

日	日	（乙 3400 骨橋朱書，甲，古文字）	（剌卣，金文，古文字）	（吉日壬午劍，金文，古文字）	卷七 305 上

（毛公鼎，金文，古文字）

（桑，放馬灘·日書甲 31，秦簡牘）

（桑，睡虎地·封診式 9，秦簡牘）

（乙 3400 骨橋朱書，甲，古文字）

（剌卣，金文，古文字）

（吉日壬午劍，金文，古文字）

（鐵 44.3，甲，古文字）

（日癸簋，金文，古文字）

（鄂君啟舟節，金文，古文字）

（鐵 62.4，甲，古文字）

（牆盤，金文，古文字）

（包山 17，戰文）

（甲 547，甲，古文字）

（睡虎地·日書乙 15，秦文）

（京津 3971，甲，古文字）

（京津 4090，甲，古文字）

（後 2.3.18，甲，古文字）

（佚 384，甲，古文字）

（佚 425，甲，古文字）

		□□ （前 2.17.3，甲，古文 字） ○ （燕 397，甲，古文字） 日 （甲 408，續甲，古文 字） 米 （乙 4180，續甲，古文 字）			
旭	日				卷七 306 下
晹	日			場 （包山 187，戰文）	卷七 306 下
啓	日	𣇻 （粹 646，甲，古文字） 𣇻 （粹 647，甲，古文字） 𣇻 （京津 3805，甲，古文 字） 𣇻 （甲 547，甲，古文字） 𣇻 （甲 14.37，甲，古文字） 𣇻 （甲 1561，甲，古文字） 𣇻 （乙 2128，續甲，古文 字）			卷七 307 上

字	日	甲骨／古文字		金文／古文字	說文
		（乙 2537，續甲，古文字） （新 3805，續甲，古文字）			
暘	日				卷七 307 上
晛	日	（珠 318，續甲，古文字） （珠 320，續甲，古文字） （珠 652，續甲，古文字）			卷七 307 上
暜	日				卷七 307 上
昏	日	（乙 18，甲，古文字） （乙 32，甲，古文字） （鐵 110.1，甲，古文字） （天 70，甲，古文字） （甲 2947，續甲，古文字）		（滕侯吳戟，金文，古文字） （包 173，包山文，古文字） （包 181，包山文，古文字）	卷七 308 上

晦	日	 （每，卜辭用每為晦。甲 573，甲，古文字）		 （楚帛書丙 3.27，楚文） （楚帛書甲，戰文） （睡虎地・封診式 73，秦簡牘） （嶽麓・占夢書 5，秦簡牘）	卷七 308 下
昴	日				卷七 308 下
暨	旦			 （元年上郡假守暨戈・摹（珍金・92），戰文） （王暨，秦印編 128，戰文）	卷七 311 下
冥	冥			 （詛楚文・湫淵（中吳本），秦文） （詛楚文・巫咸（中吳本），秦文） （馬王堆帛書・病方 215，秦文）	卷七 315 下
星	晶	 （乙 1877，甲，古文字）	 （麓伯星父簋，金文，古文字）	 （楚帛書・乙，戰文）	卷七 315 下

參	晶				卷七 316 上
		（乙 6664，甲，古文字）		 （放馬灘・日書乙 25， 秦文）	
		（前 7.26.3，甲，古文 字）		（睡虎地・日書乙 41 貳，秦簡牘）	
		（存下 147，甲，古文 字）			
		（後 2.9.1，卜辭用晶為 星，甲，古文字）			
		（蒱參父乙盉，金文， 古文字）	（衛盉，金文，古文字）	（魚顛匕，金文，古文 字）	
			（盠尊，金文，古文字）	（中山王鼎，金文，古 文字）	
			（舀鼎，金文，古文字）	（臨淄商王墓地銅杯， 齊文）	
			（克鼎，金文，古文字）	（隨縣〔曾侯乙墓〕 122，戰文）	
				（郭店・語叢 3，67， 戰文）	
				（郭店・六德 30，戰文）	

				（郭店・語叢 4，3，戰文）	
				（包山 12，戰文）	
				（龍崗 11，秦簡牘）	
				（睡虎地・日書乙 88 壹，秦簡牘）	
				（睡虎地・日書甲 2 背 貳，秦簡牘）	
				（嶽麓・占夢書 3，秦 簡牘）	
				（關沮 151 壹，秦簡牘）	
				（圖錄 2.3.2，齊文）	
晨	晶			（郭店・五行 19，戰文）	卷七 316 上
				（郭店・五行 20，戰文）	
				（包山 186，楚文）	
				（楚帛書乙，戰文）	
				（通「脣」，睡虎地・日書乙 105 壹，秦簡牘）	

				 （璽彙 3170，戰文）	
				 （璽彙 3188，戰文）	
月	月	 （甲 225，甲，古文字）	 （旅鼎，金文，古文字）	 （陳侯鼎，金文，古文字）	卷七 316 上
		 （甲 3941，甲，古文字）	 （師趛鼎，金文，古文字）	 （欒書缶，金文，古文字）	
		 （乙 6819，甲，古文字）	 （休盤，金文，古文字）	 （陳賸簋，金文，古文字）	
		 （乙 9074，甲，古文字）	 （盧鐘，金文，古文字）	 （禾簋，金文，古文字）	
		 （前 1.36.6，甲，古文字）	 （善夫克鼎，金文，古文字）	 （哀成叔鼎，戰文）	
		 （前 4.46.1，甲，古文字）	 （殷穀盤，金文，古文字）	 （命瓜君壺，金文，古文字）	
		 （菁.1.1，甲，古文字）		 （秦公大墓殘磬，集證，67，秦文）	
		 （燕 540，甲，古文字）		 （包山 12，戰文）	
		 （甲 2416，甲，古文字）		 （楚帛書・乙，戰文）	
		 （前 2.22.1，甲，古文字）		 （青川木牘正 2，秦簡牘）	

		（前 2.22.6，甲，古文字）		（睡虎地・日書乙 28 貳，秦簡牘）	
		（前 4.4.5，甲，古文字）			
		（寧滬 1.234，甲，古文字）			
		（存下 980，甲，古文字）			
		（掇 2.401 墨書，甲，古文字）			
		（甲 12，續甲，古文字）			
		（宰椃角，金文，古文字）			
朔	月			（十一年㝬鼎，金文，古文字）	卷七 316 下
				（梁十九年鼎，戰文）	
				（包山 63，戰文）	
				（睡虎地・日書乙 53，秦簡牘）	
				（圖錄 3.230.3，齊文）	

朏	月		（九年衛鼎，金文，古文字） （吳方彝，金文，古文字） （舀鼎，金文，古文字）	（侯馬盟書，戰文） （陶彙3.236，戰文）	卷七 316下
霸	月		（作冊大鼎，金文，古文字） （令簋，金文，古文字） （盠鼎，金文，古文字） （茻簋，金文，古文字） （遹甗，金文，古文字） （豐尊，金文，古文字） （豆閉簋，金文，古文字） （衛簋，金文，古文字） （遆簋，金文，古文字） （舀鼎，金文，古文字）	（霸，秦印編130，秦文）	卷七 316下

			（頌簋，金文，古文字） （師奎父鼎，金文，古文字） （揚簋，金文，古文字） （弭弔盨，金文，古文字） （曾仲大父螽簋金文，古文字）		
朓	月				卷七 316 下
朒	月				卷七 316 下
姓	夕				卷七 318 下
望	壬	（甲 3122，甲，古文字） （乙 6733，甲，古文字） （前 5.20.7，甲，古文字） （林 2.5.5，甲，古文字） （明藏 499，甲，古文字）	（保卣，金文，古文字） （折觥，金文，古文字） （臣辰盃，金文，古文字） （尹姞鼎，金文，古文字） （師望壺，金文，古文字）	（望，郭店·語叢 2.3，戰文） （睡虎地·日書乙 52 貳，秦簡牘） （睡虎地·為吏之道 29 肆，秦簡牘） （睡虎地·日書甲 68 背壹，秦簡牘）	卷八 391 下

		甲骨文	金文	戰國文字	《說文》
		（粹 1108，甲，古文字）	（師㝬鼎，金文，古文字）		
		（前 1.18.2，甲，古文字）	（盠駒尊，金文，古文字）		
		（乙 745，甲，古文字）	（舀鼎，金文，古文字）		
		（乙 6888，甲，古文字）	（師虎簋，金文，古文字）		
		（寧滬 2.48，甲，古文字）	（事族簋，金文，古文字）		
			（竆鼎，金文，古文字）		
			（無重鼎，金文，古文字）		
碩	石				卷九 454 下
湣	水				卷十一 568 上
雺	雲			（郭店・太一生水 5，楚文） （包山 134，戰文） （璽彙 3162，戰文） （璽彙 3164，戰文）	卷十一 580 下

嫄	女				卷十二 622 上
塲	土		（史頌簋，金文，古文字）	（郭店・窮達以時 8，戰文） （郭店・唐虞之道 14，楚文） （仰天湖 4，戰文） （仰天湖 30，戰文） （九店 M56，28，楚文）	卷十三 689 上
辰	辰	（菁 5.1，甲，古文字） （燕 170，甲，古文字） （後 1.13.4，甲，古文字） （甲 2878，甲，古文字） （甲 424，甲，古文字）	（矢方彝，金文，古文字） （矢尊，金文，古文字） （父乙臣辰卣，金文，古文字） （臣辰先父乙卣，金文，古文字） （臣辰父乙爵，金文，古文字）	（陳章壺，金文，古文字） （叔夷鐘，集成 1.272，齊文） （放馬灘・日書甲 4 壹，秦簡牘） （睡虎地・日書乙 109，秦簡牘） （嶽麓・二十七年質日 6，秦簡牘）	卷十四 752 下

		（佚 59，甲，古文字）	（辰父辛尊，金文，古文字）	（關沮 30 貳，秦簡牘）
		（甲 857，甲，古文字）	（善鼎，金文，古文字）	（包山 141，戰文）
		（甲 1629，甲，古文字）	（旅鼎，金文，古文字）	（包山 143，戰文）
		（甲 1666，甲，古文字）	（伯中父簋，金文，古文字）	（天星觀·遣策，楚文）
		（甲 1999，甲，古文字）		
		（前 3.7.5，甲，古文字）		
		（前 3.8.4，甲，古文字）		
		（前 3.13.1，甲，古文字）		
		（林 11.2，甲，古文字）		
		（林 11.1.11，甲，古文字）		
		（林 1.7.10，甲，古文字）		
		（林 1.15.3，甲，古文字）		

（林 1.15.4，甲，古文字）

（存 2737，甲，古文字）

（佚 383 背，甲，古文字）

（佚 414，甲，古文字）

（前 4.2.6，甲，古文字）

（鐵 38.2，甲，古文字）

（甲 2274，甲，古文字）

（明藏 807，甲，古文字）

（前 1.35.6，甲，古文字）

（河 8，甲，古文字）

（京津 3108，甲，古文字）

（甲 60，續甲，古文字）

（乙 1434，續甲，古文字）

		（錄 8，續甲，古文字） （摭續 119，續甲，古文字） （新 4667，續甲，古文字） （弋卣，金文，古文字）			

附錄四　各章總詞例詳目

一、與日字相關詞例詳目

（一）出土文物詞例資料

	說文	出土文物	詞　　　例
1	烏	叔趯父卣（西周早）	烏虖（乎）〔蓋內〕烏虖（乎）〔器內壁〕
		彶尊（西周早）	烏／虖（乎）
		沈子它簋蓋（西周早）	烏／虖（乎）……烏虖（乎）
		班簋（西周早）	烏虖（乎）
		彶鼎（西周中）	烏虖（乎）……烏虖（乎）
		效卣（西周中）	烏虖（乎）
		效尊（西周中）	烏虖（乎）
		寡子卣（西周中）	烏虖（乎）〔內蓋〕烏虖（乎）〔器內底〕
		毛公鼎（西周晚）	烏虖（乎）
		禹鼎（西周晚）	烏虖（乎）哀哉……。禹鼎（穆公鼎，成鼎）臣（烏）工（虖）。哀戈（哉）！
		禹鼎／穆公鼎（西周晚）	臣（烏）工（虖）。哀戈（哉）！
		晉公盆（春秋中）	烏（於）卲萬／年
		鄭臧公之孫缶（春秋晚）	烏乎（呼）哀哉〔湖北省襄樊市郊區余崗村團山土崗上 M1：6〕

			烏乎（呼）哀哉〔湖北省襄樊市郊區余崗村團山土崗上 M1：7〕
		鄭臧公之孫鼎（春秋晚）	烏乎（呼）哀哉〔蓋內〕烏乎（呼）哀哉〔器內壁〕
		中山王**譽**鼎（戰國晚）	於（烏）虖（乎）……於（烏）虖（乎）**新**（慎）**𢼮**（哉）……於（烏）虖（乎）……於（烏）虖（乎）……於（烏）虖（乎）
		中山王**譽**（戰國晚）	烏（鳴）虖（呼）
		馬王堆·52 病方（漢）	以方（肪）膏、烏豙（喙）□（16）、秋烏豙（喙）二□（17）、54、取牛脏、烏豙（喙）、桂（67）、毒烏豙（喙）者（71）、治藄（蘪）蕪本、方（防）風、烏豙（喙）、桂皆等（259）、睢（疽）未□烏豙（喙）十四果（顆）（280）、以烏豙（喙）五果（顆）（347）、治烏豙（喙）、黎（藜）蘆、蜀叔（菽）（350）、取烏豙（喙）、黎（藜）蘆（366）、烏豙（喙）一齊（413）、以烏雄雞一、蛇一（438）
		馬王堆·養生方（漢）	烏豙（喙）十□□□削皮細析（121）、菌桂烏豙（喙）（124）
		馬王堆·胎產書（漢）	取烏雌雞煮（27）
		馬王堆·相馬經（漢）	烏（鳴）嘑（呼）（22）
2	觿	關沮·日書（秦）	此（觜）觿（巂）（150）、此（觜）觿（巂）（165）
		里耶 J1（9）（秦）	洞庭叚（假）尉觿謂遷陵丞（1背）、洞庭叚（假）尉觿謂遷陵丞（2背）、洞庭叚（假）尉觿謂遷陵丞（3背）、洞庭叚（假）尉觿謂遷陵丞（4背）、洞庭叚（假）尉觿謂遷陵丞（5背）、洞庭叚（假）尉觿謂遷陵丞（6背）、洞庭叚（假）尉觿謂遷陵丞（7背）、洞庭叚（假）尉觿謂遷陵丞（9背）、洞庭叚（假）尉觿謂遷陵丞（10背）、洞庭叚（假）尉觿謂遷陵丞（11背）、洞庭叚（假）尉觿謂遷陵丞（12背）
3	榑		
4	杲	包山·文書（戰國中偏晚）	墜（陳）杲（87）
5	杳	包山·文書（戰國中偏晚）	邑人**茉孌**塁其**翁**大市米塻人杳（95）
6	東	作冊豐鼎（商晚）	大子易（賜）東大/貝，
		東卣（商晚）	東
		東鬲（商晚）	東

東父辛爵（商晚或西周早）	東。父辛。
東宮鼎（西周早）	東宮
保員簋（西周早）	乑（厥）伐東／尸（夷）
保卣（西周早）	乙卯，王令保及／殷東或（國）五侯，
保尊（西周早）	乙卯，王令保及／殷東或（國）五侯
宜侯夨簋（西周早）	成王伐商圖，征省東或（國）圖，
班簋（西周早）	王令毛公吕（以）／邦冢君、土（徒）馭、或人伐東或（國）／瘠戎，咸。……三年靜東或（國）
辟東作父乙尊（西周早）	辟東乍（作）父／乙障彝。
競卣（西周早）	隹（唯）白（伯）屖父吕（以）成𠂤（師）／即東，命戍南尸（夷）
小盂鼎（西周早）	征（延）邦賓障其旅服，東鄉（嚮）。
明公簋（西周早）	唯王令明公／遣三族伐東／或（國），
臣卿簋（西周早）	公違眚（省）自東，才（在）新邑，
夆鼎（西周早）	隹（唯）王伐東尸（夷）
小臣謎簋／伯懋父簋（西周早）	叡東尸（夷）大反……吕（以）殷𠂤（師）征東尸（夷）……述／東陕，伐海眉，
臣卿鼎（西周早）	公違省自東，
𤕌鼎／周公東征鼎（西周早）	隹（唯）周公于征伐東／尸（夷）
𪔲鼎（西周中）	王令遣戠（捷）東反／尸（夷）
衛鼎（西周中）	東臣羔裘
子鼓𤔲簋（西周中）	王令東宮
智鼎（西周中）	季告東宮，東宮廼曰……季告東宮，……東宮廼曰
效卣（西周中）	隹（唯）四月初吉甲午，王雚（觀）于／嘗公東宮，
效尊（西周中）	隹（唯）四月初吉甲午，王雚（觀）于／嘗公東宮，
衛鼎／五祀衛鼎（西周中）	于卲（昭）大室東逆（朔）……乑（厥）東彊（疆）
殷簋（西周中）	王若曰：殷！令（命）女（汝）更（賡）乃且（祖）考／辥嗣東啚（鄙）五邑。〔陝西省耀縣丁家溝窖藏〕 王若曰：殷！令（命）女（汝）更（賡）乃且（祖）考／辥嗣東啚（鄙）五邑。〔陝西省耀縣丁家溝窖藏〕
史密簋（西周中）	王令（命）師俗、史密／曰：東征敆南尸（夷）……廣伐東或（國）

佣生簋／格伯簋（西周中）	殷夆（厥）剌（絕）霄谷、杜木、還谷／族菜，涉東門，
同簋蓋（西周中）	自／淲東至于河，
禹鼎（西周晚）	侯駿（馭）方率南淮尸（夷）、東尸（夷），廣／伐南或（國）、東或（國），
禹鼎／穆公鼎（西周晚）	屖（侯）駿（馭）方率南□尸（夷）、東□（夷），廣／□（伐）南或（國）、東或（國）
師獣簋／毀敦／伯龢父敦（西周晚）	觀嗣（司）我西／扁（偏）東扁（偏）僕馭、百工、牧、臣妾，／東（董）載（裁）內外
師袁簋（西周晚）	弗速（迹）東郱（國）
克鐘（西周晚）	王親令克／遹涇東至于京／自（師）〔陝西省扶風縣法門寺任家村（羅表）〕
宴簋（西周晚）	隹（唯）正月初吉庚／寅，宴從厦父東，／多易（賜）宴，
猷鐘（西周晚）	南／尸（夷）東尸（夷）具見
吳虎鼎（西周晚）	夆（厥）東彊官人眔／彊，
散氏盤（西周晚）	弖（以）東，奉（封）于__東彊（疆）右，……道弖（以）東一奉（封）……矢王于豆新宮東廷
晉侯穌鐘（西周晚）	王窺（親）遹／省東或（國）南或（國）〔山西省天馬——曲村遺址北趙晉侯墓地 M8，5〕 既死霸壬寅，王償生（往）東，〔山西省天馬——曲村遺址北趙晉侯墓地 M8，6〕
祝公簠蓋（春秋早）	鑄公乍（作）孟／妊東母躾（媵）書（匜），
東姬匜（春秋中）	宣王之孫、灘／子之子東姬，
莒叔之仲子平鐘（春秋晚）	（聞）于夏（？）東，中（仲）平善弢叔（祖）考〔山東省莒南縣大店鎮 2 號墓〕 （聞）于夏（？）東，中（仲）平善弢叔（祖）考〔山東省莒南縣大店鎮 2 號墓〕 （聞）于夏（？）東，中（仲）平善弢叔（祖）考〔山東省莒南縣大店鎮 2 號墓〕 （聞）于夏（？）東，中（仲）平善弢叔（祖）考〔山東省莒南縣大店鎮 2 號墓〕 （聞）于夏（？）東，中（仲）平善弢叔（祖）考〔山東省莒南縣大店鎮 2 號墓〕 （聞）于夏（？）東，中（仲）平善弢叔（祖）〔山東省莒南縣大店鎮 2 號墓（M2：2）〕 （聞）于夏（？）東，中（仲）平善弢叔（祖）考〔山東省莒南縣大店鎮 2 號墓（M2：3）〕 （聞）于夏（？）東，中（仲）平善〔山東省莒南縣大店鎮 2 號墓（M2：6）〕

	夏（？）東，中（仲）平善叕叝（祖）/考〔山東省莒南縣大店鎮 2 號墓（M2：9）〕
童鹿公叙鼓座（春秋晚）	遠淑聞于王東吳谷，……□□于東土，
曾侯乙墓漆箱蓋〔註1〕（戰國早）	東縈、東井
東陲鼎蓋（戰國晚）	東陲廟（肴）/，大右秦。
燕王職壺（戰國晚）	垈（厥）幾（幾）卅，東戠（創）
東周左官壺（戰國）	廿九年十二月，為/東周左自（官）侙（飲）壺。
秦駰玉版・甲（戰國晚期）	東方又（有）土、西東若臺
秦駰玉版・乙（戰國晚期）	東方又（有）土、西東若臺
望山 M1（戰國中期）	東郎公（109）、東宅公（112）、東宅公（113）、東郎（114）、東石公（115）
郭店・太一生水（戰國中期）	地不足於東南（13）
新蔡葛陵・甲（戰國中期）	大殤坪夜之楚稷東（3・271）
新蔡葛陵・乙（戰國中期）	東陵（4・141）
包山・文書（戰國中偏晚）	東周之客（12）、東周之客（58）、皆以甘臣之敵（歲）夌月死於郎（郢）峚（域）東敔邵戉之笑邑（124）、東敔公𣞤捭（125）、東周之客（126）、東周客（129）、東周之客（131）、東郭之里（132）、東周之客（140）、東周之客（141）、東周之客（145）、東與薩君估疆（153）、東與茨君勢（執）疆（154）、東郎人登步、東郎人登塑（167）、東宅人夌豫（171）、東宅人登環（190）
包山・卜祀祭禱（戰國中偏晚）	獝禱東陵連囂肥犴、酉飤（202）、東周之客（206）、東周之客（207）、東周之客（209）、賽禱東陵連囂犴豕（210）、東周之客（212）、東周之客（216）、東周之客（218）、東周之客（220）、東周客（224）
上博（二）・容成氏（戰國中偏晚）	東戠（注）之海（海）（25-26）、東戠（注）之河（26-27）、東方為三偌（調）（31）〔註2〕

〔註1〕圖版部份，吳哲夫：《中華五千年文物集刊——天文篇》（臺北：中華五千年文物集刊編輯委員會，1988 年），頁 4（彩版）、頁 158～159（單色，說明）。釋字部分，湖北省博物館：《曾侯乙墓》（北京：文物出版社，1989 年），頁 354。

〔註2〕馬承源：《上海博物館藏戰國楚竹書（二）》，頁 123。《楚系簡帛文字編——增訂本》釋作東方為三偌（調），然而《上海博物館藏戰國楚竹書（二）》卻釋作孝君方為三

	九店 M56（戰國中、晚期）	盍（蓋）東（45）、東、南高、東、北高（47）、埒於東北之北（49）、埒於東南（50）、□□於室東（53）、□尻（居）東南多㙙（基）（58）
	范家坡 M27（戰國）	女東而東西而西受上天受中□
	睡虎地・日書甲（戰國晚）	五月東〔註3〕（1）、東井、東辟（壁）（5 背貳）、困居宇東南匢（15 背肆）、內居正東（17 背伍）、宇多於東北之北（18 背貳）、困居宇東井當戶牖間（18 背肆）、宇多於東北（19 背貳）、宇多於東南（20 背貳）、宇東方高（21 背壹）、圈居宇正東方（21 背叁）、圈居宇東南（22 背叁）、垣東方高西方之垣（23 背貳）、五月,東井、七星大凶（55 壹）、東井、輿鬼大吉（58 壹）、東北少吉、若以是月殹（也）東徙、東北刺離（59 壹）、東徙大吉、東南少吉（60 壹）、東毀、東北困、東南辱（61）、東北刺離、東南毀（62）、歲在東方、東旦亡（64 壹）、東北鄉（嚮）如（茹）之乃臥（64 背壹）、以東大羊（祥）（65 壹）、東數反其鄉（66 壹）、煩居東方、歲居東方（69 貳）、臧（藏）東南反（坂）下（73 背）、旦啟夕閉東方（75 背）、東辟（壁）,不可行（81 壹）、東方木（88 背）、東井,百事凶（89 壹）、毋起東鄉（嚮）室（96 貳）、東鄉（嚮）門（97 叁）、虜（獻）馬、中夕、屈夕作事東方,皆吉（112 壹）、東〔註4〕（115 壹）、以西有（又）以東行（118 背）、東門,是胃（謂）邦君門（119 叁）、以西有（又）以東行（121 背）、以甲子、寅、辰東徙（126 背）、凡春三月己丑不可東（131）、毋以辛壬東南行、毋以丁庚東北行（132）、東西凶（136 貳）、東必得（137 壹）、東見疾死（137 貳）、東凶（137 叁）、東凶（138 壹）、東南、西吉（138 叁）、東得（138 貳）、春三月毋起東鄉（嚮）室（140 背）、東鄉（嚮）南鄉（嚮）各一馬□□□□中土（156 背）
	睡虎地・日書乙（戰國晚）	生東鄉（嚮）者貴（74 貳）、東臂（壁）,不可行（81 壹）、東井,百事兌（凶）（89 壹）、二月東辟（壁）廿七日（90 叁）、六月東井廿七日（94 叁）、行祠,東〔註5〕行南（145）、子以東吉,北得（157）、丑以東吉（159）、脂肉從東方來（160）、寅以東北吉（161）、卯以東吉（163）、辰以東吉、乾肉從東方來（165）、167、巳以東吉、赤肉從東方來（168）、

　　倡（調），乃因簡 31 中方上二字較為不清楚，然而仔細觀察，可肯定此字絕非東字。惟本文依據文字編蒐集詞例，因此仍保留此例，但是此字並不加入出現總數中。

〔註3〕東壁也，28 宿之一。

〔註4〕東門之東，非僅一東字，簡 114 壹至 126 壹為圖。

〔註5〕疑為星名。

		午以東先行（169）、未以東得、（171）、申以東北得、（173）、酉以東閵（各）（175）、戌以東得（177）、亥以東南得（179）、黑肉從東方來（180）、正月、五月，正東盡、東南夬麗、東北（197）、正東吉富、東南反鄉（198）、東北執辱、正東郯遂、東南續光（199）、正東夬麗（200）、正東有得（202）、其東有憙（203）、其東受兇（凶）（206 壹）、東南受央（殃）（207 壹）、東有憙（208 壹）、其東受兇（凶）（210 壹）、其東北受兇（凶）（215 壹）、其東受兇（凶）（216 壹）、東〔註6〕（217 貳）、東南晉之（222 壹）、室在東方（256）
睡虎地・封診式（戰國晚）	房內在其大內東（75）、垣東去內五步（79）、招在內東北（81）	
睡虎地・11 號木牘（戰國晚）	為黑夫、驚多問東室季須（嬃）苟德毋樣也（背）	
關沮・三十四年質日（秦）	壬辰宿逃離涌東（54）	
關沮・日書（秦）	東辟（壁）（144 壹）、東首者貴（146 貳）、五月，東井（152 壹）、東〔註7〕（168）、東〔註8〕壁（175）、斗乘東井（229）、豰（數）東方平旦以雜之（243）	
關沮・病方及其他（秦）	取東（柬）灰一升（315）、（326）、見東陳垣（327）、操兩瓦，之東西垣日出所燭（329）、操背米之池，東鄉（向）（338）、到困下，為一席，東鄉（向），三胲（348）、甲午旬，求東南方（361）、甲辰旬，求東方（362）、東行越木（363）	
馬王堆・52 病方（漢）	東方之王（66）、匽（寢）東鄉（嚮）弱（溺）之（183）、直（置）東鄉（嚮）窗道外（196）、令斬足者清明東鄉（嚮）（198）、令積癩者東鄉（嚮）（200）、令積癩者屋霤東鄉（嚮）（206）、立堂下東鄉（嚮）（208）、東鄉（嚮）做於東陳垣下（217）、卽取桃支（枝）東鄉（嚮）者（225）、以槐東鄉（嚮）本、枝、葉（426）、□東鄉（嚮）竈炊之（438）、取桃東枳（枝）（442）	
馬王堆・陰陽五行甲（漢）	東徙反（8）	
馬王堆・養生方（漢）	敢告東君明星（191）	
馬王堆・戰國縱橫家書（漢）	王使襄安君東（32）	

〔註6〕東方二字，為圖 206 貳至 218 貳。
〔註7〕圖，東表方位。
〔註8〕東字於簡 174。

		馬王堆‧天文雲氣雜占（漢）	出東方（G74）
		馬王堆‧雜禁方（漢）	取東西鄉（嚮）犬頭（8）
		馬王堆‧帛書殘片（漢）	東方辰時（頁12）
		馬王堆‧出行占（漢）	亥西東北南皆吉（31）
		馬王堆‧易之義（漢）	東北喪崩（朋）（21）
		馬王堆‧五星占（漢）	與張晨出東方（3）
7	烝		
8	日	肄作父乙簋／戊辰彝（商晚）	隹（唯）王／廿祀啚日，
		剌作兄日辛卣（商晚）	剌作兄日辛〔蓋內〕剌作兄日辛卣〔器內底〕
		厚簋／戈厚作兄日辛簋（商晚）	厚乍（作）兄日辛寶彝。
		亞登兄日庚觚（商晚）	兄日庚。
		小臣艅尊／小臣艅犀尊（商晚）	隹（唯）王十祀又五，彡（肜）日。
		小臣邑斝（商晚）	隹（唯）王六祀彡（肜）日、才（在）四月。
		婦闖甗（商晚）	婦闖乍（作）／文姑日癸／障彝。
		婦闖鼎（商晚）	婦闖乍（作）／文姑日癸／障彝。
		婦闖卣（商晚）	婦闖乍（作）／文姑日癸／障彝。
		婦闖爵（商晚）	婦闖乍（作）／文姑日癸／障彝。〔蓋內〕婦闖乍（作）／文姑日癸／障彝。〔器內壁〕
		婦闖罍蓋（商晚）	婦闖乍（作）／文姑日癸／障彝。
		婦闖斝（商晚）	婦闖乍（作）／文姑日癸／障彝。
		戀卣（商晚）	戀乍（作）文父／日丁寶障旅／彝。
		二祀切其卣（商晚）	彡（肜）日，大乙爽，
		四祀切其卣（商晚）	翌日丙午……隹（唯）／王四祀，翌日。
		作冊睘卣／六祀切其卣（商晚）	隹（唯）王六祀，翌日。〔蓋內〕隹（唯）王六祀，翌日。〔器內底〕
		亞覃尊（商晚）	亞覃乙日辛甲共受
		戍鈴方彝（商晚）	隹（唯）王／十祀啚日五。

帚孳鼎（商晚）	遘／且（祖）甲嗇日。
子达觶（商晚）	子达乍（作）兄／日辛彝。
何觶（商晚）	何乍（作）執日辛障彝。
戴鼎（商晚）	乙未，王賓文武帝／乙彡（肜）日
麋婦觚／□梟婦觚（商晚）	用／乍（作）辟日乙障／彝。
日祖壬爵（商晚）	日且（祖）壬。
共日辛爵（商晚）	日辛
母嬜日辛簋（商晚）	母嬜日辛。
母嬜日辛角（商晚）	母嬜日辛。
母嬜日辛觚（商晚）	母嬜日辛。
母嬜日辛卣（商晚）	母嬜日辛。
母嬜日辛方彝（商晚）	母嬜日辛。
母嬜日辛尊（商晚）	母嬜日辛。〔日本東京出光美術館〕 母嬜日辛。〔日本東京出光美術館〕
日癸罍／癸丁罍（商晚）	日癸
亞魚鼎（商晚）	隹（惟）王七祀翌日。
史子日癸壺（商晚至西周早）	日癸。
史子日癸角（商晚至西周早）	日癸。〔山東省棗莊市滕州市官橋鎮前掌大墓地 M120：14〕 日癸。〔山東省棗莊市滕州市官橋鎮前掌大墓地 M120：16〕
亞日乙鼎（商晚或西周早）	日乙。
夒鼎／周婦鼎（商晚或西周早）	夒堇（觀）于／王，癸日，
峀□𢀛鼎／峀日戊鼎（商晚或西周早）	𢀛日𢀛（戊）／乍（作）彝。
㚸作兄日壬卣（商晚或西周早）	㚸乍（作）兄日壬／寶障彝
㚸尊／㚸兄日壬尊（商晚或西周早）	㚸乍（作）兄日壬／寶障彝
㚸兄日壬觶（商晚或西周早）	㚸兄日壬。
狽尊／狽日辛尊（商晚或西周早）	狽乍（作）旅／彝。日辛。

中甗（西周早）	賓□貝，/日傳□王□休，
日為父癸爵（西周早）	日為父癸
禹罍（西周早）	禹乍（作）日/父丁障彝。
陵罍（西周早）	陵乍（作）父/日乙寶/雷（罍）。
木工冊作母日甲簋（西周早）	乍（作）母日甲障彝。
𡚟趣瓢（西周早）	趣乍（作）日癸/寶障彝。
𨸏尊/𨸏父丁尊（西周早）	𨸏乍（作）文/父日丁。
𨸏簋/𨸏作文父日丁簋（西周早）	𨸏乍（作）文父/日丁。
咏尊/咏作日戊尊（西周早）	咏乍（作）𩰬障彝。日戊。
弜仲子日乙簋/弔仲子日乙簋（西周早）	中（仲）子日乙。
仲子尊/仲子作日乙尊（西周早）	中（仲）子乍（作）日乙/障彝。
亞日父癸爵（西周早）	日父癸障彝。
索爵/索諆爵（西周早）	索諆乍（作）有/羔日辛𣂪（鼒）彝。
新邑鼎/柬鼎（西周早）	癸卯，王來奠新邑，/二旬又四日丁卯，
豐鼎/豐作父丁鼎（西周早）	/肜日乙，豐用乍（作）父丁鼎。
薛尊（西周早）	薛乍（作）日癸公/寶障彝。
旂鼎（西周早）	旂用乍（作）/文父日乙寶/障彝。
翏簋（西周早）	翏乍（作）北子柞殷，用/遺乎（厥）且（祖）父日乙，
祖日庚簋（西周早）	且（祖）日庚，乃孫乍（作）寶/殷，
述卣（西周早）	述乍（作）兄日乙/寶障彝飲。
述尊（西周早）	述乍（作）兄日乙/寶障彝。
闌卣（西周早）	闌乍（作）坒（皇）易（陽）/日辛障彝。
燮尊（西周早）	用乍（作）公日/辛寶彝。
小臣傳簋/師田父敦（西周早）	用乍（作）朕（朕）考日甲寶。

雋爵作兄癸卣（西周早）	隹（唯）王九祀，彗日。〔蓋內〕隹（唯）王九祀，彗日。〔器內壁〕
壴卣（西周早）	文考日癸，
作冊魊卣（西周早）	用乍（作）日己旅障彝。〔蓋內〕用乍（作）日己旅障彝。〔器內底〕
庚姬卣／商卣（西周早）	商用乍（作）／文辟日丁寶／障彝。〔蓋內〕商／用乍（作）文辟日丁／寶障彝。〔器內底〕
庚姬尊／商尊（西周早）	商／用乍（作）文辟日丁／寶障彝。
耳尊（西周早）	侯萬年壽考黃／耇，耳日啖（受）休。
作冊睘尊（西周早）	用乍（作）朕文考／日癸旅寶。
由伯尊／古伯尊（西周早）	丙日隹（唯）母（毋）入于公。
能匋尊（西周早）	能匋用乍（作）／文父日乙寶／障彝。
盂鼎（西周早）	盂鬻文／帝母日辛障。
母日庚鼎（西周早）	母／日庚。
姬鼎（西周早）	姬乍（作）乓（厥）姑／日辛障彝。
作長鼎／長日戊鼎（西周早或中）	乍（作）長寶障／彝日戊。
彭生鼎／壴生鼎（西周早或中）	彭生乍（作）兄／日辛寶障彝。
癲鐘（西周中）	纈（眉）壽霝冬（終），癲其萬年永寶日鼓。〔陝西省扶風縣法門寺莊白村 1 號窖藏（H1：10）〕 癲其萬年永寶日鼓。〔陝西省扶風縣法門寺莊白村 1 號窖藏（H1：29）〕 癲其萬年永寶日鼓。〔陝西省扶風縣法門寺莊白村 1 號窖藏（H1：9）〕 癲其萬年永寶日鼓。〔陝西省扶風縣法門寺莊白村 1 號窖藏（H1：32）〕 萬年日鼓。〔陝西省扶風縣法門寺莊白村 1 號窖藏（H1：28）〕 萬年日鼓。〔陝西省扶風縣法門寺莊白村 1 號窖藏（H1：31）〕 萬年日鼓。〔陝西省扶風縣法門寺莊白村 1 號窖藏（H1：57）〕
天日己觥／文考日己觥（西周中）	乍（作）文考日己寶／障宗彝，〔蓋內〕乍（作）文考日己寶／障宗彝，〔器內壁〕
史瓻敏尊（西周中）	隹（惟）王七祀翌日。

搗方彝（西周中）	搗乍（作）朕且（祖）日辛／朕考日丁障／彝
老簋（西周中）	用乍（作）且（祖）日乙障彝，
殺簋蓋／救簋蓋（西周中）	內史尹冊，易（賜）救玄衣黹屯（純）、旂／四日，用大茇（備）于五邑宋（守）壩。
史惠鼎（西周中）	重（惠）其日遷（就）月／匠（將）
穧卣（西周中）	用乍（作）文／考日乙寶障彝，〔蓋內〕用乍（作）文考日／乙寶障彝，〔器內壁〕
匡卣（西周中）	用乍（作）文考日丁／寶彝
天日己尊（西周中）	乍（作）文考日己寶／障宗彝
天日己方彝（西周中）	乍（作）文考日己寶／障宗彝〔蓋內〕乍（作）文考日己寶／障宗彝〔器內底〕
對罍（西周中）	對乍（作）文／考日癸／寶障罍
繁卣（西周中）	公酻／祀，雩旬又一日辛亥〔蓋內〕公酻／祀，雩旬又一日辛亥〔器內底〕
邢叔采鐘／丼叔采鐘（西周中）	其子子／孫孫永日鼓樂〔陝西省長安縣灃西張家坡163號墓（M163：34）〕 其子子孫孫／永日鼓／樂〔陝西省長安縣灃西張家坡163號墓（M163：35）〕
刺鼎（西周中）	其用盟鬻／寘（充）媽日辛。
叔窺簋（西周中）	弔（叔）窺乍（作）日壬／寶尊彝。
戜鼎（西周中）	其用夙夜享孝／于乕（厥）文且（祖）乙公，于文／妣（姚）日戊，〔陝西省扶風縣法門寺莊白村墓葬〕烏虖（乎），／朕文考甲公、文母日庚，……用乍（作）文母／日庚寶障鬻彝，〔陝西省扶風縣法門寺莊白村墓葬〕
戜簋（西周中）	用乍（作）文母日庚／寶障段，〔蓋內〕用乍（作）文母日庚／寶段，〔器內底〕
帀伯歸夆簋／乖伯簋（西周中）	歸夆其邁（萬）年日用昌（享）于宗室。
智鼎（西周中）	智用絲（茲）金乍（作）朕文孝孝（孝考）弃（充）白（伯）鬻冊日貝允（以）限訟于丼（邢）弔（叔）……智廼每（誨）于氒冊日貝允矢五秉。
智尊（西周中）	智乍（作）文考／日庚寶尊器。
伯姜鼎（西周中）	用夙夜明昌（享）于邵白（伯）日庚。……白（伯）姜日受天／子魯休。
大夫始鼎（西周中）	大夫始敢對／揚天子休，用乍（作）文／考、日己寶鼎
邢南伯簋（西周中）	日用昌（享）考（孝）。
師虎簋（西周中）	用乍（作）朕（朕）／刺（烈）考日庚障段，子子孫孫其永寶用。

虎簋蓋（西周中）	易（賜）女（汝）截市、幽黃、玄衣、䙶／屯（純）、緣（鑾）旂五日、用事。……虎用乍（作）文考日庚／障段（簋）
就甗（西周中）	用／夙夜追孝于朕／文且（祖）日己、朕文考／日庚，
隁仲孝簋（西周中）	隁中（仲）孝乍（作）／父日乙障／段
仲辛父簋（西周中）	中（仲）辛父乍（作）朕皇且（祖）／日丁、皇考日癸障／段，
師俞簋蓋／師餘簋蓋（西周中）	俞／其葳曆，日易（賜）魯休，俞敢對／揚天子不（丕）顯休，
縣改簋／縣妃簋（西周中）	其自今日，孫孫子子母（毋）敢朢（忘）白（伯）休。
王臣簋（西周中）	易（賜）女（汝）朱黃（衡）奉親（襯）、／玄衣黹屯（純）緣（鑾）旂五日、／戈畫戚厚必（柲）彤／沙，用事。〔蓋內〕易（賜）女（汝）朱黃（衡）奉親（襯）、／玄衣黹屯（純）緣（鑾）旂五日、／戈畫戚厚必（柲）彤／沙，用事。〔器內壁〕
生史簋（西周中）	用事𤔲（厥）叔（祖）日丁，／用事𤔲（厥）考日戊。〔陝西省扶風縣黃堆鄉 4 號墓葬（M4：7）〕用事𤔲（厥）叔（祖）日丁，／用事𤔲（厥）考日戊。〔陝西省扶風縣黃堆鄉 4 號墓葬（M4：6）〕
服尊（西周中）	乍（作）文考日／辛寶障彝。
走馬休盤（西周中）	用乍（作）舨（朕）文考／日丁障盤
楷侯簋蓋／橢侯簋蓋（西周中）	用乍（作）文母橢（楷）／妊寶段，方其日受宦。
周掔壺（西周中）	周掔乍（作）／公日己障／壺，〔蓋內〕周掔乍（作）／公日己障／壺，〔頸內壁〕
史頌鼎（西周晚）	頌其萬年無彊（疆），日／遲？
克鼎（西周晚）	克乍（作）朕皇且（祖）釐季寶／宗彝，克其日用䚕，
許仲卣（西周晚）	鄦（許）中（仲）趞乍（作）𤔲（厥）／文考寶障／彝，日辛。
許仲尊（西周晚）	鄦（許）中（仲）趞乍（作）𤔲（厥）／文考寶障／彝，日辛
訇簋（西周晚）	王才（在）射日宮
諫簋（西周晚）	諫乍（作）寶段（簋），／用日飤賓。
弭伯師耤簋（西周晚）	易（賜）女（汝）玄衣黹屯（純）、銖（素）市、／金鈧（衡）、赤烏、戈珝戚彤沙、攸（鋚）／勒、緣（鑾）旂五日，用事。
宴簋（西周晚）	宴用乍（作）朕／文考日己寶段，
禹簋（西周晚）	禹生穆（葳）禹曆，／用作季日乙妻，

害客簋（西周晚）	害客乍（作）朕文／考日辛寶障／毀
膳夫克盨（西周晚）	克其日易（賜）休無／彊（疆）
師道簋（西周晚）	彤屌、旂五／日，巒。
師訇簋（西周晚）	王曰：師訇，哀才（哉），今日天疾／畏（威）降喪，
輔師嫠簋（西周晚）	易（賜）女（汝）玄衣黹／屯（純）、赤市、朱黃（衡）、戈彤沙琱葳、／旂五日，用事。
史喜鼎（西周）	史喜乍（作）鈇（朕）／文考翟祭，／氒（厥）日佳乙。
作中子日乙卣（西周）	乍（作）中子日／乙寶障彝。〔蓋內〕乍（作）中子日／乙寶障彝。〔器內底〕
玨簋（西周）	玨乍（作）寶毀，／用日言（享）
應公鼎（春秋早）	應公作障／彝簟鼎，／珷帝日丁，
嫫盤（春秋中）	佳（唯）曾八月，吉日佳（唯）亥，
王子嬰次鐘（春秋晚）	八月初吉，日佳（唯）／己未，
徐王子旃鐘（春秋晚）	佳（唯）正月初吉元日癸／亥
徐鐟尹鉦鍼（春秋晚）	〈唯〉正月初吉，日才（在）庚
徐王義楚觶（春秋晚）	佳（唯）正月吉日丁酉
曾侯與鐘（春秋晚）	吉／日甲午〔湖北省隨州市文峰塔墓地 M1：1〕 吉／日甲午〔湖北省隨州市文峰塔墓地 M1：2〕 〈吉〉／日庚（？）午〔湖北省隨州市文峰塔墓地 M1：3〕 佳（唯）王□月／吉日□□〔湖北省隨州市文峰塔墓地 M1：9〕
叔狀父簠蓋（春秋晚）	八田日子／弔（叔）狀又（父）乍（作）／行器
宋右師延敦（春秋晚）	朕宋右币（師）延／佳（惟）赢赢盈（盟）盈（盟），／勗天／惻，允日共天尚，／乍（作）齋斄器。〔蓋內〕 朕宋右币（師）／延佳（惟）赢赢盈（盟）盈（盟），／勗天惻，允日／共天尚，乍（作）／齋斄器。〔器內壁〕
鄭臧公之孫鼎（春秋晚）	佳（唯）正六月吉日佳（唯）己〔蓋內〕佳（唯）正六月吉日佳（唯）己〔器內壁〕
溢叔壺（春秋晚）	霽（擇）氒（厥）吉日丁
蔡侯殘鐘四十七片（春秋晚）	□□天之□□不／春念歲吉日初庚，
吳王光鑑（春秋晚）	吉日初庚

鄭臧公之孫鼎（春秋晚）	隹（唯）正六月吉日隹（唯）己，〔蓋內〕隹（唯）正六月吉日隹（唯）己，〔器內壁〕
寏桐盂（春秋晚）	隹（唯）正月初吉日己酉
拍敦（春秋）	隹（唯）正月吉／日乙丑
欒書缶（春秋）	正月季春元日己丑。〔蓋〕正月季春元日己丑。〔頸至肩下〕
國差罎（春秋）	戌日（戌日）丁亥，
之乘辰鐘（春秋）	隹（唯）正十／月，吉日／丁巳
越王者旨於賜鐘（戰國早）	隹（唯）正月甬（仲）／春吉日丁／亥
徐鄬尹皆鼎（戰國早）	隹（唯）正月吉日初庚，〔蓋內〕隹（唯）正月吉日初庚〔器口沿〕
陳貯簠蓋（戰國早）	隹（唯）王五月元日丁／亥，
令狐君嗣子壺／命瓜君嗣子壺（戰國早）	隹（唯）十／年四／月吉／日
鄆孝子鼎（戰國中）	王四月，鄆孝／子台（以）庚寅之／日，〔蓋內〕王四月，鄆孝子／台（以）庚寅之日，〔器內底〕
鄂君啟車節（戰國中）	乙亥之日
鄂君啟舟節（戰國中）	乙／亥之日
楚王熊悍鼎（戰國晚）	正月吉日，
中山王響鼎（戰國晚）	鬳（吾）／先考成王，日（早）棄／群臣
姧蚉壺（戰國晚）	竹（篤）胄／亡彊（疆），日／炙（夜）不忘，
楚王熊悍盤（戰國晚）	正月吉日
燕客量（戰國）	己酉之日，
石鼓文・吾水（春秋晚～戰國早）	日隹（惟）丙申
秦駰玉版・乙（戰國晚期）	以余小子駰之病日復
秦家嘴 M1（春秋晚～戰國中）	辛未之日（1）、良月良日（3）
秦家嘴 M13（春秋晚～戰國中）	申未之日（1）、癸酉之日（3）、丁丑之日（8）

秦家嘴 M99（春秋晚～戰國中）	乙酉之日（1）、三月睪良月良日（14）
望山 M1（戰國中）	己酉之日、乙酉之日（2）、癸未之日（7）、日所可以齋（174）
郭店・老子甲（戰國中）	終日乎而不憂（34）
郭店・老子乙（戰國中）	學者日益、為道者日員（損）（3）
郭店・緇衣（戰國中）	日俗雨（9）、少（小）民亦佳（惟）日怨、少（小）民亦佳（惟）日懕（怨）（10）
郭店・尊德義（戰國中）	忠信日益而不自智（知）也（21）
郭店・語叢三（戰國中）	……勿以日勿又里而……（18）、膳（善）日過我＝日過膳（善）（52）
郭店・語叢四（戰國中）	亞（惡）言復已而死無日（4）
新蔡葛陵・甲（戰國中）	睪（擇）日於是見（期）（3・4）、罷日癸丑（3・22、59）、歲，八月，己未之日（3・26）、至癸卯之日（3・39）、氏（是）日（3・41）、午之日尚毋……（3・58）、氏（是）日國（或）（3・111）、乙卯之日（3・113）、睪（擇）日於八月（3・201）、乙丑之日（3・217）、己巳之日（3・223）睪（擇）日於八月之审（中）賽禱（3・303）、黃宜日之述（3・315）、日於九月廌（薦）虔（且）禱之，吉（3・401）
新蔡葛陵・乙（戰國中）	亥之日䚲（皆）禱（薦）之，吉（2・42）、睪（擇）日於屈欒（4・43）
新蔡葛陵・零（戰國中）	口睪（擇）日於（5）、之日（104）、睪（擇）日於口（219）、睪（擇）日臺（就）（318）、君七日貞（329）
九店 M56（戰國中、晚期）	凡建日（13下）、凡贛日（14下）、凡工日（18下）、凡城日（21下）、凡遉（復）日（22下）、凡葡日（23下）、含（今）日某牆（將）欲飲（食）（43）
包山・文書（戰國中偏晚）	敢告見日（15）、16、不敢不告見日（17）、乙丑之日、乙亥之日（19）、乙丑之日、甲唇之日（20）、己巳之日、辛未之日（21）、辛未之日（22）、癸酉之日（24）、癸巳之日（25）、壬申之日（26）、甲戌之日、辛巳之日（28）、戊寅之日（31）、癸未之日、乙酉之日（35）、乙巳之日（36）、己丑之日（38）、戊申之日（39）、己栖之日（40）、乙未之日（41）、丙申之日、戊戌之日（42）、己亥之日（44）、己酉之日（45）、甲辰之日、辛巳之日（47）、戊申之日、癸亥之日（48）、癸丑之日（52）、戊午之日（53）、

			辛亥之日、丙辰之日（54）癸亥之日（55）、癸丑之日、己未之日（56）、辛酉之日（57）、壬戌之日、辛巳之日（62）乙亥之日、戊寅之日（64）、丙戌之日（68）、乙未之日（70）、己丑之日（71）、壬辰之日、辛丑之日（72）、壬午之日（88）、戊午之日（95）、辛丑之日（98）、庚午之日（115）、癸卯之日（128反）、癸巳之日（132）、甲午之日（132反）、乙巳之日（141）、甲戌之日、甲申之日（145反）、己亥之日（157反）
		包山・卜筮祭禱（戰國中偏晚）	乙丑之日（212）、己酉之日、甲寅之日、罩良月良日之遝（218）、由攻解日月與不殆（248）
		上博（一）・緇衣（戰國中偏晚）	少（小）民亦隹（惟）日令（6）〔註9〕
		上博（二）・民之父母（戰國中偏晚）	日述月相（11）
		天星觀・卜筮（戰國晚～秦）	癸卯之日、丙午之日、丙辰之日、庚戌之日、癸巳之日、甲寅之日、丙戌之日、己丑之日、己栖之日、己卯之日、癸丑之日、庚辰之日、罩良日、罩良日、罩良日、
		磚瓦廠 M370（戰國）	見日（2）、見日（3）
		睡虎地・日書甲（戰國晚）	此大敗日、毋有可為，日衝（1背）、結日（2貳）、禹以取梌山之女日也（2背壹）、陽日（3貳）、交日（4貳）、害日（5貳）、陰日（6貳）、出女之日（6背壹）、達日（7貳）、外陽日（8貳）、月生五日曰杵、九日曰舉、十二日曰見莫取，十四日臾（譔）詢（8背貳）、外害日（9貳）、十五日曰臣代主（9背貳）、外陰日（10貳）、戌興（與）亥是胃（謂）分離日（10背）、□□□□□可名曰豰（縠）日（11貳）、子、寅、卯、巳、酉、須為牡日、牡日以葬（11背）、夬光日（12貳）、牝月牡日取妻，吉（12背）、秀日（13貳）、建日，良日也（14貳）、除日（15貳）、盈日（16貳）、平日（17貳）、禾良日（17叁）、定日（18貳）、摯（執）日（19貳）、柀（破）日（20貳）、危日（21貳）、日出灸其（21背肆）、成日（22貳）、收日（23貳）、開日（24貳）、閉日（25貳）、困良日（25叁）、璽（爾）必以某（某）月日死（25背貳）、入月一日二日吉、三日不吉、四日五日吉、六日不吉、七日八日吉、九日恐（28貳）、廿二日、

[註9] 釋文參馬承源：《上海博物館藏戰國楚竹書（一）》，頁 50。《楚系簡帛文字編——增訂本》一書釋作日，《上海博物館藏戰國楚竹書（一）》將此簡中日釋作日，筆者據上下文，亦認為當為曰而非日，然而因為本文是從文字編蒐集資料，因此仍保留此例，但是此筆資料並不計入出現總數中。

廿三日吉、廿四日恐、廿五日廿六日吉、廿七日恐、廿八日廿九日吉（29 貳）、半日（37）、雖雨，見日（41）、禹之離日也、從上右方數朔之初日（47 叁）、以庚日日始出時（52 背貳）、離日不可以行（53 叁）、終日，大事也、不終日，小事也（61 背壹）、二月，日八夕八（61 背叁）、十一月，日五夕十一（61 背肆）、三月，日九夕七（62 背叁）、十二月，日六夕十（62 背肆）、四月，日十夕六（63 背叁）、十月楚冬夕，日六夕七（十）（64 貳）、二月楚夏屎，日八夕八（64 叁）、六月楚九月，日十夕六（64 肆）、五月，日十一夕五（64 背叁）、十一月楚屈夕，日五夕十一（65 貳）、三月楚紡月，日九夕七（65 叁）、七月楚十月，日九夕七（65 肆）、六月，日十夕六（65 背叁）、十二月楚原夕，日六夕十（66 貳）、四月楚七月，日十夕六（66 叁）、八月楚爨月，日八夕八（66 肆）、七月，日九夕七（66 背叁）正月楚刑夷，日七夕九（67 貳）、五月楚八月，日十一夕五（67 叁）、九月楚臏（獻）馬，日七夕九（67 肆）、八月，日八夕八（67 背叁）、以望之日日始出而食之（68 背壹）、九月，日七夕九（68 背叁）祠父母良日（78 貳）、祠行良日（79 貳）、人良日（80 貳）、馬良日（82 貳）、入正月二日一日心（83 背肆）、牛良日（84 貳）、羊良日（86 貳）、豬良日（88 貳）、市良日（89 貳）、入七月八日心（89 背肆）、犬良日（90 貳）、鷄良日、鷄忌日（92 貳）、金錢良日（93 貳）、入十一月二旬五日心（93 背貳）、入十二月二日三日心（94 背貳）、其日丙午、丁酉、丙申垣之，其生（牲）赤（95 貳）、其日癸酉、壬辰、壬午垣之，其生（牲）黑（96 叁）、其日辛酉、庚午、庚辰垣之，其生（牲）白（97 叁）、其日乙未、甲午、甲辰垣之，其生（牲）清（青）（98 叁）、日中以行酉五喜（98 背壹）、凡為室日、殺日（100）、四廢日（101 壹）、凡入月五日、月不盡五日（103 壹）、凡入月七日及夏丑、秋辰、冬未、春戌（107 壹）、正月七日、二月十四日、三月廿一日、四月八日、五月十六日、六月廿四日、七月九日、八月十八日、九月廿七日、十月十日、十一月廿日、十二月卅日（107 背）、是謂出亡歸死之日也（110 背）、衣良日（113 背）、日入一布、日出一布（114 叁）、入十月十日乙酉（114 背）、月不盡五日（117 背）、衣良日、入七月七日日乙酉（119 背）、衣忌日（120 背）、月不盡五日（121 背）、入月六日刺、七日刺、八日刺、二旬二日刺、旬六日毀（124 背）、凡是日赤啻（帝）恒以開臨下民而降其英（殃）（128）、必先計月中閏日、句（苟）毋（無）直赤啻（帝）臨日，它日雖

			有（129）、土良日（129背）、毋以辛壬東南行，日之門也。凡四門之日（132）、入正月七日、入二月四日、入三月廿一日、入四月八日、入五月十九日、入六月廿四日、入七月九日、入八月九日、入九月廿七日、入十月十日、入十一月廿日、入十二月卅日、凡此日以歸（133）、此日不可以行，不吉（134）、甲以壬癸丙丁日中行（135）、日中南得（136壹）、凡舀日，可以取婦、家（嫁）女（136捌）是胃（謂）牝日（136背）、是胃（謂）召（招）䍃（搖）合日（137背）、凡敫日，利以漁邋（獵）（138捌）、是胃（謂）召（招）䍃（搖）合日、入月十七日、其家日減（139背）、冬三月之日（142背）、入月七日及冬未（143背）、凡此日不可入官及入室（146背）、其日在首（150）、六日反枳（支）、五日反枳（支）、四日反枳（支）、三日反、二日反枳（支）、（153背）、一日反枳（支）、復卒其日（154背）、娶妻龍日（155）、墨（晦）日、朔日（155背）、月生一日、十一日、廿一日（156）、先牧日丙（156背）、日虒見，有告，令復見之（157）、今日良日（157背）、日虒見，有告，聽（158肆）、日虒見，不言，得（159肆）、日虒見，請命，許（160肆）、日虒見，有告，不聽（161肆）、日虒見，有告，禺（遇）奴（怒）（162肆）、日虒見，造，許（163肆）、日虒見，有後言（164肆）、日虒見，請命，許（165肆）、日虒見，有惡言（166肆）
		睡虎地·日書乙（戰國晚）	窓結之日（14）、贏陽之日（15）、建交之日（16）、窞羅之日（17）、作陰之日（18壹）、五月，日七夕九（18貳）、平達之日（19壹）、二月，日八（19貳）、成外陽之日（20壹）、三月，日九夕七（20貳）、空外遣之日（21壹）、四月，日十夕六（21貳）、䟫外陰之日（22壹）、五月，日十一夕五（22貳）、蓋絕紀之日（23壹）、六月，日十夕六（23貳）、成決光之日（24壹）、七月，日九夕七（24貳）、復秀之日（25壹）、八月，日八夕八（25貳）、九月，日七夕九（26貳）、十月，日六夕十（27貳）、十一月，日五夕十一（28貳）、十二月，日六夕十（29貳）、祠室中日（31貳）、祠戶日（33貳）、祠門日（35貳）、祠行日（37貳）、建日（38壹）、徐日（39壹）、祠□日（39貳）、吉、實日，皆利日也（40壹）、祠五祀日（40貳）、窞日（41壹）、敫日（42壹）、衝日（43壹）、剽日（44壹）、虛日（45壹）、入月六日、七日、八日、二旬二日皆知（45貳）、閉（閉）日（46壹）、旬六日毀、五種忌日（46貳）、五穀良日（64）、五穀龍日（65）、木日、木良日（66）、馬日、馬良日（68）、牛日、牛良日（70）、

			羊日、羊良日（72）、豬日、豬良日（73）、犬日、犬良日（74 壹）、鷄日、鷄良日（76 壹）、見人良日（78）、二月角十三日（91 叁）、四月房十四日（92 叁）、五月旗（箕）十四日（93 叁）、六月東井廿七日（94 叁）、入正月二日一日心（95 貳）、七月七星廿八日（95 肆）、入二月九日直心（96 貳）、八月軫廿八日（96 肆）、入三月七日直心（97 貳）、九月奎十三日（97 肆）、入四月旬五日心（98 貳）、十月口十四日（98 肆）、入五月旬二日心（99 貳）、十一月參十四日（99 肆）、十二月斗廿一日（100 叁）、入七月八日心（101 貳）、入八月五日心（102 貳）、入九月三日心（103 貳）、入十月朔日心（104 貳）、入十一月二旬五日心（105 貳）、入十二月二日三日心（106 貳）、人日、凡子、卯、寅、酉男子日。午、未、申、丑、亥女子日。以女子日病、以女子日死、男子日如是（108）、男子日、男子日、女子日（109）、以此日暴屋，屋以此日為蓋屋（111）、正月、七月朔日（117）、凡是日赤啻（帝）恒以開臨夏民而降央（殃）（134）、它日唯（雖）有不吉之名（137）、行日（138）、亡日、正月七日、三月旬一日、四月八日、五月旬六日、七月九日、八月旬八日、九月二旬七日（149）、正月七日、二月旬四日、三月二日、四月八日、五月旬六日、六月二旬四日、七月九日、八月旬八日、九月二旬七日（151）、日出卯、日中午（156）、其人赤色、死火日（183）、人黃色、死土日（184）、閮忌日（188 貳）、其吉日（189 貳）、壬癸夢日（193 壹）、入月旬七日毀垣（195 貳）、及入月旬八日皆大凶（196 貳）、日則（昃）（233 壹）、庚子生，不出三日必死（247）、日書（260）
		睡虎地・為吏之道（戰國晚）	夜以椄（接）日（33）
		睡虎地・法律答問（戰國晚）	一日（4）、一日而得（30）、備殼（繫）日（132）、問亡二日（138）
		睡虎地・秦律雜抄（戰國晚）	冗募歸，辭曰日已備、贅日四月居邊（35）
		睡虎地・秦律 18 種（戰國晚）	稟大田而毋（無）恒籍者，以其致到日稟之，勿深致（11）、為皁（皂）者除一更，賜牛長日三旬（13）、賜田典日旬殿（14）、禾、芻稾積索（索）出日，上贏不備縣廷（29）、而以其來日致其食（46）、其數駕，毋過日一食（47）、日食城旦（57）、食饎囚，日少半斗（60）、食其母日粟一斗、旬五日而止之（74）、其日𧿇以收責之（77）、以其日月減其衣食（78）、賦之三日而當夏二日（108）、失期三日到五日，誶；六日到旬，貲一盾（115）、贏員及減員自

		二日以上，為不察（123）、以其令日問之、以令日居之、日居八錢、日居六錢（133）、其日未備而柀入錢者，許之、以日當刑而不能自衣食者，亦衣食而令居之（138）、盡八月各以其作日及衣數告其計所官（139）、日未備而死者（142）、毋賞（償）興日（151）、日八錢（152）、以十二月朔日免除（157）、不急者，日髼（畢）（183）、行傳書、受書，必書其起及到日月夙莫（暮）（184）、必署其已稟年日月（201）
睡虎地・封診式（戰國晚）		亡及遖事個幾可（何）日（14）、今日見亭旁（22）、今日見丙戲旔（32）、以迺二月不識日去亡（96）
關沮・日書（秦）		卅六年日（80背）、此所謂戎磨日殹（也）、從朔日始髂（數）之（132叁）、一日（133叁）、入月一日、七日、十三日、十九日、廿五日（134叁）、入月二日、六日、八日、十二日、十四日、十八日、廿日（135叁）、廿四日、廿六日、卅日、入月三日、四日、五日、九日（136叁）、十日、十一日、十五日、十六日、十七日、廿一日、廿二日（137貳）、廿三日、廿七日、廿八日、廿九日、竆（窮）日（138貳）、凡大觱（徹）之日（139貳）、凡小觱（徹）之日（141貳）、凡竆（窮）日（143貳）、日入（162）、日過中、日失（昳）（163）、日出時（166）、日龜（167）、日入（168）、今此十二月子日皆為平宿右行（244）、日失（昳）時、日夕時、日中（245）、從朔日始（262A）、髂（數）朔日以到六日、七日已到十二日、十三日到十八日、十九日以到廿四日、廿五日（263）、以到卅日（264）、
關沮・病方及其他（秦）		操兩瓦，之東西垣日出所燭（329）、以臘日（347）、以臘日塞禱如故（353）、有行而急，不得須良日、毋須良日可也（363）、日出俊、日中式、日入雞（367）、今日庚午利浴豑（蠶）（368）、浴豑（蠶）必以日龜（纔）始出時浴之，十五日乃已（369）、毋下九日（372）
關沮・關沮木牘（秦）		月不盡四日（背壹）
里耶J1（8）（秦）		前日言（134）、恆以朔日上所買徒隸數、卅三年二月壬寅朔日（154）、正月戊戌日中（157背）
里耶J1（9）（秦）		卅四年八月癸巳朔日（2）、卅四年八月癸巳朔日（5）、卅四年八月癸巳朔日（7背）、卅四年八月癸巳朔日（8）、卅四年八月癸巳朔日（9背）、令勝日署所縣責、勝日戌洞庭郡、陽陵叔作士五（伍）勝日有貲錢千三百卅四（10）、卅四年八月癸巳朔日（11）

		馬王堆・足臂十一脈灸經（漢）	過十日死（21）、不過三日死（22）
		馬王堆・52病方（漢）	日飲（2）、過四日自適、尉時及已熨四日內（32）、陰乾百日（42）、三日已（49）、冬日煮其本（63）、今日月晦、以月晦日之丘井有水者（104）、以月晦日日下餔（晡）時（105）、今日月晦（106）、今日晦（108）、今日朔、以朔日（109）、除日已望（110）、今日月晦、以月晦日之室北（111）、三日而已（113）、先毋食□二、三日（124）、二、三月十五日到十七日取鳥卵（125）、二日（131）、日壹飲（163）、三日、以夏日至到□毒堇（164）、前日至可六、七日秀（秀）（166）、居一日（188）、三日（190）、月與日相當、日與月相當（199）、以日出為之（200）、三、四日（203）、賣辛巳日、以辛巳日古（辜）曰（204）、今日□、今日已、以日出時（206）、今日辛卯、鄉（嚮）日、以辛卯日（208）、日一為、為之恆以入月旬六日□盡（219）、恆服藥廿日（238）、二日而已（243）、日三熏（250）、日一熏、五六日清□（256）、日五六飲之（272）、日四飲（276）、日一傅樂（藥）（284）、服藥卅日□已（285）、傅之數日（309）、百日已（319）、冬日取其本、夏日取堇葉（329）、朝日未□（371）、□明日有（又）酒以湯（392）、日壹酒（393）、三日而肉產、十餘日而瘳如故（395）、後日一夜（412）、置溫所三日（415）、居二日乃浴（416）、輒停三日（419）、夏日勿漬（420）、是胃（謂）日□（423）、日壹飲（439）、廿日（453）、傅藥六十日、日一酒（457）、束□二日□為篲□（殘7）
		馬王堆・陰陽脈死候（漢）	過十日而死（86）
		馬王堆・雜療方（漢）	貍（埋）清地陽處久見日所（42）
		馬王堆・養生方（漢）	百日□裏（122）
		馬王堆・春秋事語（漢）	日以有幾也（74）
		馬王堆・戰國縱橫家書（漢）	約御（却）軍之日（5）
		馬王堆・出行占（漢）	十八日毋以行（22）
		馬王堆・二三子問（漢）	高尚齊虖（乎）星辰日月而不眺（1）
		馬王堆・五星占（漢）	二百廿四日（18）
9	旭		
10	暘	包山・文書（戰國中偏晚）	登塙、鄩易莫囂之人疢、正秀暘秋（秋）亥（187）

11	啟		
12	睗	應侯見工鼎（西周中）	用匃（祈）睗（賜）眉／壽永令，
13	晛		
14	嚺		
15	暈		
16	厏	蓮子昃鼎（春秋晚）	伖（蓮）子昃（昃）／之飤鑰（鼎）。〔河南省淅川縣徐家嶺楚墓 HXXM10：50〕 伖（蓮）子昃（昃）／之飤鑰（鼎）。〔河南省淅川縣徐家嶺楚墓 HXXM10：55〕
		蓮子昃簠（春秋晚）	伖（蓮）子昃（昃）／之飤匧（簠）。
		十三茶私庫嗇夫煮正鑲金銀泡飾（戰國晚）	十三茶，厶（私）庫嗇夫煮正、工夏昃（昃）。
		郭店·語叢四（戰國中）	臤（賢）人不才（在）昃（側）（12）
		新蔡葛陵（戰國中期）	祝昃（昃）禱之（甲三·159-1）、馭昃（昃）受九匧（甲三·292）
		包山·文書（戰國中偏晚）	昃賓曆（181）
		包山·遣策（戰國中偏晚）	一昃榓（266）
		上博（二）·昔者君老（戰國中偏晚）	大（太）子昃聖（聽）（1）
17	曁	夾簋（西周中）	隹十又一月曁（既）生霸戊／申，
		馬王堆·九主（漢）	分名曁（既）定（365）
		馬王堆·戰國縱橫家書（漢）	臣曁（既）從燕之粱（梁）矣（87）
18	雺	包山·文書（戰國中偏晚）	佘之敓客不為其劃（134）、佘人隓（陳）雺（135）、矓笌佘巨女（180）
19	堣	史頌簋（西周晚）	帥鼺（堣）螯于成周，〔蓋內〕帥鼺（堣）螯于成周，〔器內底〕
		郭店·窮達以時（戰國中期）	堣（遇）尧（堯）也（3）、堣（遇）武丁也（4）、堣（遇）周文也（5）、堣（遇）齊桓也（6）、堣（遇）秦穆（7）、堣（遇）楚莊也（8）、堣（遇）不堣（遇）（11）、堣（遇）告（造）古（故）也（13）
		郭店·唐虞之道（戰國中期）	聖以堣（遇）命（14）
		九店 M56（戰國中、晚期）	㠯（以）堣（寓）人（28）、必無堣（遇）寇逃（盜）（32）
20	鑴		

（二）傳世文獻詞義資料詳目

排序	說文	文　獻	詞　例
1	烏	毛詩・邶風・北風	莫赤匪狐。莫黑匪烏。惠而好我。攜手同車。
		毛詩・小雅・節南山之什・正月	于何從祿。瞻烏爰止。于誰之屋。瞻彼中林。⋯⋯誰知烏之雌雄。
		周禮・羅氏	羅氏掌羅烏鳥。蜡則作羅襦。
		左傳・莊公傳28年	諜告曰。楚幕有烏。乃止。（莊公傳28年）
		左傳・成公傳14年	烏呼。（成公傳14年）
		左傳・襄公傳18年	師曠告晉侯曰。鳥烏之聲樂。齊師其遁。⋯⋯叔向告晉侯曰。城上有烏。齊師其遁。
		左傳・襄公傳25年	烏呼。
		左傳・襄公傳26年	齊人城郟之歲。其夏。齊烏餘以廩丘奔晉。⋯⋯今烏餘之邑。皆討類也。
		左傳・襄公傳27年	必周使烏餘具車徒以受封。烏餘以眾出使諸侯。⋯⋯偽效烏餘之封者。
		左傳・襄公傳30年	烏乎。（襄公傳30年）
		左傳・昭公傳21年	冬。十月。華登以吳師救華氏。齊烏枝鳴戍宋。⋯⋯齊烏枝鳴曰。（昭公傳21年）
		左傳・昭公傳23年	國人患之。又將叛。齊烏存帥國人以逐之。庚輿將出。聞烏存執殳而立於道左。懼。⋯⋯苑羊牧之曰。君過之。烏存以力聞可矣。（昭公傳23年）
		左傳・昭公傳28年	司馬烏為平陵大夫。⋯⋯司馬烏。
		爾雅・釋草	澤。烏蕵。⋯⋯蘽。烏階。
		爾雅・釋蟲	蛂。烏蠋。
		爾雅・釋鳥	鶬，烏鷃。⋯⋯燕。白脰烏。⋯⋯鳶烏醜。其飛也翔。⋯⋯烏鵲醜。其掌縮。
		孟子・告子下	今曰舉百鈞。則為有力人矣。然則舉烏獲之任。是亦為烏獲而已矣。
2	鵻	毛詩・衛風・芄蘭	芄蘭之支。童子佩觿。雖則佩觿。能不我知。
		禮記・月令	仲秋之月。日在角。昏牽牛中。旦觜鵻中。
		禮記・內則	小觿。⋯⋯大觿。⋯⋯小觿。⋯⋯大觿。
3	榑		
4	杲	毛詩・衛風・伯兮	其雨其雨。杲杲出日。願言思伯。甘心首疾。
5	杳		
6	東	周易・坤	西南得朋。東北喪朋。⋯⋯東北喪朋。（坤）震。東方也。⋯⋯巽。東南也。⋯⋯艮。東北之卦也。（說卦）

周易・蹇	蹇。利西南。不利東北。（蹇）
周易・既濟	五。東鄰殺牛。不如西鄰之禴祭。……象曰。東鄰殺牛。不如西鄰之時也。（既濟）
周易・說卦	震。東方也。……巽。東南也。……艮。東北之卦也。（說卦）
尚書・虞書・堯典	宅嵎夷。曰暘谷。寅賓出日。平秩東作。（虞書・堯典）
尚書・虞書・舜典	歲二月。東巡守。……至于岱宗。柴望秩于山川。肆覲東后。協時月。
尚書・夏書・禹貢	淮沂其乂。蒙羽其藝。大野既豬。東原底平。厥土赤埴墳。草木漸包。……東至于底柱。又東至于孟津。東過洛汭。至于大伾。……東流為漢。又東。為滄浪之水。……東匯澤為彭蠡。東為北江。……東別為沱。又東至于澧。過九江。至于東陵。東迆北會于匯。東為中江。……東流為濟。……東出于陶。邱北。又東至于菏。又東北會于汶。又北東入于海。……東會于泗沂。東入于海。……東會于澧。又東會于涇。又東過漆沮。……東北會于澗瀍。又東會于伊。又東北入于河。……東漸于海。
尚書・商書・仲虺之誥	東征西夷怨。
尚書・周書・武成	肆予東征。
尚書・周書・金縢	周公居東二年。則罪人斯得。
尚書・周書・大誥	肆朕誕以爾東征。
尚書・周書・微子之命	上帝時歆。下民祇協。庸建爾于上公。尹茲東夏。欽哉。……王命唐叔。歸周公于東。
尚書・周書・康誥	周公初基。作新大邑于東國洛。……乃寡兄勖。肆汝小子封。在茲東土。
尚書・周書・洛誥	予乃胤保。大相東土。……我乃卜澗水東。瀍水西。惟洛食。我又卜瀍水東。亦惟洛食。
尚書・周書・蔡仲之命	肆予命爾侯于東土。……成王東伐淮夷。
尚書・周書・周官	成王既伐東夷。
尚書・周書・君陳	君陳周公既沒。命君陳分正東郊成周。……命汝尹茲東郊。
尚書・周書・顧命	西序東嚮。……東序西嚮。……大玉。夷玉。天球。河圖。在東序。……兌之戈。和之弓。垂之竹矢。在東房。……立于東堂。……立于東垂。
尚書・周書・康王之誥	畢公率東方諸侯。

尚書・周書・畢命	命畢公保釐東郊。
尚書・周書・費誓	徐夷並興。東郊不開。作費誓。
毛詩・召南・小星	嘒彼小星。三五在東。
毛詩・召南・野有死麕	野有死鹿。白茅純束。
毛詩・邶風・日月	日居月諸。出自東方。……日居月諸。東方自出。
毛詩・邶風・旄丘	狐裘蒙戎。匪車不東。叔兮伯兮。靡所與同。
毛詩・鄘風・桑中	爰采葑矣。沬之東矣。
毛詩・鄘風・定之方中	衛為狄所滅。東徙渡河。
毛詩・鄘風・蝃蝀	蝃蝀在東。莫之敢指。
毛詩・魏風・碩人	衛侯之妻。東宮之妹。
毛詩・魏風・伯兮	自伯之東。首如飛蓬。豈無膏沐。誰適為容。
毛詩・王風・揚之水	揚之水。不流束薪。……揚之水。不流束楚。
毛詩・鄭風・東門之墠	東門之墠。刺亂也。……東門之墠。茹藘在阪。……東門之栗。有踐家室。
毛詩・鄭風・出其東門	出其東門。閔亂也。……出其東門。有女如雲。
毛詩・齊風・雞鳴	東方明矣朝既昌矣。匪東方則明。
毛詩・齊風・東方之日	東方之日。刺衰也。……東方之日兮。彼姝者子。……東方之月兮。彼姝者子。
毛詩・齊風・東方之明	東方未明。刺無節也。……東方未明。顛倒衣裳。……東方未晞。顛倒裳衣。
毛詩・唐風・采苓	采苓采苓。首陽之東。人之為言。苟亦無從。
毛詩・陳風・東門之枌	東門之枌。疾亂也。……東門之枌。宛丘之栩。
毛詩・陳風・東門之池	東門之池。刺時也。……東門之池。可以漚麻。……東門之池。可以漚紵。……東門之池。可以漚菅。
毛詩・陳風・東門之楊	東門之楊。刺時也。……東門之楊。其葉牂牂。……東門之楊。其葉肺肺。
毛詩・豳風・東山	東山。周公東征也。周公東征。三年而歸。……民忘其死。其唯東山乎。我徂東山。慆慆不歸。我來自東。零雨其濛。我東曰歸。我心西悲。……我徂東山。慆慆不歸。我來自東。零雨其濛。……我徂東山。慆慆不歸。我來自東。零雨其濛。……我徂東山。慆慆不歸。我來自東。零雨其濛。
毛詩・豳風・破斧	周公東征。四國是皇。……周公東征。四國是吪。……周公東征。四國是遒。

毛詩・小雅・南有嘉魚之什・車攻	復會諸侯于東都。……四牡龐龐。駕言徂東。田車既好。四牡孔阜。東有甫草。駕言行狩。
毛詩・小雅・谷風之什・大東	大東。刺亂也。東國困於役而傷於財。……小東大東。杼柚其空。糾糾葛屨。可以履霜。……東人之子。職勞不來。……東有啟明。西有長庚。
毛詩・小雅・谷風之什・信南山	我疆我理。南東其畝。
毛詩・小雅・魚藻之什・漸漸之石	荊舒不至。乃命將率東征。……武人東征。不皇朝矣。……武人東征。不皇出矣。……武人東征。不皇他矣。
毛詩・小雅・魚藻之什・苕之華	幽王之時。西戎東夷。交侵中國。師旅並起。
毛詩・大雅・文王之什・緜	自西徂東。周爰執事。
毛詩・大雅・文王之什・文王有聲	豐水東注。維禹之績。……自西自東。自南自北。
毛詩・大雅・蕩之什・桑柔	自西徂東。靡所定處。
毛詩・大雅・蕩之什・烝民	王命仲山甫。城彼東方。四牡騤騤。八鸞喈喈。
毛詩・大雅・駉之什・泮水	桓桓于征。狄彼東南。烝烝皇皇。不吳不揚。
毛詩・大雅・駉之什・閟宮	乃命魯公。俾侯于東。……俾爾壽而臧。保彼東方。……奄有龜蒙。遂荒大東。
周禮・大司徒	日北則景長。多寒。日東則景夕。多風。
周禮・大宗伯	以青圭禮東方。以赤璋禮南方。
周禮・龜人	東龜曰果屬。西龜曰靁屬。
周禮・射人	大夫之位。三公北面。孤東面。
周禮・司士	三公北面東上。孤東面北上。……王族故士虎士。在路門之右。南面東上。
周禮・職方氏	東南曰揚州。……正東曰青州。……河東曰兗州。……東北曰幽州。
周禮・小司寇	羣臣西面。羣吏東面。
周禮・畫繢	東方謂之青。南方謂之赤。
周禮・匠人	東西九筵。南北七筵。
儀禮・士冠禮	主人玄冠朝服。緇帶素韠。即位于門東西面。……東面北上。……還東面。……主人東面答拜。……主人立于門東。……東面北上。……設洗直于東榮。……南北以堂深。水

			在洗東。……東領北上。……南面東上。賓升則東面主人玄端爵韠。……直東序西面。……立于洗東。……負東塾。……賓西序東面。……筵于東序。……東面授賓。……賓受醴于戶東。……賓東面荅拜。……冠者奠觶于薦東。……適東壁。……賓降直西序東面。……冠者立于西階東南面。……冠者奠爵于薦東。……直東塾北面。
		儀禮‧士昏禮	東面致命。……東上……東方北面北上。……設洗于阼階東南。……尊于房戶之東。……賓東面荅拜。……復位于門東。……俎入設于豆東。……贊設黍于醬東。稷在其東。……設對醬于東。……勝袵良席在東。……婦東面拜受。……降席東面。……奠于薦東。……席于廟奧東面。……奠菜于几東。……自東出于後。……適東壁。……直室東隅。篚在東北面盥。……東面奠摰。……東面。
		儀禮‧鄉飲酒禮	設篚于禁南東肆。……設洗于阼階東南……東西當東榮。水在洗東。……賓進東北面。……當西序東面。……主人阼階東疑立。……主人阼階東南面。……主人復阼階東西面。賓北面盥。……東南面酢主人。……立當西序東面。……賓北面坐奠觶于薦東。……當序東面。……主人坐取爵于東序端。……主人立于西階東。……設席于堂廉東上。……立于西階東。……相者東面坐。……立于賓東。……實觶東南面授主人。……司正退立于序端東面。……遵者降席席東南面。……席于賓東。……亨于堂東北。……俎由東壁。……立者東面北上。若有北面者則東上。……主人之俎以東。
		儀禮‧鄉射禮	乃席賓南面東上。……尊於賓席之東。……篚在其南東肆。設洗于阼階東南。……東西當東榮。水在洗東。……縣于洗東北西面。……東面北上。……賓進東北面辭洗。……主人阼階東疑立。……賓西階前東面坐奠爵。……主人阼階之東南面辭洗。……東南面酢主人。……東面立。……賓北面坐奠觶于薦東。……東面立于西階西。……席于尊東。……席工于西階上少東。……升自西階北面東上。……南面東上。……司射適阼階上東北面。……主人之弓矢在東序東。……弟子說東。遂繫左下綱。……降自西階阼階下之東南堂前。……司射先立于所設中之西南東面。……立于其西南東面北上而俟。司射東面立于三耦之北。……坐東面偃旌。……由堂下西階之東北面視上射。……襲而俟于堂西南面東

		儀禮‧燕禮	膳宰具官饌于寢東。……設洗篚于阼階東南。當東霤。罍水在東。……司宮尊于東楹之西。……司宮筵賓于戶西東上。……北面東上。士立于西方。東面北上。……祝史立于門東。北面東上。……在東堂下南面。……東上。公降立于阼階之東南。……立于門外東面。……立於尊南北面東上。……賓降階西東面。……主人東面對。……賓升立于序內東面。……升賓之東北面。……遂奠于薦東。……賓降筵西東南面立。……設于賓左東上。……西北面東上。……繼賓以西東上。……席工于西階上少東。……升自西階北面東上坐。……由楹內東楹之東告于公。……升東楹之東受命。……升自西階東楹之東。……降自阼階以東。卿大夫皆降東面北上。……立于觶南東上。……士既獻者立于東方。……則卿大夫皆降西階下北面東上。……亨于門外東方。

上。……當洗東肆。……繼三耦而立東上。……若有東面者。……上射東面。……東西揖。……東面北上。……西面立于所設中之東北面。……當西序東面。……主人堂東袒決遂。……主人序東。……進由中東。……釋獲者東面于中西坐。……自前適左東面。……左个之西北三步東面。……獲者薦右東面立飲。……釋獲者薦右東面拜受爵。……主人堂東。……主人堂東。……耦東面。……摺扑東面。……樂正東面。……主人降席立于賓東。……實之進東南面。……司正退立于西序端東面。……北面東上。……席東南面。……遂立于階西東面。……降自西階以東。……亨于堂東北。……出自東房。……俎由東壁。……立者東面北上。……東方謂之右个。

		儀禮‧大射	樂人宿縣于阼階東。……應鼙在其東南鼓。……頌磬東面。……在其南東鼓。……一建鼓在西階之東南面。……司宮尊于東楹之西。……又尊于大侯之乏東北。兩壺獻酒。設洗于阼階東南。罍水在東。……篚在南。東陳。……卿席賓東東上。小卿賓西東上。大夫繼而東上。若有東面者則北上。席工于西階之東東上。諸公阼階西北面。東上。……諸公卿大夫皆入門右。北面東上。士西方。東面北上。大史在干侯之東北。北面東上。小臣師從者在東堂下。……公降立于阼階之東南。……北面東上。……賓降階西東面。……主人西階西東面少進對賓。……賓降立于西階西東面。……賓升立于序東面。……東北面獻于公。……遂奠于薦東。賓降筵西東南面立。

			……設于賓左東上。……席于阼階西北面東上。……繼賓以西東上。若有東面者則北上。……乃席工于西階上少東。……北面東上。……小樂正立于西階東。……皆東坫之東南。……升東楹之東。……東面右顧。……君之弓矢適東堂。……大史俟于所設中之西東面以聽政。……以立于所設中之西南東面。……由堂下西階之東北面視上射。……司馬正東面以弓為畢。……升自西階東面。……司射東面于大夫之西比。……上射東面。……東面退。……適西階東告于賓。……取公之決拾于東坫上。……皆以俟于東堂。一笴東面立。……小臣正退俟于東堂。……反位于階西東面。……進由中東。……釋獲者東面于中西。……東面坐。……搢扑東面于三耦之西。……西東面立。……司宮尊侯于服不之東北兩獻酒。東面南上。……籩在南東肆。……左个之西北三步東面。……東面拜受爵。……上射東面。……士東面。……東面命樂正曰。……司馬正升自西階東楹之東。……降自阼階以東。賓諸公卿皆入門東面北上。……北面東上。……立于東方西面北上。……北面東上。
		儀禮·聘禮	東上。……卿大夫在幕東。……主人立于戶東。……埋于西階東。……北面東上。……眾介北面東上。……賓朝服立于幕東西面。介皆北面東上。……東面致命。……在東鼎七。……賈人東面坐。……賓升西楹西東面。……與東楹之閒。……負東塾而立。……如入右首而東。……公東南鄉。……東面俟。……負東塾。……建柶北面奠于薦東。……當東楹北面。退東面俟。……出門西面于東塾南。……當東楹北面。……賓降階東拜送。……東上奠幣。……有司二人坐舉皮以東。……士三人東上。……宰夫受幣于中庭以東。……陪鼎當內廉東面北上。……以並東上。……牛以東羊豕。……韭菹其東醓醢屈。六簋繼之。黍其東稷錯。四鉶繼之。……羊東豕。……以並東陳。……饌于東方。……壺東上西陳。……醯在東。……北面東上。……車秉有五籔。設于門東為三列。東陳。……大夫東面致命。……大夫東面。……退東面俟。……在東鼎七。……賓東面致命。……設于戶東西上。二。以並東陳。……壺設于東序北上二。……賓降自碑內東面。授上介于阼階東。……賓之幣唯馬出。其餘皆東。……醴尊于東箱。……賓東面坐奠獻。……擯者東面坐取獻。

		儀禮·公食大夫禮	在東堂下。……俟于東房。……饌于東房。……大夫立于東夾南。……士立于門東。……小臣東堂下南面西上。宰東夾北。……宰在東北。……賓西階東。……大夫長盥洗東南。……宰夫自東房授醢醬。……北面坐遷而東遷所。……宰夫自東房薦豆六。設于醬東西上。韭菹以東。……宰夫設黍稷六簋于俎西。二以並東北上。……宰夫設鉶四于豆西東上。……豕以東牛。……進設于豆東。宰夫東面坐。……贊者負東房。……贊者東面坐取黍實于左手辯。……膷以東。……鮨南羊炙以東。……負東房。……東面對。……負東塾而立。……當東楹北面。……東面立。……東面再拜稽首。……下大夫則若七若九。庶羞西東。……西方東上。……東面再拜。……亨于門外東方。……宰夫筵出自東房。
		儀禮·覲禮	異姓東面北上。……東北面再拜稽首。……侯氏降自西階東面。……乃右肉袒于廟門之東。……升自西階東面。……東方青。南方赤。……北方璜。東方圭。……出拜日於東門之外。……几俟于東箱。
		儀禮·喪服子夏傳	故有東宮。有西宮。
		儀禮·士喪禮	升自前東榮中屋。……奠于尸東。……主人西階東南面。……入坐于牀東。……婦人俠牀東面。……升自西階東面。……東面不踊。……委衣于尸東牀上。……為垼于西墻下東鄉。……主人由足西牀上坐東面。……饌于東堂下。……奠用功布。實于簞。在饌東。設盆盥于饌東。……牡麻絰右本在上。亦散帶垂。皆饌于東方。……西方盥如東方。……當東塾少南西面。……西順覆匕東柄。……以並東面。……主婦東面馮亦如之。……眾主人東即位。……襲絰于序東復位。……奠于尸東。……俎錯于豆東。……奠者由重南東。……西階東北面哭踊三。……升降自西階以東。……東方之饌兩瓦甒。……奠席在饌北。斂席在其東。……燭俟于饌東。……南面東上。……婦人尸西東面。……婦人東復位。……設于奧東面。……栗東脯豚。……奠者由重南東。……哭止皆西面于東方。……主人西楹東北面。升公卿大夫繼主人東上。……眾主人辟于東壁南面。……主婦東面。……門東北面西上。門西北面東上。西方東面北上。……主人堂下直東序西面。……諸公門東少進。……祝取醴北面取酒立于其東。……立于執豆之西東上酒錯復位。……奠者由重南東。……東方之饌亦如之。

			……筮者東面抽上韇。……東面旅占卒。……楚焞置于燋。在龜東。……及宗人吉服立于門西東面南上。……闔東扉。……即位于門東西面。……負東扉。……宗人退東面。
		儀禮・既夕禮	東方之饌亦如之。……東面北上。……婦人升東面。眾人東即位。……眾人東即位。……主人柩東西面。……薦車直東榮北輈。……宰由主人之北舉幣以東。……賓東面將命。……宰由主人之北東面舉之。……東方之饌。……徹者東。……從柩束當前東西面。……公史自西方東面。……陳器于道東西北上。……婦人東面。……升自西階東面。……東面北上。……寢東首于北墉下。……設棜于東堂下南順。……篚在東。階東北面東上。……北面東上。……由主人之北東。……從執燭者而東。……饌于西階東。……重止于門外之西東面。……東面北上。……主人升柩東西面。眾主人東即位。……婦人從升面。……升堂東楹之南西面。……西階東北面在下。……戶西南面東上。……北面立東上。
		儀禮・士虞禮	側亨于廟門外之右東面。……在東壁西面。……篚在東。……酒在東。……饌兩豆菹醢于西楹之東。……簞巾在其東。……東面右几。……東面南上。……升入設于几東席上。東縮。降洗觶。升。……前東面北上。……設于豆東。……黍其東稷。……陳于階閒敦東。……東面執巾。……在其北東面。……洗在尊東南。水在洗東。……席設于尊西北東面。……即位于門東少南。……設俎于薦東。
		儀禮・特牲饋食禮	東面北上。……東面受命于主人。……筮者還東面。……北面東上。……皆東面北上。……主人東面答再拜。……南順。實獸于其上。東首。牲在其西。北首東足。設洗于阼階東南。……豆籩鉶在東房。……即位于門東。……東面北上。……東面南上。……東北面。……立于門外東方南面視側殺。……亨于門外東方。……尊于戶東。……祝筵几于室中東面。……俎入設于豆東。……主人降立于阼階東。……尊兩壺于阼階東。……還東面拜。……洗酌于東方之尊阼階前。……東面立。……祝東面。……東面北上。……升入東面。……設于東序下。……東面于戶西。……東西當東榮。水在洗東。……壺棜禁饌于東序。……牲爨在廟門外東南。……自東房。其餘在東堂。……奉槃者東面。……宗人東面取巾振之三。……東面西上。……東面北上。……北面東上獻。……私臣門東。

儀禮・少牢饋食禮	主人朝服西面于門東。……東面受命于主人。……主人門東南面。……東方南面宰宗人西面北上。牲北首東上。……在門東南北上。……篚于東堂下。……設洗于阼階東南。當東榮。……東方北面北上。……司宮設罍水于洗東。……巾于西階東。……即位于阼階東西面。……陳鼎于東方。……匕皆加于鼎東枋。……薦自東房。……陪設于東。……羊在豆東。……魚在羊東。腊在豕東。……主婦自東房。……主人降立于阼階東西。……東面于庭南一。……西面于槃東一。……祝受以東北面于戶西。……牖東北面拜。……立于西階上東面。……立于阼階東西面。
儀禮・有司徹	又筵于西序東面。……西楹西北面東上。主人東楹東北面拜。……匕皆加于鼎東枋。……主人東楹東北面拜。……主人東楹東北面奠爵。……主人東楹東北面拜。送爵。主婦自東房薦韭菹醢。……昌在東方。……麷在東方。……以東面受于羊鼎之西。司馬在羊鼎之東。……主人北面于東楹東。……主人北面于東楹東。……薧在麷東。……設于豆東侑坐。……侑降立于西階西東面。……司宮設席于東序西面。主人東楹東北面拜受爵。……主人坐奠爵于東序南。……主人北面于東楹東。……以授婦贊者于房東。……司士縮奠豕肴于羊俎之東。……主人立于洗東北西面。侑東面于西階西南。……主人北面立于東楹東。……尸北面于侑東荅拜。……東楹東北面。……拜眾賓于門東。……門東北面。……宰夫自東房薦脯醢。……設于祭東。……設于薦東。……皆東面。……其位在洗東西面北上。……三獻東楹東北面荅拜。……北面東上。……舉爵者東面荅拜。……以入奠于羊俎東。……栗在糗東。脯在棗東。……司宮設席東面。主婦席北東面。……糗在棗東。佐食設俎于豆東。……筵北東面立。……立于西階上東面。……主人降立于阼階東西面。……立于西階上東面。
禮記・曲禮上	主人就東階。……上於東階。……東鄉西鄉。
禮記・曲禮下	曰君。其在東夷。北狄。……諸公東面。
禮記・檀弓上	曰。吾聞之。古也墓而不墳。今丘也。東西南北之人也。不可以弗識也。……夏后氏殯於東階之上。……子游曰。於東方。
禮記・檀弓下	男子西鄉。婦人東鄉。
禮記・王制	歲二月東巡守。……如東巡守之禮。……東方曰夷。……東方曰寄。……東方曰寄。……夏后氏養國老於東序。……周人養國老於東膠。……自

		東河至於東海。……自東河至於西河。……東不盡東海。……當今東田百四十六畝三十步。
	禮記·月令	東風解凍。……以迎春於東郊。……命田舍東郊。……親東鄉躬桑。……仲夏之月。日在東井。昏亢中。……仲冬之月。日在斗。昏東壁中。
	禮記·曾子問	奠幣于殯東几上。……祝立于殯東南隅。……降東反位。……升自東階。……尊于東房。
	禮記·文王世子	春夏學干戈。秋冬學羽籥。皆於東序。……皆小樂正詔之於東序。……大司成論說在東序。……儐于東序。……則東面北上。……適東序。……曰。反養老幼于東序。
	禮記·禮器	縣鼓在西。應鼓在東。……大明生於東。月生於西。……君西酌犧象。夫人東酌罍尊。
	禮記·郊特牲	孔子曰。繹之於庫門內。祊之於東方。
	禮記·內則	夏后氏養國老於東序。……周人養國老於東膠。……妻抱子出自房。當楣立。東面。姆先相。
	禮記·玉藻	玄端而朝日於東門之外。……君子之居恆當戶。寢恆東首。……賓入不中門。不履閾。公事自闑西。私事自闑東。
	禮記·明堂位	北面東上。……阼階之東。……東面北上。……諸子之國。門東。北面東上。……北面東上。九夷之國。東門之外。……南門之外。北面東上。六戎之國。西門之外。東面南上。……南面東上。……北面東上。……東夷之樂也。
	禮記·喪服小記	襲絰于東方。……襲免于東方。
	禮記·雜記上	則主人東面而拜。……東面。其介在其東南。……東面致命曰。……含者坐委于殯東南。……降自西階以東。……委衣于殯東。……宰夫五人。舉以東。降自西階。……坐委於殯東南隅。宰舉以東。……東上。……東上。……夫人東面坐馮之。
	禮記·雜記下	東夷之子也。……東西家。無有。……東上。
	禮記·喪大記	寢東首於北牖下。……皆升自東榮。……子坐于東方。……立于東方。……主人坐于東方。……皆坐于東方。……主婦東面。……主人在東方。……君陳衣于序東。
	禮記·喪服大記	大夫陳衣于序東。……士陳衣于序東。……北面東上。……夫人命婦尸西東面。……夫人東面亦如之。……北面東上。……主婦尸西東面。
	禮記·祭義	祭日於東。祭月於西。……日出於東。月生於西。……推而放諸東海而準。……詩云。自西自東。自南自北。無思不服。此之謂也。……天子先見百年者。八十九十者。東行。西行者弗敢過。西行。東行者弗敢過。

禮記・祭統	諸侯耕於東郊。……夫人副褘立於東房。……君為東上。……夫人副褘立于東房。
禮記・哀公問	孔子對曰。貴其不已。如日月東西相從而不已也。是天道也。
禮記・坊記	易曰。東鄰殺牛。不如西鄰之禴祭。
禮記・奔喪	殯東。西面坐。……降堂東即位。……襲絰于序東。……免麻于序東。……降堂東即位。……襲免絰于序東。……升自東階。殯東。……東髽。即位。……東即主人位。……東即位。……免麻于東方。……東即位。……東括髮袒絰。拜賓成踊。……而東免絰即位。
禮記・投壺	設中東面。
禮記・鄉飲酒義	羞出自東房。……洗當東榮。……始於東北。……而盛於東南。……。故坐於東南。而坐僎於東北。……亨狗於東方。……祖陽氣之發於東方也。……其水在洗東。……東方者春。……介必東鄉。介賓主也。……主人必居東方。東方者春。
禮記・燕義	君立阼階之東南。
左傳・隱公傳 3 年	衞莊公娶于齊東宮得臣之妹。
左傳・隱公傳 4 年	衞人。伐鄭。圍其東門。
左傳・隱公傳 5 年	四月。鄭人侵衞牧。以報東門之役。……以報東門之役。
左傳・隱公傳 6 年	周桓公言於王曰。我周之東遷。晉鄭焉依。
左傳・隱公傳 8 年	秋。會于溫。盟于瓦屋。以釋東門之役。
左傳・隱公傳 11 年	鄭伯使許大夫百里。奉許叔以居許東偏。
左傳・桓公傳 6 年	鬬伯比言于楚子曰。吾不得志於漢東也。……漢東之國。隨為大。隨張。必棄小國。
左傳・桓公傳 14 年	諸侯伐鄭。報宋之戰也。焚渠門。入及大逵。伐東郊。
左傳・莊公傳 12 年	遇大宰督于東宮之西。又殺之。
左傳・莊公傳 21 年	王與之武公之略。自虎牢以東。
左傳・莊公傳 28 年	驪姬嬖。欲立其子。賂外嬖梁五。與東關嬖五。
左傳・閔公傳 2 年	晉侯使大子申生伐東山皋落氏。
左傳・僖公傳 4 年	東至于海。……若出於東方。觀兵於東夷。……申侯見曰。師老矣。若出於東方而遇敵。懼不可用也。
左傳・僖公傳 9 年	故北伐山戎。南伐楚。西為此會也。東略之不知。西則否矣。
左傳・僖公傳 11 年	入王城。焚東門。

左傳・僖公傳 15 年	賂秦伯以河外列城五。東盡虢略。南及華山。……於是秦始征晉河東。置官司焉。
左傳・僖公傳 16 年	十二月。會于淮。謀鄫。且東略也。
左傳・僖公傳 17 年	夏。晉大子圉為質於秦。秦歸河東而妻之。
左傳・僖公傳 19 年	夏宋公使邾文公。用鄫子于次睢之社。欲以屬東夷。
左傳・僖公傳 20 年	隨以漢東諸侯叛楚。
左傳・僖公傳 22 年	初。平王之東遷也。
左傳・僖公傳 26 年	東門襄仲。臧文仲。如楚乞師。
左傳・僖公傳 28 年	王怒。少與之師。唯西廣東宮。與若敖之六卒。
左傳・僖公傳 30 年	若舍鄭以為東道主。……夫晉何厭之有。既東封鄭。又欲肆其西封。……從於晉侯伐鄭。請無與圍鄭。許之。使待命于東。……東門襄仲將聘于周。
左傳・僖公傳 31 年	分曹地自洮以南。東傅于濟。盡曹地也。
左傳・僖公傳 32 年	召孟明。西乞。白乙。使出師於東門之外。……秦師遂東。
左傳・文公傳 5 年	六人叛楚。即東夷。
左傳・文公傳 6 年	難以在上矣。君子是以知秦之不復東征也。
左傳・文公傳 9 年	秋。楚公子朱自東夷伐陳。陳人敗之。
左傳・文公傳 13 年	秦伯師于河西。魏人在東。壽餘曰。請東人之能與夫二三有司言者。吾與之。
左傳・文公傳 16 年	戎伐其西南。至于阜山。師于大林。又伐其東南。至于陽丘。
左傳・宣公傳元年	東門襄仲如齊拜成。
左傳・宣公傳 18 年	子欲去之。許請去之。遂逐東門氏。
左傳・成公傳 2 年	曰。必以蕭同叔子為質。而使齊之封內。盡東其畝。……故詩曰。我疆我理。南東其畝。今吾子疆理諸侯。而曰盡東其畝而已。唯吾子戎車是利。無顧土宜。
左傳・成公傳 3 年	春。諸侯伐鄭。次于伯牛。討邲之役也。遂東侵鄭。鄭公子偃帥師禦之。使東鄙覆諸鄤。
左傳・成公傳 6 年	春。鄭伯如晉拜成。子游相。授玉于東楹之東。
左傳・成公傳 8 年	鄭伯將會晉師。門于許東門。大獲焉。
左傳・成公傳 11 年	秦伯不肯涉河。次于王城。使史顆盟晉侯于河東。
左傳・成公傳 13 年	文公躬擐甲冑。跋履山川。踰越險阻。征東之諸侯。……我是以有河曲之戰。東道之不通。
左傳・成公傳 16 年	郤犨將新軍。且為公族大夫。以主東諸侯。取貨于宣伯。

左傳・成公傳 17 年	郤至實召寡君。以東師之未至也。
左傳・成公傳 18 年	晉欒書。中行偃。使程滑弒厲公。葬之于翼東門之外。
左傳・襄公傳元年	諸侯之師伐鄭。入其郛。敗其徒兵於洧上。於是東諸侯之師。
左傳・襄公傳 2 年	諸姜宗婦來送葬。召萊子。萊子不會。故晏弱城東陽以偪之。
左傳・襄公傳 3 年	孟獻子曰。以敝邑介在東表。
左傳・襄公傳 4 年	初。季孫為己樹六檟於蒲圃東門之外。匠慶請木。
左傳・襄公傳 6 年	四月。晏弱城東陽。而遂圍萊。
左傳・襄公經 8 年	莒人伐我東鄙。
左傳・襄公傳 8 年	莒人伐我東鄙。以疆鄫田。
左傳・襄公傳 9 年	穆姜薨於東宮。始往而筮之。
左傳・襄公經 10 年	秋。莒人伐我東鄙。
左傳・襄公傳 10 年	莒人間諸侯之有事也。故伐我東鄙。……瑕禽曰。昔平王東遷。吾七姓從王。……曰。世世無失職。若篳門閨竇。其能來東底乎。
左傳・襄公傳 11 年	齊太子光。宋向戌。先至于鄭。門于東門。……東侵舊許。……諸侯之師觀兵于鄭東門。
左傳・襄公經 12 年	春。王二月。莒人伐我東鄙。
左傳・襄公傳 12 年	春。莒人伐我東鄙。
左傳・襄公經 14 年	莒人侵我東鄙。
左傳・襄公傳 14 年	欒黶曰。晉國之命。未是有也余馬首欲東。乃歸。下軍從之。……世胙大師。以表東海。
左傳・襄公傳 18 年	巫曰。今茲主必死。若有事於東方。則可以逞……壬寅。焚東郭。北郭。范鞅門于揚門。州綽門于東閭。左驂迫。還于東門中。……甲辰。東侵及濰。……侵鄭東北。
左傳・襄公傳 19 年	賄荀偃東錦。加璧乘馬。……公曰。在我而已。遂東大子光。使高厚傅牙以為大子。
左傳・襄公傳 21 年	州綽曰。東閭之役。臣左驂迫。還於門中。
左傳・襄公傳 22 年	間二年。聞君將靖東夏。
左傳・襄公傳 23 年	趙勝帥東陽之師以追之。……臧孫使正夫助之。除於東門甲。從己而視之。……對曰。盟東門氏也。曰。毋或如東門遂。不聽公命。
左傳・襄公傳 24 年	楚子伐鄭以救齊。門于東門。
左傳・襄公傳 25 年	齊棠公之妻。東郭偃之姊也。東郭偃臣崔武子。棠公死。……我是以有往年之告。未獲成命。則有我東門之役。

左傳·襄公傳 26 年	衛人侵戚東鄙。……楚失東夷。
左傳·襄公傳 27 年	齊崔杼生成。及彊。而寡。娶東郭姜。生明。東郭姜以孤入。曰。棠無咎。與東郭偃相崔氏。……崔成崔彊殺東郭偃。
左傳·襄公傳 28 年	君使子展迁勞於東門之外而傲。
左傳·襄公傳 29 年	詩云。王事靡盬。不遑啟處。東西南北。誰敢寧處。堅事晉楚。以蕃王室也。……杞。夏餘也。而即東夷。……曰。美哉思而不懼。其周之東乎。……曰。美哉。泱泱乎。大風也哉。表東海者。……曰。美哉。蕩乎。樂而不淫。其周公之東乎。
左傳·昭公傳元年	再合諸侯。三合大夫。服齊狄。寧東夏。平秦亂。
左傳·昭公傳 4 年	商紂為黎之蒐。東夷叛之。……咸尹然丹城州來。東國水。不可以城。彭生罷賴之師。
左傳·昭公傳 5 年	司宮射之。中目而死。豎牛取東鄙三十邑。……楚子以諸侯及東夷伐吳。
左傳·昭公傳 9 年	及武王克商。蒲姑。商奄。吾東土也。
左傳·昭公傳 11 年	紂克東夷。而隕其身。
左傳·昭公傳 14 年	禮新敘舊。祿勳合親。任良物官。使屈罷簡東國之兵於召陵。
左傳·昭公傳 15 年	文公受之。以有南陽之田。撫征東夏。
左傳·昭公傳 18 年	子產辭晉公子公孫于東門。
左傳·昭公傳 20 年	祝有益也。詛亦有損。聊攝以東。姑尤以西。其為人也。
左傳·昭公傳 21 年	蔡侯朱出奔楚。費無極取貨於東國。而謂蔡人曰。朱不用命於楚。君王將立東國。若不先從王欲。楚必圍蔡。蔡人懼。出朱而立東國。
左傳·昭公傳 22 年	荀吳略東陽。……辛未。伐東圍。……濟師。取前城。軍其東南。
左傳·昭公經 23 年	六月。蔡侯東國卒于楚。
左傳·昭公傳 23 年	今西王之大臣亦震。天弃之矣。東王必大克。
左傳·昭公傳 24 年	取其玉。將賣之。則為石。王定而獻之。與之東訾。
左傳·昭公傳 25 年	尹文公涉于鞏。焚東訾。弗克。
左傳·昭公傳 32 年	昔成王合諸侯。城成周。以為東都。崇文德焉。……魯文公薨。而東門遂殺適立庶。魯君於是乎失國。
左傳·定公傳 4 年	取於有閻之土。以共王職。取於相土之東都。以會王之東蒐

左傳‧定公傳 5 年	季平子行東野。還。未至。……桓子行東野。
左傳‧定公傳 6 年	陽虎使季孟自南門入。出自東門。舍於豚澤。
左傳‧定公傳 8 年	公斂處父。帥成人。自上東門入與陽氏戰于南門之內。弗勝。
左傳‧定公傳 9 年	齊侯執陽虎。將東之。陽虎願東。乃囚諸西鄙。……東郭書讓登。犁彌從之。……公使視東郭書。……公賞東郭書。
左傳‧哀公經 2 年	帥師伐邾。取漷東田及沂西田。
左傳‧哀公傳 8 年	吳師克東陽而進。
左傳‧哀公傳 11 年	東郭書曰。三戰必死。……公孫夏。閭丘明。陳書。東郭書。革車八百乘。甲首三千。以獻于公。
左傳‧哀公經 13 年	十有一月。有星孛于東方。
左傳‧哀公傳 14 年	陳逆請而免之。以公命取車於道。及耏。眾知而東之。……東郭賈奔衛。
左傳‧哀公傳 19 年	楚沈諸梁伐東夷。三夷男女。及楚師盟于敖。
左傳‧哀公傳 22 年	越滅吳。請使吳王居甬東。
公羊傳‧隱公 5 年	天子之相則何以三。自陝而東者。周公主之。
公羊傳‧僖公 4 年	君既服南夷矣。何不還師濱海而東。服東夷。且歸。……濱海而東。大陷于沛澤之中。……古者周公。東征則西國怨。西征則東國怨。
公羊傳‧僖公 20 年	小寢則曷為謂之西宮。有西宮則有東宮矣。
公羊傳‧宣公 16 年	成周宣謝災成周者何。東周也。
公羊傳‧成公 2 年	郤克曰。與我紀侯之甗。反魯衛之侵地。使耕者東畝。……使耕者東畝。是則土齊也。
公羊傳‧襄公 8 年	莒人伐我東鄙。
公羊傳‧襄公 10 年	莒人伐我東鄙。
公羊傳‧襄公 12 年	莒人伐我東鄙。
公羊傳‧襄公 14 年	莒人侵我東鄙。
公羊傳‧襄公 27 年	從君東西南北。則是臣僕庶孽之事也。
公羊傳‧昭公 23 年	夏。六月。蔡侯東國。卒于楚。
公羊傳‧昭公 26 年	天王入于成周。成周者何。東周也。
公羊傳‧哀公 2 年	帥師伐邾婁。取漷東田。
公羊傳‧哀公 13 年	十有一月。有星孛于東方。……其言于東方何。見于旦也。
穀梁傳‧成公 2 年	壹戰緜地五百里。焚雍門之茨。侵車東至海。……使耕者皆東其畝。然後與子盟。……使耕者盡東其畝。則是終土齊也。
穀梁傳‧襄公 8 年	莒人伐我東鄙。

穀梁傳・襄公 10 年	莒人伐我東鄙。
穀梁傳・襄公 12 年	莒人伐我東鄙。
穀梁傳・襄公 14 年	莒人侵我東鄙。
穀梁傳・昭公 21 年	蔡侯東出奔楚。東者。東國也。何為謂之東也。……曰東惡之而貶之也。
穀梁傳・昭公 23 年	蔡侯東國卒于楚。
穀梁傳・哀公 2 年	帥師伐邾。取漷東田。漷東未盡也。及沂西田。
穀梁傳・哀公 13 年	其藉于成周。以尊天王。吳進矣。吳。東方之大國也。……十有一月。有星孛于東方。
論語・鄉黨	侍食於君。君祭。先飯。疾。君視之。東首加朝服拖紳。
論語・憲問	行人子羽脩飾之。東里子產潤色之。或問子產。
論語・季氏	昔者先王以為東蒙主。且在邦域之中矣。是社稷之臣也。
論語・陽貨	曰。夫召我者。而豈徒哉。如有用我者。吾其為東周乎。
孝經〔註 10〕・感應章	詩云。自西自東。自南自北。無思不服。
爾雅・釋宮	東西牆謂之序。……東北隅。謂之宧。東南隅。謂之窔。……室有東西廂。曰廟。無東西廂有室。曰寢。
爾雅・釋天	東風謂之谷風。……娵觜之口。營室東壁也。
爾雅・釋地	濟東曰徐州。……東陵阺。……東方之美者。有醫無閭之珣玗琪焉。東南之美者。有會稽之竹箭焉。……東北之美者。有斥山之文皮焉。……東方有比目魚焉。不比不行。其名謂之鰈。……東至於泰遠。……東至日所出為大平。
爾雅・釋山	河東岱。……山東曰朝陽。泰山為東嶽。
爾雅・釋草	綸似綸。組似組。東海有之。……芄。東蠡。
爾雅・釋魚	科斗。活東。
爾雅・釋鳥	東方曰鶃。北方曰鶀。
孟子・梁惠王上	河內凶。則移其民於河東。移其粟於河內。河東凶亦然。……晉國天下莫強焉。叟之所知也。及寡人之身。東敗於齊。
孟子・梁惠王下	書曰。湯一征。自葛始。天下信之。東面而征西夷怨。南面而征北狄怨。

〔註 10〕〔唐〕元宗明皇帝御注,〔宋〕邢昺疏:《孝經》(十三經注疏阮元校勘本,臺北:藝文印書館,1989 年 1 月),頁 52,詞例資料中標示為《孝經》者,出處均是本書。

		孟子・公孫丑上	詩云。自西自東。自南自北。無思不服。此之謂也。
		孟子・公孫丑下	對曰。不幸而有疾。不能造朝。明日出弔於東郭氏。
		孟子・滕文公下	東面而征西夷怨。南面而征北狄怨。……書曰。徯我后。后來其無罰。有攸不惟臣。東征綏厥士女。篚厥玄黃。紹我周王見休。
		孟子・離婁上	太公辟紂。居東海之濱。
		孟子・離婁下	舜生於諸馮。遷於負夏。卒於鳴條。東夷之人也。……施從良人之所之。徧國中無與立談者。卒之東郭墦間之祭者。乞其餘。不足。
		孟子・萬章上	孟子曰。否。此非君子之言。齊東野人之語也。
		孟子・告子上	告子曰。性。猶湍水也。決諸東方則東流。決諸西方則西流。……人性之無分於善不善也。猶水之無分於東西也。……孟子曰。水信無分於東西。無分於上下乎。
		孟子・告子下	踰東家牆。而摟其處子。則得妻。不摟則不得妻。
		孟子・盡心上	太公辟紂。居東海之濱。……孟子曰。孔子登東山而小魯。登太山而小天下。
		孟子・盡心下	天下無敵焉。南面而征北狄怨。東面而征西夷怨。
7	爻		
8	日	周易・乾	九三。君子終日乾乾。……終日乾乾。……君子終日乾乾。……終日乾乾。……終日乾乾。……君子以成德為行。日可見之行也。……夫大人者與天地合其德。與日月合其明。
		周易・豫	地以順動。故日月不過。而四時不忒。……六二。介于石。不終日。貞吉。象曰。不終日貞吉。以中正也。
		周易・蠱	蠱。元亨。利涉大川。先甲三日。後甲三日。……元亨而天下治也。利涉大川。往有事也。先甲三日。後甲三日。終則有始。天行也。
		周易・復	七日來復。利有攸往。……七日來復。天行也。……復。先王以至日閉關。商旅不行。后不省方。
		周易・大畜	彖曰。大畜。剛健篤實輝光。日新其德。剛上而尚賢。能止健。大正也。
		周易・離	彖曰。離。麗也。日月麗乎天。百穀草木麗乎土。……九三。日昃之離。不鼓缶而歌。……象曰。日昃之離。何可久也。
		周易・恆	日月得天。而能久照。四時變化。而能久成。

周易・晉	晉。康侯用錫馬蕃庶。晝日三接。……晝日三接也。
周易・明夷	初九。明夷于飛。垂其翼。君子于行。三日不食。有攸往。
周易・益	益動而巽。日進无疆。天施地生。其益无方。
周易・	
周易・革	革。已日乃孚。……曰革。已日乃孚。革而信之。……六二。已日乃革之。征吉无咎。……象曰。已日革之。行有嘉也。
周易・震	六二。震來厲。億喪貝。躋于九陵。勿逐七日得。
周易・豐	豐。亨。王假之。勿憂。宜日中。……日中則昃。月盈則食。天地盈虛。與時消息。……六二。豐其蔀。日中見斗。……九三。豐其沛。日中見沫。……九四。豐其蔀。日中見斗。……象曰。豐其蔀。位不當也。日中見斗。幽不明也。
周易・巽	九五。貞吉。悔亡。无不利。无初有終。先庚三日。後庚三日。
周易・既濟	六二。婦喪其茀。勿逐。七日得。象曰。七日得。以中道也。……六四。繻有衣袽。終日戒。象曰。終日戒。有所疑也。
周易・繫辭上	八卦相盪。鼓之以雷霆。潤之以風雨。日月運行。……仁者見之謂之仁。知者見之謂之知。百姓日用而不知。故君子之道鮮矣。……富有之謂大業。日新之謂盛德。……陰陽之義配日月。易簡之善配至德。……凡三百有六十。當期之日。……變通莫大乎四時。縣象著明莫大乎日月。崇高莫大乎富貴。備物致用。
周易・繫辭下	天地之道。貞觀者也。日月之道。貞明者也。……蓋取諸益。日中為市。致天下之民。聚天下之貨。……日往則月來。月往則日來。日月相推而明生焉。……君子見幾而作。不俟終日。易曰。介于石。不終日。貞吉。介如石焉。寧用終日。斷可識矣。
周易・說卦	雨以潤之。日以烜之。……離為火。為日。為電。
尚書・虞書・堯典	乃命羲和。欽若昊天。曆象日月星辰。敬授人時。分命羲仲。宅嵎夷。曰暘谷。寅賓出日。平秩東作。日中星鳥。以殷仲春。……日永星火。以正仲夏。……寅餞納日。平秩西成。宵中星虛。以殷仲秋。……平在朔易。日短星昴。以正仲冬。朞三百有六旬有六日。以閏月定四時成歲。

尚書・虞書・舜典	正月上日。受終于文祖。在璿璣玉衡。以齊七政。……乃日覲四岳羣牧。班瑞于羣后。……協時月。正日。同律度量衡。……月正元日。舜格于文祖。詢于四岳。闢四門。
尚書・虞書・大禹謨	帝初于歷山。往于田。日號泣于旻天。于父母。負罪引慝。
尚書・虞書・皋陶謨	日宣三德。夙夜浚明有家。日嚴祗敬六德。亮采有邦。……兢兢業業。一日二日萬幾。無曠庶官。天工人其代之。
尚書・虞書・益稷	禹拜曰。都。帝。予何言。予思日孜孜。……予欲觀古人之象。日。月。星。辰。山。龍。華蟲。作會。……帝不時。敷同日奏罔功。無若丹朱傲。惟慢遊是好。
尚書・夏書・胤征	羲和湎淫。廢時亂日。
尚書・商書・湯誓	有眾率怠弗協。曰。時日曷喪。
尚書・商書・仲虺之誥	邦乃其昌。德日新。萬邦惟懷。志自滿。
尚書・商書・盤庚上	自今至于後日。各恭爾事。
尚書・商書・高宗肜日	祖己訓諸王。作高宗肜日。高宗之訓。高宗肜日。越有雊雉
尚書・周書・泰誓中	我聞吉人為善。惟日不足。凶人為不善。亦惟日不足。
尚書・周書・泰誓下	惟我文考若日月之照臨。光于四方。
尚書・周書・牧誓	今日之事。不愆于六步。七步。乃止齊焉。
尚書・周書・武成	惟一月壬辰。旁死魄。越翼日癸巳。……越三日庚戌。
尚書・周書・洪範	五紀。一曰歲。二曰月。三曰日。……曰王省惟歲。卿士惟月。師尹惟日。歲月日時無易。……日月歲時既易。……庶民惟星。星有好風。星有好雨。日月之行。則有冬有夏。
尚書・周書・金縢	王翼日乃瘳。
尚書・周書・大誥	今翼日。……王曰。若昔朕其逝。朕言艱日思。
尚書・周書・康誥	又曰。要囚。服念五六日。至于旬時。丕蔽要囚。
尚書・周書・召誥	越六日乙未。……越三日戊申。……越三日庚戌。……越五日甲寅。……若翼日乙卯。……越三日丁巳。……越翼日戊午。……越七日甲子。……王先服殷御事。比介于我有周御事。節性惟日其邁。

尚書·周書·無逸	自朝至于日中昃。不遑暇食。……無皇曰。今日耽樂。乃非民攸訓。
尚書·周書·君奭	我式克至于今日休。我咸成文王功于不怠。丕冒海隅出日。罔不率俾。
尚書·周書·多方	乃大淫昏。不克終日勸于帝之迪。……洪舒于民。亦惟有夏之民叨懫。日欽劓割夏邑。
尚書·周書·周官	作德。心逸。日休。作偽。心勞。日拙。居寵思危。
尚書·周書·君陳	爾尚式時周公之猷訓。惟日孜孜。無敢逸豫。
尚書·周書·顧命	王曰。嗚呼。疾大漸惟幾。病日臻。既彌留。……越翼日乙丑。……越七日癸酉。
尚書·周書·畢命	越三日壬申。
尚書·周書·呂刑	今爾罔不由慰日勤。爾罔或戒不勤。天齊于民。俾我。一日非終惟終。在人。
尚書·周書·泰誓	惟受責俾如流。是惟艱哉。我心之憂。日月逾邁。
毛詩·邶風·柏舟	靜言思之。寤辟有摽。日居月諸。胡迭而微。心之憂矣。如匪澣衣。
毛詩·邶風·日月	日月。衛莊姜傷己也。……日居月諸。照臨下土。……日居月諸。下土是冒。……日居月諸。出自東方。……日居月諸。東方自出。
毛詩·邶風·終風	莫往莫來。悠悠我思。終風且曀。不日有曀。
毛詩·邶風·雄雉	瞻彼日月。悠悠我思。
毛詩·邶風·匏有苦葉	雝雝鳴鴈。旭日始旦。士如歸妻。迨冰未泮。
毛詩·邶風·旄丘	旄丘之葛兮。何誕之節兮。叔兮伯兮。何多日也。
毛詩·邶風·簡兮	簡兮簡兮。方將萬舞。日之方中。在前上處。
毛詩·邶風·泉水	毖彼泉水。亦流于淇。有懷于衛。靡日不思。孌彼諸姬。聊與之謀。
毛詩·鄘風·定之方中	定之方中。作于楚宮。揆之以日。作于楚室。
毛詩·衛風·伯兮	其雨其雨。杲杲出日。願言思伯。甘心首疾。
毛詩·王風·君子于役	雞棲于塒。日之夕矣。……君子于役。不日不月。曷其有佸。雞棲于桀日之夕矣。
毛詩·王風·中谷有蓷	夫婦日以衰薄。凶年饑饉。室家相棄爾。
毛詩·王風·采葛	一日不見。如三月兮。……一日不見。如三秋兮。……一日不見。如三歲兮。
毛詩·王風·大車	穀則異室。死則同穴。謂予不信。有如皦日。
毛詩·鄭·子衿	一日不見。如三月兮。

毛詩・齊風・東方之日	東方之日。刺衰也。……東方之日兮。彼姝者子。
毛詩・齊風・猗嗟	終日射侯。不出正兮。
毛詩・魏風・園有桃	日以侵削。故作是詩也。
毛詩・唐風・蟋蟀	今我不樂。日月其除。……今我不樂。日月其邁。……今我不樂。日月其慆。
毛詩・唐風・山有樞	子有酒食。何不日鼓瑟。且以喜樂。且以永日。
毛詩・唐風・葛生	夏之日。冬之夜。……冬之夜。夏之日。
毛詩・檜風・羔裘	羔裘如膏。日出有曜。豈不爾思。中心是悼。
毛詩・豳風・七月	一之日觱發。二之日栗烈。……三之日于耜。四之日舉趾。……春日載陽。有鳴倉庚。……春日遲遲。采蘩祁祁。……一之日于貉。……二之日其同。……二之日鑿冰沖沖。三之日納于凌陰。四之日其蚤。
毛詩・小雅・鹿鳴之什・天保	降爾遐福。維日不足。……民之質矣。日用飲食。……如月之恆。如日之升。
毛詩・小雅・鹿鳴之什・采薇	小人所腓。四牡翼翼。象弭魚服。豈不日戒。玁狁孔棘。
毛詩・小雅・鹿鳴之什・出車	春日遲遲。卉木萋萋。
毛詩・小雅・鹿鳴之什・杕杜	繼嗣我日。日月陽止。女心傷止。征夫遑止。
毛詩・小雅・南有嘉魚之什・吉日	吉日。美宣王田也。……吉日維戊。既伯既禱。……吉日庚午。既差我馬。
毛詩・小雅・節南山之什・十月	十月之交。朔月辛卯。日有食之。亦孔之醜。彼月而微。此日而微。……日月告凶。不用其行。……此日而食。于何不臧。
毛詩・小雅・節南山之什・雨無正	憯憯日瘁。
毛詩・小雅・節南山之什・小旻	謀猶回遹。何日斯沮。
毛詩・小雅・節南山之什・小宛	彼昏不知。壹醉日富。……我日斯邁。而月斯征。
毛詩・小雅・谷風之什・大東	跂彼織女。終日七襄。
毛詩・小雅・谷風之什・四月	秋日淒淒。百卉具腓。……冬日烈烈。飄風發發……我日構禍。曷云能穀。
毛詩・小雅・谷風之什・小明	昔我往矣。日月方除。……昔我往矣。日月方奧。

毛詩・小雅・甫田之什・頍弁	死喪無日。無幾相見。
毛詩・小雅・魚藻之什・采綠	五日為期。六日不詹。
毛詩・小雅・魚藻之什・隰桑	中心藏之。何日忘之。
毛詩・小雅・魚藻之什・何草不黃	何草不黃。何日不行。
毛詩・大雅・文王之什・靈臺	庶民攻之。不日成之。
毛詩・大雅・蕩之什・召旻	昔先王受命。有如召公。日辟國百里。今也日蹙國百里。於乎哀哉。
毛詩・周頌・清廟之什・我將	儀式刑文王之典。日靖四方。
毛詩・周頌・閔予小子之什・敬之	陟降厥士。日監在茲。維予小子。不聰敬止。日就月將。
毛詩・商頌・長發	湯降不遲。聖敬日躋。
周禮・大宰	乃縣治象之灋于象魏。使萬民觀治象。挾日而斂之。……前期十日。帥執事而卜日。……及祀之日。
周禮・宰夫	旬終。則令正日成。而以攷其治。
周禮・膳夫	醬用百有二十甕。王日一舉。……王齊日三舉。
周禮・酒正	日入其成。月入其要。
周禮・掌次	朝日。祀五帝。
周禮・司會	以參互攷日成。以月要攷月成。以歲會攷歲成。
周禮・世婦	及祭之日。
周禮・大司徒	正日景以求地中。日南則景短。……日北則景長。……日東則景夕。……日西則景朝。……日至之景。……使萬民觀教象。挾日而斂之。
周禮・黨正	及四時之孟月吉日。
周禮・鼓人	夜鼓鼜。軍動則鼓其眾。田役亦如之。救日月。
周禮・均人	豐年則公旬用三日焉。中年則公旬用二日焉。無年則公旬用一日焉。
周禮・媒氏	凡男女自成名以上。皆書年月日名焉。
周禮・司市	大市日昃而市……凡得貨賄六畜者。亦如之。三日而舉之。
周禮・泉府	凡賒者。祭祀無過旬日。
周禮・山虞	令萬民時斬材。有期日。
周禮・大宗伯	以實柴祀日月星辰。……帥執事而卜日宿。
周禮・小宗伯	祭之日。

周禮・肆師	凡祭祀之卜日。……祭之日。……嘗之日。……獮之日。……社之日。
周禮・典瑞	王晉大圭。執鎮圭。繅藉五采五就以朝日。……圭璧以祀日月星辰。……土圭以致四時日月。
周禮・冢人	大喪既有日。請度甫竁。
周禮・大司樂	冬日至。……夏日至。……凡日月食。凡日月食。
周禮・占夢	以日月星辰占六夢之吉凶。
周禮・大史	大祭祀。與執事卜日。戒及宿之日。……祭之日。……及將幣之日。……遣之日。讀誄。
周禮・馮相氏	十有二辰十日。……冬夏致日。
周禮・保章氏	保章氏掌天星以志星辰日月之變動。
周禮・司常	司常掌九旗之物名。各有屬以待國事。日月為常。交龍為旂。
周禮・家宗人	以冬日至。致天神人鬼。以夏日至。致地示物魅。
周禮・大司馬	使萬民觀政象。挾日而斂之。……田之日。司馬建旗于後表之中。
周禮・挈壺氏	分以日夜。
周禮・大僕	凡軍旅田役。贊王鼓。救日月。
周禮・土方氏	土方氏掌土圭之灋。以致日景。
周禮・大司寇	以兩劑禁民獄。入鈞金三日。乃致于朝。……旬有三日坐。……其次九日坐。……其次七日坐。……其次五日坐。……其下罪三日坐。……三日。……使萬民觀刑象。挾日而斂之。……若禋祀五帝。則戒之日。涖誓百官。戒于百族。……祭之日。
周禮・鄉士	士師受中。協日刑殺。肆之三日。
周禮・縣士	士師受中。協日刑殺。各就其縣。肆之三日。
周禮・朝士	凡士之治有期日。國中一旬。郊二旬。野三旬。都三月。
周禮・司民	司寇及孟冬祀司民之日。獻其數于王。
周禮・掌戮	凡殺人者。踣諸市。肆之三日。刑盜于市。
周禮・蜡氏	若有死於道路者。則令埋而置楬焉。書其日月焉。縣其衣服任器。
周禮・司烜氏	司烜氏掌以夫遂取明火於日
周禮・柞氏	夏日至。……冬日至。
周禮・薙氏	春始生而萌之。夏日至而夷之。秋繩而芟之。冬日至而耜之。
周禮・硩蔟氏	硩蔟氏掌覆夭鳥之巢。以方書十日之號。

周禮·庭氏	若不見其鳥獸。則以救日之弓。與救月之矢射之。
周禮·司儀	客從拜辱于朝。明日。客拜禮賜
周禮·掌客	乘禽日九十雙。……乘禽日七十雙。……乘禽日五十雙。
周禮·朝大夫	朝大夫掌都家之國治。日朝。以聽國事故。
周禮·輈人	進則與馬謀。退則與人謀。終日馳騁。……輪輻三十。以象日月也。
周禮·韗人	凡冒鼓。必以啟蟄之日。
周禮·㡛氏	漚其絲七日。去地尺暴之。晝暴諸日。夜宿諸井。七日七夜。是謂水湅。……明日沃而盭之。晝暴諸日。……七日七夜。
周禮·玉人	土圭尺有五寸以致日。……圭璧五寸。以祀日月星辰。
周禮·匠人	眡以景。為規識日出之景。與日入之景。晝參諸日中之景。夜考之極星。以正朝夕。……必一日先深之以為式。
儀禮·士冠禮	若不吉。則筮遠日。……前期三日筮賓。如求日之儀。……令月吉日。……令月吉日。
儀禮·士昏禮	使某也請吉日。……某敢不告期曰某日。
儀禮·士相見禮	凡侍坐於君子。君子欠伸。問日之早晏。
儀禮·鄉飲酒禮	明日賓服鄉服以拜賜。
儀禮·鄉射禮	明日。賓朝服以拜賜于門外。
儀禮·大射	前射三日宰夫戒宰及司馬。
儀禮·聘禮	明日賓拜于朝。……明日賓拜禮於朝。……賓介皆明日拜于朝。……明日君館之。……使者既受行。日朝同位。……管人為客三日具沐。五日具浴。……聘日致饔。明日問大夫。……宰夫始歸乘禽。日如其饔飧之數。士中日則二雙。……歸大禮之日。
儀禮·公食大夫禮	明日賓朝服拜賜于朝拜食與侑幣。……明日。賓朝服以拜賜于朝。
儀禮·覲禮	某日。伯父帥乃初事。……象日月。……出拜日於東門之外。反祀方明。禮日於南門外。禮月與四瀆於北門外。
儀禮·喪服子夏傳	無服之殤。以日易月。以日易月之殤。殤而無服。
儀禮·士喪禮	蚤揃如他日。……主人拜送。三日。成服。杖。……卜日既朝哭。……命曰。哀子某。來日某卜葬其父某甫考降。……占曰某日從。
儀禮·既夕禮	主人送于門外。有司請祖期。曰日側。……明日以其班祔。……主人說髦。三日絞垂。……湯沐之饌如他日。……卜日吉。

儀禮・士虞禮	北首西上寢右。日中而行事。……宗人詔降如初。始虞。用柔日。……三虞。卒哭。他用剛日。……死三日而殯。……來日某隮祔爾于爾皇祖某甫。……明日。以其班祔。
儀禮・特牲饋食禮	特牲饋食之禮。不諏日。及筮日。……孝孫某筮來日某諏此某事。……若不吉。則筮遠日如初儀。……前期三日之朝。筮尸如求日之儀。……明日卒奠。
儀禮・少牢饋食禮	日用丁巳。筮旬有一日。……來日丁亥。……孝孫某來日丁亥。……若不吉。則及遠日又筮日。……前宿一日。宿戒尸。明日朝筮尸。如筮日之禮。……來日丁亥。……來日丁亥。……明日。主人朝服即位于廟門之外。
禮記・曲禮上	視日蚤莫。……非受幣。不交不親。故日月以告君。……名子者。不以國。不以日月。……生與來日。死與往日。……適墓不歌。哭日不歌。……外事以剛日。內事以柔日。凡卜筮日。旬之外曰遠某日。旬之內曰近某日。喪事先遠日。吉事先近日。曰。為日。假爾泰龜有常。假爾泰筮有常。……卜筮者。先聖王之所以使民信時日。敬鬼神。畏法令也。……故曰。疑而筮之。則弗非也。日而行事。則必踐之。
禮記・曲禮下	唯興之日。從新國之法。……他日君問之曰。安取彼。
禮記・檀弓上	子思曰。喪三日而殯。……故忌日不樂。……殷人尚白。大事斂用日中。……周人尚赤。大事斂用日出。……他日不敗績。而今敗績。是無勇也。……孔子既祥。五日彈琴而不成聲。十日而成笙歌。……小人曰死。吾今日其庶幾乎。……漿不入於口者七日。……水漿不入於口者三日。……蓋寢疾七日而沒。……一日二日而可為也者。君子弗為也。……今一日而三斬板。而已封。……朝奠日出。夕奠逮日。……哭於大廟三日。
禮記・檀弓下	是日不樂。……行弔之日。……有司以几筵舍奠於墓左。反。日中而虞。葬日虞。弗忍一日離也。……卒哭曰成事。是日也以吉祭易喪祭。明日祔于祖父。……比至於祔。必於是日也接。不忍一日未有所歸也。……曰。日月有時。將葬矣。……有焚其先人之室。則三日哭。故曰。新宮火。亦三日哭。……天子崩。三日。祝先服。五日。官長服。七日。國中男女服。……樂正子春之母死。五日而不食。……曰。天子崩。巷市七日。諸侯薨。巷市三日。為之徙市。

禮記・王制	命典禮。考時月定日。……民無菜色。然後天子食。日舉以樂。天子七日而殯。……諸侯五日而殯。……大夫士庶人三日而殯。……用民之力。歲不過三日。……元日習射上功。……王三日不舉。……時日。卜筮。……九十日脩。……九十日有秩。
禮記・月令	孟春之月。日在營室。昏參中。……其日甲乙。……是月也。以立春。先立春三日。大史謁之天子。……曰。某日立春。……立春之日。……司天日月星辰之行。宿離不貸。毋失經紀。……是月也。天子乃以元日。……仲春之月。日在奎。……其日甲乙。……存諸孤。擇元日。命民社。……玄鳥至。至之日。以大牢祠于高禖。……是月也。日夜分。……先雷三日。……日夜分。……季春之月。日在胃。……其日甲乙。……監工日號。毋悖于時。……擇吉日大合樂。……孟夏之月。日在畢。……其日丙丁。……先立夏三日。……某日立夏。……仲夏之月。日在東井。……其日丙丁。……是月也。日長至。……季夏之月。日在柳。……其日丙丁。……中央土。其日戊己。……孟秋之月。日在翼。……其日庚辛。……先立秋三日。……某日立秋。……立秋之日。……仲秋之月。日在角。……其日庚辛。……日夜分……陽氣日衰。……日夜分……季秋之月。日在房。……其日庚辛。……合諸侯制。百縣為來歲受朔日。……孟冬之月。日在尾。……其日壬癸。……先立冬三日。……某日立冬。……立冬之日。……仲冬之月。日在斗。……其日壬癸。……日短至。……日短至。……季冬之月。日在婺女。……其日壬癸。……日窮于次。月窮于紀。星回于天。
禮記・曾子問	三日。……告者五日而徧。……如將冠子而未及期日。而有齊衰大功小功之喪。……如將冠子而未及期日。而有齊衰大功小功之喪。……三日不舉樂。……。擇日而祭於禰。……取女有吉日。……天無二日。……曰。大廟火。日食。……如諸侯皆在而日食。則從天子救日。……曰。天子崩。大廟火。日食。……當祭而日食。大廟火。其祭也如之何。……君之大廟火。日食。……葬引至于堩。日有食之。……日有食之。……日有食之。……見日而行。逮日而舍奠。……見日而行。逮日而舍。……日有食之。
禮記・文王世子	朝於王季日三。雞初鳴而衣服。……今日安否何如。……及日中又至。……旬有二日乃間。……今日安否何如。內豎曰。今日安。

禮記・禮運	故天秉陽。垂日星。……以四時為柄。以日星為紀。……以日星為紀。故事可列也。
禮記・禮器	七日戒。三日宿。慎之至也。……故作大事。必順天時。為朝夕必放於日月。……日不足。繼之以燭。……有司跛倚以臨祭。其為不敬大矣。他日祭。
禮記・郊特牲	孔子曰。三日齊。一日用之。猶恐不敬。二日伐鼓。……日用甲。用日之始也。……迎長日之至也。大報天而主日也。兆於南郊。……周之始郊。日以至。……卜之日。……祭之日。……祭之日。……旂十有二旒。龍章而設日月。以象天也。……故君子三日齊。必見其所祭者。
禮記・內則	日出而退。各從其事。日入而夕。……五日則燂湯請浴。三日具沐。……九十日脩。……九十日有秩。……三日三夜毋絕火。……故妾雖老。年未滿五十。必與五日之御。……夫使人日再問之。……夫復使人日再問之。……三日始負子。……三日。……凡接日。子擇……擇日……是日也。……曰。母某敢用時日。祇見孺子。……某年某月某日某生。……凡名子。不以日月。……夫使人日一問之。……九年。教之數日。
禮記・玉藻	玄端而朝日於東門之外。……皮弁以日視朝。……日中而餕。奏而食。日少牢。……朝服以日視朝於內朝。……君日出而視之。……日五盥。……凡賜。君子與小人不同日。
禮記・明堂位	旂十有二旒。日月之章。祀帝于郊。
禮記・喪服小記	練筮日。筮尸。……杖筮日。筮尸。……三日而五哭三袒。
禮記・少儀	問日之蚤莫。雖請退可也。
禮記・樂記	如此則國之滅亡無日矣。……動之以四時。煖之以日月。而百化興焉。……終日飲酒而不得醉焉。
禮記・雜記上	大夫卜宅與葬日。……親者終其麻帶絰之日數。
禮記・雜記下	三日不怠。……諸侯使人弔。其次含襚賵臨。皆同日而畢事者也。……子曰。百日之蜡。一日之澤。……孟獻之曰。正月日至。可以有事於上帝。七月日至。可以有事於祖。
禮記・喪大記	三日。……五日既殯。……大夫之喪。三日之朝。……士之喪。二日而殯。……三日之朝。……拖用浴衣。如它日。……拖用巾。如它日。……君之喪。子。大夫。公子。眾士。皆三日不食。
禮記・喪服大記	朔月忌日。則歸哭于宗室。
禮記・祭法	王宮。祭日也。……及夫日月星辰。民所瞻仰也。

禮記‧祭義	致齊於內。散齊於外。齊之日。……齊三日。乃見其所為齊者。……祭之日。……君子有終身之喪。忌日之謂也。忌日不用。非不祥也。……言夫日。志有所至。……忌日必哀。……明發不寐。有懷二人。文王之詩也。祭之明日。明發不寐。饗而致之。又從而思之。……祭之日。……祭之日。……郊之祭。大報天而主日。……周人祭日。……祭日於壇。……祭日於東。……日出於東。……及良日。……及祭之日。
禮記‧祭統	故散齊七日以定之。致齊三日以齊之。……是故先期旬有一日。……夫人亦散齊七日。致齊三日。……祭之日。……嘗之日。
禮記‧經解	故德配天地。兼利萬物。與日月並明。……使人日徙善遠罪而不自知也。
禮記‧哀公問	孔子對曰。貴其不已。如日月東西相從而不已也。是天道也。
禮記‧孔子閒居	無服之喪。以畜萬邦。無聲之樂。日聞四方。無體之禮。日就月將。……孔子曰。天無私覆。地無私載。日月無私照。……在詩曰。帝命不違。至于湯齊。湯降不遲。聖敬日齊。昭假遲遲。
禮記‧坊記	子云。天無二日。土無二王。……子云。七日戒。三日齊。……故君子有君不謀仕。唯卜之日稱二君。
禮記‧中庸	日省月試。既廩稱事。所以勸百工也。……今夫天。斯昭昭之多。及其無窮也。日月星辰繫焉。萬物覆焉。……辟如四時之錯行。如日月之代明。……天之所覆。地之所載。日月所照。霜露所隊。……故君子之道。闇然而日章。小人之道。的然而日亡。
禮記‧表記	子曰。君子莊敬日強。安肆日偷。君子不以一日使其躬儳焉。如不終日。子曰。齊戒以事鬼神。擇日月以見君。……中道而廢。忘身之老也不知年數之不足也。俛焉日有孳孳。斃而后已。……詩云。心乎愛矣。瑕不謂矣。中心藏之。何日忘之。……是故不犯日月。不違卜筮。卜筮不相襲也。大事有時日。小事無時日。外事用剛日。內事用柔日。不違龜筮。……子曰。君子敬則用祭器。是以不廢日月。不違龜筮。
禮記‧緇衣	君雅曰。夏日暑雨。小民惟曰怨。
禮記‧奔喪	日行百里。不以夜行。……三日成服。……三日成服。……三日成服。……三日成服。……三日五哭卒。

禮記・問喪	水漿不入口三日。……三日而斂。……死三日而后斂者。……故曰。三日而后斂者。以俟其生也。三日而不生。亦不生矣。……以三日為之禮制也。
禮記・間傳	斬衰三日不食。齊衰二日不食。
禮記・三年問	故曰。無易之道也。創鉅者其日久。
禮記・儒行	易衣而出。并日而食。
禮記・大學	湯之盤銘曰。苟日新。日日新。又日新。
禮記・冠義	是故古者聖王重冠。古者冠禮。筮日筮賓。所以敬冠事。
禮記・昏義	是故男教不脩。陽事不得。適見於天。日為之食。……是故日食則天子素服。……故天子之與后。猶日之與月。
禮記・鄉飲酒義	三賓。象三光也。讓之三也。象月之三日而成魄也。……君子之所謂孝者。非家至而日見之也。……立賓以象天。立主以象地。設介僎以象日月。……經之以天地。紀之以日月。參之以三光。政教之本也。……月者三日則成魄。三月則成時。
禮記・聘義	皆陳於外。乘禽日五雙。……日幾中而后禮成。……肉乾。人飢而不敢食也。日莫人倦。齊莊正齊。而不敢解惰。
禮記・喪服四制	三日而食。……祥之日。……天無二日。……三日授子杖。五日授大夫杖。七日授士杖。……三日不怠。……三日而食粥。
左傳・隱公傳元年	眾父卒。公不與小斂。故不書日。
左傳・隱公經 3 年	春。王二月。己巳。日有食之。
左傳・隱公傳 4 年	宋公。陳侯。蔡人。衛人。伐鄭。圍其東門。五日而還。
左傳・隱公傳 9 年	凡雨。自三日以往為霖。
左傳・隱公傳 11 年	周之子孫。日失其序。
左傳・桓公經 3 年	秋。七月。壬辰朔。日有食之。既。
左傳・桓公傳 11 年	鬪廉曰。鄖人軍其郊。必不誡。且日虞四邑之至也。君次於郊郢以禦四邑。
左傳・桓公傳 12 年	明日。絞人爭出。驅楚役徒於山中。
左傳・桓公經 17 年	冬。十月朔。日有食之。
左傳・桓公傳 17 年	冬。十月朔。日有食之。不書。日官失之也。……天子有日官。諸侯有日御。日官居卿以底日。禮也。日御不失日。以授百官于朝。
左傳・莊公傳 12 年	一日而至。
左傳・莊公經 18 年	春。王三月。日有食之。

左傳・莊公經 25 年	六月。辛未。朔。日有食之。
左傳・莊公傳 25 年	夏。六月。辛未朔。日有食之。……唯正月之朔。慝未作。日有食之。……凡天災。有幣無牲。非日月之眚。不鼓。
左傳・莊公經 26 年	冬。十有二月。癸亥朔。日有食之。
左傳・莊公傳 29 年	凡馬。日中而出。日中而入。……火見而致用。水昏正而栽。日至而畢。
左傳・莊公經 30 年	九月。庚午朔。日有食之。
左傳・莊公傳 32 年	對曰。以其物享焉。其至之日。亦其物也。
左傳・僖公傳 4 年	六日。公至。
左傳・僖公經 5 年	九月。戊申朔。日有食之。
左傳・僖公傳 5 年	春。王正月。辛亥朔。日南至。……丙子旦。日在尾。月在策。鶉火中。必是時也。
左傳・僖公傳 10 年	七日。新城西偏。
左傳・僖公經 12 年	春。王三月。庚午。日有食之。
左傳・僖公經 15 年	夏。五月。日有食之。
左傳・僖公傳 15 年	夏。五月。日有食之。不書朔與日。官失之也。
左傳・僖公傳 23 年	他日。公享之。
左傳・僖公傳 25 年	且是卦也。天為澤以當日。……冬。晉侯圍原。命三日之糧。原不降。命去之。
左傳・僖公傳 27 年	子玉復治兵於蒍。終日而畢。鞭七人。貫三人耳。
左傳・僖公傳 28 年	曰。今日必無晉矣。……楚師敗績。子玉收其卒而止。故不敗。晉師三日館穀。……自今日以往。既盟之後。行者無保其力。
左傳・僖公傳 31 年	禮不卜常祀。而卜其牲日。牛卜日曰牲。牲成而卜郊。
左傳・僖公傳 33 年	居則具一日之積。行則備一夕之衛。……一日縱敵。數世之患也。……婦人暫而免諸國。墮軍實而長寇讎。亡無日矣。
左傳・文公經元年	二月。癸亥。日有食之。
左傳・文公傳 2 年	晉梁弘御戎。萊駒為右。戰之明日。
左傳・文公傳 7 年	穆嬴日抱太子以啼于朝。……曰。趙衰。趙盾。孰賢。對曰。趙衰。冬日之日也。趙盾。夏日之日也。……晉郤缺言於趙宣子曰。日衛不睦。故取其地。今已睦矣。
左傳・文公傳 12 年	明日請相見也。
左傳・文公傳 13 年	趙宣子曰。隨會在秦。賈季在狄。難日至矣。若之何。
左傳・文公經 15 年	六月。辛丑。朔。日有食之。

左傳・文公傳 15 年	六月。辛丑朔。日有食之。鼓用牲于社。非禮也。日有食之。天子不舉。伐鼓于社。
左傳・文公傳 16 年	乃出師。旬有五日。百濮乃罷。……年自七十以上。無不饋詒也。時加羞珍異。無日不數於六卿之門。國之材人。無不事也。
左傳・文公傳 18 年	曰。今日必授。季文子使司寇出諸竟。曰。今日必達。
左傳・宣公傳 2 年	曰。疇昔之羊。子為政。今日之事。我為政。……曰。不食三日矣。
左傳・宣公傳 4 年	曰。他日我如此。必嘗異味。
左傳・宣公經 8 年	秋。七月。甲子。日有食之。既。……十月。己丑。葬我小君敬嬴。雨不克葬。庚寅。日中而克葬。
左傳・宣公傳 8 年	晉人獲秦諜。殺諸絳市。六日而蘇。……禮。卜葬先遠日。辟不懷也。
左傳・宣公傳 9 年	曰。是國之災也。吾死無日矣。
左傳・宣公經 10 年	夏。四月。丙辰。日有食之。
左傳・宣公傳 11 年	尹蒍艾獵城沂。使封人慮事。以授司徒。量功命日。分財用。
左傳・宣公傳 12 年	楚子圍鄭。旬有七日……欒武子曰。楚自克庸以來。其君無日不討國人而訓之。于民生之不易。禍至之無日。……在軍。無日不討軍實而申儆之。……右廣初駕。數及日中。……晉人許之。盟有日矣。……楚人乘我。喪師無日矣。……右廣。雞鳴而駕。日中而說。左則受之。日入而說。……授趙旃綏以免。明日以表尸之。……晉師三日穀。……夫其敗也。如日月之食焉。何損於明。……明日。蕭潰。
左傳・宣公經 17 年	六月。癸卯。日有食之。
左傳・成公傳 2 年	齊侯親鼓。士陵城。三日。取龍。
左傳・成公經 3 年	甲子。新宮災。三日哭。
左傳・成公傳 5 年	福也。祭其得亡乎。祭之之明日而亡。
左傳・成公傳 7 年	有上不弔。其誰不受亂。吾亡無日矣。
左傳・成公傳 10 年	小臣有晨夢負公以登天。及日中。
左傳・成公傳 11 年	王使劉子復之。盟于鄧而入。三日。復出奔晉。
左傳・成公傳 12 年	子反曰。日云莫矣。……文子曰。無禮必食言。吾死無日矣夫。
左傳・成公經 16 年	六月。丙寅朔。日有食之。
左傳・成公傳 16 年	欒書曰。楚師輕窕。固壘而待之。三日必退。……占之曰。姬姓。日也。異姓。月也。……楚人謂夫旌。子重之麾也。彼其子重也。日臣之使於楚也。……明日復戰。……晉入楚軍。三日穀。……戰之日。……聲伯四日不食以待之。

左傳・成公經 17 年	壬申。公孫嬰卒于貍脤。十有二月丁巳朔。日有食之。
左傳・成公傳 18 年	立而不從將安用君。二三子用我今日。否亦今日。共而從君。神之所福也。
左傳・襄公傳 3 年	子重歸。既飲至。三日。吳人伐楚。……公讀其書曰。日君乏使。使臣斯司馬。
左傳・襄公傳 6 年	子蕩射子罕之門曰。幾日而不我從。
左傳・襄公傳 8 年	子展曰。小所以事大。信也。小國無信。兵亂日至。亡無日矣。
左傳・襄公傳 9 年	商人閱其禍敗之釁。必始於火。是以日知其有天道也。……曰。自今日既盟之後。……自今日既盟之後。……姑盟而退。脩德息師而來。終必獲鄭。何必今日。我之不德。民將棄我。豈唯鄭。
左傳・襄公傳 10 年	帶其斷以徇於軍三日。……七日不克。必爾乎取之。
左傳・襄公經 14 年	二月。乙未朔。日有食之。
左傳・襄公傳 14 年	衛獻公戒孫文子。寧惠子食。皆服而朝。日旰不召。而射鴻於囿。……民奉其君。愛之如父母。仰之如日月。敬之如神明。
左傳・襄公經 15 年	秋。八月。丁巳。日有食之。
左傳・襄公傳 18 年	他日見諸道。與之言同。……州綽曰。有如日。乃弛弓而自後縛之。
左傳・襄公經 20 年	冬。十月。丙辰朔。日有食之。
左傳・襄公經 21 年	九月。庚戌朔。日有食之。……冬。十月。庚辰朔。日有食之。
左傳・襄公傳 22 年	國家罷病。不虞荐至。無日不惕。豈敢忘職。……曰君臣有禮。唯二三子。三日。棄疾請尸。……他日朝。與申叔豫言。弗應而退。
左傳・襄公經 23 年	春。王二月。癸酉朔。日有食之。
左傳・襄公傳 23 年	所不請於君焚丹書者。有如日。乃出豹而閉之。督戎從之。……他日又訪焉。……孟孫死。吾亡無日矣。……明日將復戰。……明日。……華周對曰。貪貨棄命。亦君所惡也。昏而受命。日未中而棄之。何以事君。
左傳・襄公經 24 年	秋。七月。甲子。朔。日有食之。既。……八月。癸巳朔。日有食之。
左傳・襄公傳 25 年	其來也不寇。使民不嚴。異於他日。齊師徒歸。……吳人居其間七日。……且曰。他日吾見蔑之面而已。……子產曰。政如農功。日夜思之。思其始而成其終。

左傳・襄公傳 26 年	叔向曰。秦晉不和久矣。今日之事。……若不已。死無日矣。……大子曰。唯佐也能免我。召而使請。曰日中不來。吾知死矣。……師陳焚次。明日將戰。
左傳・襄公經 27 年	冬。十有二月。乙卯。朔。日有食之。
左傳・襄公傳 27 年	崔之薄。慶之厚也。他日又告。……十一月。乙亥。朔。日有食之。
左傳・襄公傳 28 年	子產曰。蔡侯其不免乎。日其過此也。……易內而飲酒數日國遷朝焉。……公膳日雙雞。饔人竊更之以鶩。……足欲。亡無日矣。……王人來告喪。問崩日。以甲寅告。
左傳・襄公傳 29 年	季孫見之。則言季氏如他日。
左傳・襄公傳 30 年	雖其和也。猶相積惡也。惡至無日矣。……史趙曰。亥有二首六身。下二如身。是其日數也。
左傳・襄公傳 31 年	他日。我曰子為鄭國。我為吾家。以庇焉其可也。
左傳・昭公傳元年	莒魯爭鄆。為日久矣。……叔孫歸。曾夭御季孫以勞之。旦及日中。不出。曾夭謂曾阜曰。旦及日中。吾知罪矣。……趙孟將死矣。主民。翫歲而愒日。其與幾何。……日尋干戈。以相征討。后帝不臧。……日月星辰之神。則雪霜風雨之不時。於是乎禜之。……楚王汰侈。而自說其事。必合諸侯。吾往無日矣。
左傳・昭公傳 3 年	降在皁隸。政在家門。民無所依。君日不悛。以樂慆憂。公室之卑。其何日之有。……昧旦不顯。後世猶怠。況日不悛。其能久乎。……旦告曰。楚人日徵敝邑。以不朝立王之故。……楚子享之。賦吉日既享。
左傳・昭公傳 4 年	寡君使舉曰。日君有惠。賜盟于宋。……古者日在北陸。而藏冰西陸。朝覿而出之。……饗大夫以落之。既具。使豎牛請。日入弗謁。出命之日。及賓至。
左傳・昭公傳 5 年	其名曰牛。卒以餒死。明夷。日也。日之數十。故有十時。……自王已下。其二為公。其三為卿。日上其中。食日為二。旦日為三。……明夷之謙。明而未融。其當旦乎。故曰為子祀。日之謙當鳥。故曰明夷于飛。……日之動。故曰君子于行。當三在旦。故曰三日不食。……好逆使臣。滋敝邑休殆而忘其死。亡無日矣。
左傳・昭公傳 6 年	詩曰。儀式刑文王之德。日靖四方。
左傳・昭公經 7 年	夏。四月。甲辰。朔。日有食之。
左傳・昭公傳 7 年	天有十日。人有十等。下所以事上。上所以共神也。……而致諸宗祧曰。我先君共王。引領北望。

		日月以象。傳序相授。……夏。四月。甲辰。朔。日有食之。……晉侯問於士文伯曰。誰將當日食。……公曰。詩所謂彼日而食。于何不臧者。……無政。不用善。則自取謫于日月之災。……曰。日君以夫公孫段。……晉侯謂伯瑕曰。吾所問日食從矣。可常乎。對曰。不可。……公曰。何謂六物對曰。歲時日月星辰是謂也。……對曰。日月之會是謂辰。故以配日。
	左傳‧昭公傳 9 年	辰在子卯。謂之疾日。
	左傳‧昭公傳 11 年	有三年之喪。而無一日之感。
	左傳‧昭公傳 12 年	毀之。則朝而塴。弗毀。則日中而塴。……豈憚日中。無損於賓。而民不害。何故不為。……何故不為。遂弗毀。日中而葬。君子謂子產於是乎知禮。……日旰君勤。可以出矣。……饋不食。寢不寐。數日不能自克。以及於難。
	左傳‧昭公傳 13 年	畀蕘者異於他日。敢請之。……令諸侯日中造于除。……存亡之制。將在今矣。自日中以爭。至于昏。
	左傳‧昭公傳 14 年	請期五日。遂奔齊。
	左傳‧昭公經 15 年	六月。丁巳。朔日有食之。
	左傳‧昭公傳 15 年	梓慎曰。禘之日。其有咎乎。
	左傳‧昭公傳 16 年	韓子請諸子產曰。日起請夫環。執政弗義。弗敢復也。
	左傳‧昭公經 17 年	夏。六月。甲戌。朔。日有食之。
	左傳‧昭公傳 17 年	夏。六月。甲戌。朔。日有食之。……昭子曰。日有食之。天子不舉。伐鼓於社。……日有食之。於是乎有伐鼓用幣。禮也。……大史曰。在此月也。日過分而未至。三辰有災。……裨竈言於子產曰。宋衛陳鄭。將同日火。若我用瓘斝玉瓚。鄭必不火。
	左傳‧昭公傳 18 年	萇弘曰。毛得必亡。是昆吾稔之日也。……梓慎曰。是謂融風。火之始也。七日其火作乎。……曰。宋。衛。陳。鄭。也。數日皆來告火。……明日。……三日哭。國不市。……其寢在道北。其庭小。過期三日。
	左傳‧昭公傳 19 年	駟氏聳。他日。絲以告其舅。……今宮室無量。民人日駭。
	左傳‧昭公傳 20 年	春。王二月。己丑。日南至。……從政如他日。……公與夫人。每日。必適華氏。……故質其子。若又歸之。死無日矣。……晏子曰。日宋之盟。……強易其賄。布常無藝。徵斂無度。宮室日更。淫樂不違。

左傳・昭公經 21 年	秋。七月。壬午。朔。日有食之。
左傳・昭公傳 21 年	秋。七月。壬午。朔。日有食之。……對曰。二至二分。日有食之。不為災。日月之行也。分同道也。至相過也。……故常為水。於是叔輒哭日食。
左傳・昭公經 22 年	十有二月。癸酉。朔。日有食之。
左傳・昭公傳 23 年	叔孫所館者。雖一日。必葺其牆屋。去之如始至。
左傳・昭公經 24 年	夏。五月。乙未。朔。日有食之。
左傳・昭公傳 24 年	夏。五月。乙未。朔。日有食之。梓慎曰。將水。昭子曰。旱也。日過分。無陽猶不克。克必甚。能無旱乎。
左傳・昭公傳 25 年	昭子賦車轄。明日宴。飲酒樂。……平子使豎勿內。日中不得請。……隱民多取食焉。為之徒者眾矣。日入慝作。弗可知也。
左傳・昭公傳 27 年	及饗日。……吳新有君。疆埸日駭。
左傳・昭公傳 29 年	尤之曰。處則勸人為禍。行則數日而反。是夫也。……三日。公為生。其母先以告。……對曰。夫物物有其官。官脩其方。朝夕思之。一日失職。則死及之。
左傳・昭公經 31 年	十有二月。辛亥。朔。日有食之。
左傳・昭公傳 31 年	十二月。辛亥。朔。日有食之。是夜也。……旦占諸史墨曰。吾夢如是。今而日食。何也。……日月在辰尾。庚午之日。日始有謫。
左傳・昭公傳 32 年	勤戍五年。余一人無日忘之。……天生季氏。以貳魯侯。為日久矣。
左傳・定公傳 3 年	命有司曰。蔡君之久也。官不共也。明日禮不畢。將死。
左傳・定公傳 4 年	鄭人與之。明日或旆以會。……今日我死。楚可入也。……下臣何敢即安。立依於庭牆而哭。日夜不絕聲。……七日。秦哀公為之賦無衣。
左傳・定公經 5 年	春。王三月。辛亥。朔。日有食之。
左傳・定公傳 6 年	陳寅曰。必使子往。他日。公謂樂祁曰。唯寡人說子之言。子必往。
左傳・定公傳 8 年	公以告大夫。乃皆將行之。行有日。公朝國人。使賈問焉。
左傳・定公傳 10 年	日中不啟門。乃退。
左傳・定公經 12 年	有一月。丙寅。朔。日有食之。
左傳・定公傳 13 年	邴意茲曰可。銳師伐河內。傳必數日而後及絳。
左傳・定公經 15 年	八月。庚辰。朔。日有食之。……戊午。日下昊。乃克葬。

左傳・哀公傳元年	夫屯。晝夜九日。如子西之素。……姬之衰也。日可俟也。介在蠻夷。而長寇讎。……楚雖無德。亦不艾殺其民。吳日敝於兵。暴骨如莽。而未見德焉。……禍之適吳。其何日之有。……一日之行。所欲必成。玩好必從。珍異是聚。視民如讎。而用之日新。
左傳・哀公傳 2 年	他日又謂之。……簡子曰。吾伏弢嘔血。鼓音不衰。今日我上也。
左傳・哀公傳 6 年	則曰。彼虎狼也。見我在子之側。殺我無日矣。……是歲也。有雲如眾。赤鳥夾日以飛。三日。楚子使問諸周大史。
左傳・哀公傳 8 年	明日。舍於蠶室。……明日舍于庚宗。
左傳・哀公傳 9 年	宋皇瑗圍鄭師。每日遷舍。
左傳・哀公傳 10 年	齊人弒悼公。赴于師。吳子三日哭于軍門之外。
左傳・哀公傳 11 年	五日。右師從之。……曰。小勝大。禍也。齊至無日矣。
左傳・哀公傳 12 年	若猶可改。日盟何益。
左傳・哀公傳 13 年	趙鞅呼司馬寅曰。日旰矣。大事未成。二臣之罪也。
左傳・哀公經 14 年	五月。庚申朔。日有食之。
左傳・哀公傳 14 年	他日。與之言政。……以日中為期。家備盡往。……孔丘三日齊。而請伐齊。
左傳・哀公傳 15 年	大命隕隊。絕世于良。廢日共積。一日遷次。
左傳・哀公傳 16 年	他日又請。許之。……國人望君。如望歲焉。日日以幾。若見君面。是得艾也。
左傳・哀公傳 17 年	葉公曰。王子而相國。過將何為。他日改卜子國。而使為令尹。
左傳・哀公傳 25 年	褚師與司寇亥乘。曰。今日幸而後亡。……五日。乃館諸外里。
左傳・哀公傳 26 年	大尹立啟。奉喪殯于大宮。三日而後國人知之。
左傳・哀公傳 27 年	文子曰。他日請念。……齊師將興。陳子屬孤子。三日朝。
公羊傳・隱公元年	公子益師卒。何以不日。遠也。
公羊傳・隱公 3 年	春。王二月。己巳。日有食之。……日食。則曷為或日。或不日。或言朔。或不言朔。曰。某月某日朔。日有食之者。食正朔也。其或日。或不日。或失之前。或失之後。……癸未。葬宋繆公。葬者曷為或日或不日。不及時而日。渴葬也。不及時而不日。慢葬也。過時而日。隱之也。過時而不日。謂之不能葬也。當時而不日。正也。當時而日。危不得葬也。

公羊傳‧隱公 8 年	庚寅。我入邴。其言入何。難也。其日何。難也。……卒從正。而葬從主人。卒何以日而葬不日。卒赴。而葬不告。
公羊傳‧隱公 10 年	辛巳。取防。取邑不日。此何以日。一月而再取也。
公羊傳‧桓公 3 年	秋七月。壬辰朔。日有食之。
公羊傳‧桓公 5 年	春。正月。甲戌。己丑。陳侯鮑卒。曷為以二日卒之。……甲戌之日亡。己丑之日死。而得。君子疑焉。故以二日卒之也。
公羊傳‧桓公 13 年	曷為後日。恃外也。其恃外奈何。得紀侯鄭伯。然後能為日也。
公羊傳‧桓公 17 年	冬。十月朔。日有食之。
公羊傳‧莊公 8 年	吾將以甲午之日。然後祠兵於是。
公羊傳‧莊公 13 年	冬。公會齊侯盟于柯。何以不日。易也。其易奈何。桓之盟不日。其會不致。信之也。其不日何以始乎此。
公羊傳‧莊公 18 年	春。王三月。日有食之。
公羊傳‧莊公 23 年	春。公至自齊。桓之盟不日。……桓之盟不日。此何以日。危之也。
公羊傳‧莊公 24 年	丁丑。夫人姜氏入。其言入何。難也。其言日何。難也。
公羊傳‧莊公 25 年	六月。辛未朔。日有食之。鼓用牲于社。日食則曷為鼓用牲于社。求乎陰之道也。
公羊傳‧莊公 26 年	冬。十有二月。癸亥朔。日有食之。
公羊傳‧莊公 28 年	齊人伐衞。衞人及齊人戰。衞人敗績。伐不日。此何以日。至之日也。戰不言伐。此其言伐何。至之日也。
公羊傳‧莊公 30 年	九月。庚午朔。日有食之。
公羊傳‧僖公 2 年	荀息對曰。君若用臣之謀。則今日取郭。而明日取虞爾。君何憂焉。……則晉今日取郭。而明日虞從而亡爾。
公羊傳‧僖公 5 年	九月。戊申朔。日有食之。
公羊傳‧僖公 9 年	九月。戊辰。諸侯盟于葵丘。桓之盟不日。此何以日。危之也。
公羊傳‧僖公 12 年	春。王三月。庚午。日有食之。
公羊傳‧僖公 15 年	夏。五月。日有食之。
公羊傳‧僖公 16 年	何以不日。晦日也。
公羊傳‧僖公 22 年	宋公及楚人。戰于泓。宋師敗績。偏戰者日爾。此其言朔何。

公羊傳・僖公 28 年	壬申。公朝于王所。其日何。錄乎內也。
公羊傳・僖公 33 年	君在乎殯而用師。危不得葬也。詐戰不日。此何以日。盡也。
公羊傳・文公元年	二月。癸亥。朔。日有食之。
公羊傳・文公 2 年	大旱之日短而云災。故以災書。此不雨之日長而無災。故以異書也。
公羊傳・文公 7 年	三月。甲戌。取須朐。取邑不日。此何以日。內辭也。使若他人然。
公羊傳・文公 9 年	緣民臣之心。不可一日無君。緣終始之義。
公羊傳・文公 11 年	其言敗何。大之也。其日何。大之也。
公羊傳・文公 15 年	六月。辛丑朔。日有食之。……戊申入蔡。入不言伐。此其言伐何。至之日也。其日何。至之日也。
公羊傳・文公 18 年	子卒。子卒者孰謂。謂子赤也。何以不日。隱之也。何隱爾。弒也。弒則何以不日。不忍言也。
公羊傳・宣公 8 年	壬午。猶繹。萬入去籥。繹者何。祭之明日也。……秋。七月。甲子。日有食之。……庚寅。日中而克葬。
公羊傳・宣公 10 年	夏。四月。丙辰。日有食之。
公羊傳・宣公 12 年	吾以不詳道民。災及吾身。何日之有。既則晉師之救鄭者至。
公羊傳・宣公 15 年	莊王圍宋。軍有七日之糧爾。……吾軍亦有七日之糧爾。……軍有七日之糧爾。
公羊傳・宣公 17 年	六月。癸卯。日有食之。
公羊傳・成公 2 年	二大夫出。相與踦閭而語。移日。然後相去。
公羊傳・成公 3 年	甲子。新宮災。三日哭。……其言三日哭何。廟災。三日哭禮也。
公羊傳・成公 5 年	梁山崩。壅河三日不汙
公羊傳・成公 16 年	六月。丙寅朔。日有食之。
公羊傳・成公 17 年	壬申。公孫嬰齊。卒于貍軫。非此月日也。曷為以此月日卒之。……十有二月。丁巳朔。日有食之。
公羊傳・襄公 14 年	二月。乙未。朔日有食之。
公羊傳・襄公 15 年	秋。八月。丁巳。日有食之。
公羊傳・襄公 20 年	冬。十月。丙辰。朔。日有食之。
公羊傳・襄公 21 年	九月。庚戌朔。日有食之。……冬。十月。庚辰朔。日有食之。
公羊傳・襄公 23 年	春。王二月。癸酉。朔。日有食之。

公羊傳·襄公 24 年	秋。七月。甲子。朔。日有食之。……大水。八月。癸巳。朔。日有食之。
公羊傳·襄公 27 年	冬。十有二月。乙亥。朔。日有食之。
公羊傳·昭公 7 年	夏。四月。甲辰。朔。日有食之。
公羊傳·昭公 15 年	六月。丁巳。朔日有食之。
公羊傳·昭公 17 年	夏。六月。甲戌朔。日有食之。
公羊傳·昭公 18 年	宋衞陳鄭災。何以書。記異也。何異爾。異其同日而俱災也。
公羊傳·昭公 21 年	秋。七月。壬午朔。日有食之。
公羊傳·昭公 22 年	十有二月。癸酉。朔。日有食之。
公羊傳·昭公 24 年	夏。五月。乙未。朔。日有食之。
公羊傳·昭公 31 年	十有二月。辛亥。朔。日有食之。
公羊傳·定公元年	癸亥。公之喪至自乾侯。則曷為以戊辰之日。……即位不日。此何以日。錄乎內也。
公羊傳·定公 5 年	春。王正月。辛亥朔。日有食之。
公羊傳·定公 8 年	曰。某月某日。將殺我于蒲圃。力能救我則於是。至乎日若時而出。臨南者。陽虎之出也。
公羊傳·定公 12 年	十有一月。丙寅。朔。日有食之。
公羊傳·定公 15 年	八月。庚辰朔。日有食之。……戊午。日下昃。乃克葬。
穀梁傳·隱公元年	邾之上古微。未爵命於周也。不日。……宋人。外卑者也。卑者之盟不日。……公子益師卒。大夫日卒。正也。不日卒。惡也。
穀梁傳·隱公 3 年	春。王二月。己巳。日有食之。言日不言朔。食晦日也。其日有食之。……有食之者。內於日也。……八月。庚辰。宋公和卒。諸侯日卒。正也。……癸未。葬宋繆公。日葬。
穀梁傳·隱公 8 年	入者。內弗受也。日入。惡入者也。……己亥。蔡侯考父卒。諸侯日卒。正也。……庚午。宋公。齊侯。衞侯。盟于瓦屋。外盟不日。此其日。何也。諸侯之參盟於是始。故謹而日之也。
穀梁傳·隱公 9 年	庚辰。大雨雪。志疏數也。八日之間。再有大變。陰陽錯行。故謹而日之也。
穀梁傳·隱公 10 年	辛巳。取防。取邑不日。此其日。何也。不正其乘敗人而深為利。取二邑。故謹而日之也。……入者。內弗受也。日入。惡入者也。
穀梁傳·桓公 2 年	於是為齊侯陳侯鄭伯討。數日以賂。已即是事而朝之。惡之。
穀梁傳·桓公 3 年	秋七月。壬辰。朔。日有食之。既。言日言朔。食正朔也。

穀梁傳·桓公 5 年	甲戌。己丑。陳侯鮑卒。鮑卒何為以二日卒之。……疑以傳疑。陳侯以甲戌之日出。己丑之日得。不知死之日。故舉二日以包也。
穀梁傳·桓公 6 年	脩教明諭。國道也。平而脩戎事。非正也。其日。以為崇武。故謹而日之。蓋以觀婦人也。
穀梁傳·桓公 7 年	嘗以諸侯與之接矣。雖失國。弗損吾異日也。
穀梁傳·桓公 12 年	丙戌。衛侯晉卒。再稱日。決日義也。
穀梁傳·桓公 14 年	來盟。前定也。不日。前定之盟不日。……而不察其形。立乎定哀。以指隱桓。隱桓之日遠矣。夏五傳疑也。
穀梁傳·桓公 17 年	冬。十月朔。日有食之。言朔不言日。食既朔也。
穀梁傳·莊公元年	冬。十月。乙亥。陳侯林卒。諸侯日卒。正也。
穀梁傳·莊公 7 年	恒星不見。夜中星隕如雨。恒星者。經星也。日入至於星。出謂之昔。
穀梁傳·莊公 9 年	大夫不名。無君也。盟納子糾也。不日。其盟渝也。
穀梁傳·莊公 10 年	春。王正月。公敗齊師于長勺。不日疑戰也。……公敗宋師于乘丘。不日疑戰也。
穀梁傳·莊公 11 年	公敗宋師于鄑。內事不言戰。舉其大者。其日。成敗之也。宋萬之獲也。
穀梁傳·莊公 13 年	夏。六月。齊人滅遂。遂。國也。其不日。微國也。……曹劌之盟也。信齊侯也。桓盟雖內與。不日信也。
穀梁傳·莊公 18 年	春。王三月。日有食之。不言日。不言朔。夜食也。何以知其夜食也。曰。王者朝日。……故天子朝日。諸侯朝朔。
穀梁傳·莊公 19 年	其曰陳人之婦。略之也。其不日。數渝惡之也。
穀梁傳·莊公 24 年	入者。內弗受也。日入。惡入者也。
穀梁傳·莊公 25 年	六月。辛未。朔。日有食之。鼓用牲于社。言日言朔。食正朔也。……天子救日。置五麾陳五兵五鼓。……救日以鼓兵。救水以鼓眾。
穀梁傳·莊公 26 年	冬。十有二月。癸亥。朔。日有食之。
穀梁傳·莊公 27 年	桓會不致。安之也。桓盟不日。信之也。
穀梁傳·莊公 30 年	九月。庚午。朔。日有食之。
穀梁傳·莊公 32 年	冬。十月。乙未。子般卒。子卒日。正也。不日。故也。有所見則日。
穀梁傳·僖公元年	九月。公敗邾師于偃。不日。疑戰也。
穀梁傳·僖公 3 年	冬。公子季友如齊涖盟。涖者位也。其不日。前定也

穀梁傳・僖公 5 年	楚人滅弦。弦子奔黃。弦國也。其不日微國也。……九月。戊申。朔。日有食之。……今日亡虢。而明日亡虞矣。
穀梁傳・僖公 9 年	九月。戊辰。諸侯盟于葵丘。桓盟不日。此何以日。美之也。
穀梁傳・僖公 12 年	春。王正月。庚午。日有食之。
穀梁傳・僖公 14 年	無崩道而崩。故志之也。其日重其變也。
穀梁傳・僖公 15 年	夏。五月。日有食之。
穀梁傳・僖公 16 年	是月。六鶂退飛。過宋都。是月也。決不日而月也。……子曰。石無知之物。鶂微有知之物。石無知。故日之。……三月。壬申。公子季友卒。大夫日卒。正也。……秋。七月。甲子。公孫茲卒。大夫日卒。正也。
穀梁傳・僖公 17 年	冬。十有二月。乙亥。齊侯小白卒。此不正。其日之。何也。
穀梁傳・僖公 19 年	人因己以求與之盟。已迎而執之。惡之。故謹而日之也。
穀梁傳・僖公 22 年	宋公及楚人戰于泓。宋師敗績。日事遇朔曰朔。
穀梁傳・僖公 26 年	秋。楚人滅夔。以夔子歸。夔。國也。不日。微國也。
穀梁傳・僖公 28 年	入者。內弗受也。日入。惡入者也。……與諸侯盡朝也。其日。以其再致天子。故謹而日之。……溫。河北地。以河陽言之。大天子也。日繫於月。月繫於時。
穀梁傳・僖公 33 年	癸巳。葬晉文公。日葬。危不得葬也。
穀梁傳・文公元年	二月。癸亥。日有食之。
穀梁傳・文公 2 年	作主壞廟。有時日於練焉。……何以知其與公盟。以其日也。何以不言公之如晉。
穀梁傳・文公 6 年	閏月者。附月之餘日也。積分而成於月者也。
穀梁傳・文公 7 年	春。公伐邾。三月。甲戌。取須句。取邑不日。此其日。何也。不正其再取。故謹而日之也。……其不日。前定之盟。不日也。
穀梁傳・文公 8 年	唯奔莒之為信。故謹而日之也。
穀梁傳・文公 9 年	志葬。危不得葬也。日之。甚矣。……震。動也。地不震者也。震故謹而日之也。
穀梁傳・文公 14 年	舍之不日。何也。未成為君也。
穀梁傳・文公 15 年	六月。辛丑。朔。日有食之。
穀梁傳・文公 18 年	冬。十月。子卒。子卒不日。故也。
穀梁傳・宣公 7 年	以國與之不言其人。亦以國與之。不日前定之盟。不日。

穀梁傳·宣公 8 年	繹者。祭之旦日之享賓也。……秋。七月。甲子。日有食之。……己丑。葬我小君頃熊。雨不克葬。葬既有日。不為雨止。……庚寅。日中而克葬。而。緩辭也。足乎日之辭也。
穀梁傳·宣公 9 年	辛酉。晉侯黑臀卒于扈。其地於外也。其日未踰竟也。
穀梁傳·宣公 10 年	夏。四月。丙辰。日有食之。
穀梁傳·宣公 11 年	入者。內弗受也。日入。惡入者也。
穀梁傳·宣公 12 年	楚子戰于邲。晉師敗績。績。功也。功。事也。日其事敗也。
穀梁傳·宣公 15 年	滅國有三術。中國謹日。卑國月。夷狄不日。
穀梁傳·宣公 17 年	六月。癸卯。日有食之。
穀梁傳·宣公 18 年	楚子呂卒。夷狄不卒。卒。少進也。卒而不日。日。少進也。日而不言正。不正。簡之也。
穀梁傳·成公元年	客不說而去。相與立胥閭而語。移日不解。
穀梁傳·成公 2 年	齊師敗績。其日。或曰日。其戰也。或曰日。其悉也。
穀梁傳·成公 5 年	梁山崩。不日。……壅遏河三日不流。……壅遏河三日不流。……壅遏河三日不流。
穀梁傳·成公 7 年	乃免牛。不言日。急辭也。過有司也。郊牛日。
穀梁傳·成公 9 年	庚申。莒潰。其日。莒雖夷狄。猶中國也。……惡之。故謹而日之也。
穀梁傳·成公 12 年	中國與夷狄不言戰。皆曰敗之。夷狄不日。
穀梁傳·成公 15 年	秋。八月。庚辰。葬宋共公。月卒日葬。
穀梁傳·成公 16 年	六月。丙寅朔。日有食之。……楚子鄭師敗績。日事遇晦曰晦。……乙酉。刺公子偃。大夫日卒。正也。
穀梁傳·成公 17 年	不周乎伐鄭。則何為日也。……十有二月。丁巳。朔。日有食之。
穀梁傳·襄公 6 年	莒人滅繒。非滅也。中國日。卑國月。夷狄時。繒中國也。
穀梁傳·襄公 7 年	夷狄之民。加乎中國之君也。其地。於外也。其日。未踰竟也。日卒時葬。正也陳侯逃歸。
穀梁傳·襄公 14 年	二月。乙未朔。日有食之。
穀梁傳·襄公 15 年	秋。八月。丁巳。日有食之。
穀梁傳·襄公 19 年	取邾田自漷水。軋辭也。其不日。惡盟也。
穀梁傳·襄公 20 年	冬。十月。丙辰。朔。日有食之。
穀梁傳·襄公 21 年	九月。庚戌。朔。日有食之。……冬。十月。庚辰。朔。日有食之。

穀梁傳・襄公 23 年	春。王二月。癸酉。朔。日有食之。……冬。十月。乙亥。臧孫紇出奔邾。其日。正臧孫紇之出也。
穀梁傳・襄公 24 年	秋。七月。甲子。朔。日有食之。……八月。癸巳。朔。日有食之。
穀梁傳・襄公 26 年	王二月。辛卯。衞甯喜弒其君剽。此不正。其日。何也。……甲午。衞侯衎復歸于衞。日歸。見知弒也。
穀梁傳・襄公 27 年	冬。十有二月。乙亥。朔。日有食之。
穀梁傳・襄公 30 年	夏四月。蔡世子般弒其君固。其不日。……五月。甲午。宋災。伯姬卒。取卒之日……冬。十月。葬蔡景公。不日卒而月葬。
穀梁傳・襄公 31 年	秋。九月。癸巳。子野卒。子卒日。正也。
穀梁傳・昭公 7 年	夏。四月。甲辰。朔。日有食之。
穀梁傳・昭公 11 年	故謹而名之也。稱時稱月稱日稱地。謹之也。
穀梁傳・昭公 13 年	以比之歸弒。比不弒也。弒君者日。不日。比不弒也。……公不與盟者。可以與而不與。譏在公也。其日。善是盟也。……陳侯吳歸于陳。善其成之會而歸之。故謹而日之。
穀梁傳・昭公 15 年	六月。丁巳。朔。日有食之。
穀梁傳・昭公 17 年	夏。六月。甲戌。朔。日有食之。
穀梁傳・昭公 18 年	壬午。宋衞陳鄭災。其志。以同日也。其日。亦以同日也。或曰。人有謂鄭子產曰。某日有災。子產曰。天者神。子惡知之。是人也。同日為四國災也。
穀梁傳・昭公 19 年	戊辰。許世子止弒其君買。日弒。正卒也正卒。則止不弒也。……冬。葬許悼公。日卒時葬。不使止為弒父也。
穀梁傳・昭公 21 年	秋。七月。壬午。朔。日有食之。
穀梁傳・昭公 22 年	十有二月。癸酉。朔。日有食之。
穀梁傳・昭公 24 年	夏。五月。乙未。朔。日有食之。
穀梁傳・昭公 31 年	十有二月。辛亥。朔。日有食之。
穀梁傳・定公元年	公即位。何以日也。戊辰之日。然後即位也。……何為戊辰之日。然後即位也。……子曰。正棺乎兩楹之間。然後即位也。內之大事日。即位。君之大事也。其不日何也。以年決者。不以日決也。此則其日。何也。
穀梁傳・定公 4 年	於是止蔡昭公朝於楚。有美裘。正是日。……庚辰。吳入楚。日入。易無楚也。
穀梁傳・定公 5 年	春。王正月。辛亥。朔。日有食之。

穀梁傳‧定公 12 年	十有一月。丙寅。朔。日有食之。
穀梁傳‧定公 15 年	八月。庚辰。朔。日有食之。……丁巳。葬我君定公。雨不克葬。葬既有日。不為雨止。禮也。……戊午。日下稷。乃克葬。乃。急辭也。不足乎日之辭也。
穀梁傳‧哀公元年	改卜牛。志不敬也。郊牛日展斛角而知傷。
論語‧學而	曾子曰。吾日三省吾身。
論語‧為政	子曰。吾與回言終日。不違如愚。退而省其私。亦足以發。
論語‧里仁	不使不仁者。加乎其身。有能一日用其力於仁矣乎。
論語‧雍也	子曰。回也。其心三月不違仁。其餘則日月至焉而已矣。
論語‧述而	子食於有喪者之側。未嘗飽也。子於是日哭。則不歌。
論語‧鄉黨	祭於公。不宿肉。祭肉。不出三日。出三日。不食之矣。
論語‧先進	子曰。以吾一日長乎爾。毋吾以也。
論語‧顏淵	子曰。克己復禮。為仁。一日克己。復禮天下歸仁焉。
論語‧魏靈公	軍旅之事。未之學也。明日。遂行。……子曰。群居終日。言不及義。……子曰。吾嘗終日不食。終夜不寢。以思無益。不如學也。
論語‧季氏	齊景公有馬千駟。死之日。民無德而稱焉。……他日。又獨立。鯉趨而過庭。曰。學禮乎。
論語‧陽貨	曰。不可。日月逝矣。歲不我與。……子曰。飽食終日。無所用心。難矣哉。
論語‧微子	齊人歸女樂。季桓子受之。三日不朝。……明日。子路行以告。
論語‧子張	子夏曰。日知其所亡。月無忘其所能。可謂好學也已矣。……子貢曰。君子之過也。如日月之食焉。過也人皆見之。更也人皆仰之。……仲尼。日月也。無得而踰焉。雖欲自絕。其何傷於日月乎。多見其不知量也。
孝經‧聖治章	故親生之膝下。以養父母日嚴。聖人因嚴以教敬。因親以教愛。
孝經‧紀孝行章	為下而亂則刑。在醜而爭則兵。三者不除。雖日用三牲之養。猶為不孝也。
孝經‧廣至德章	子曰。君子之教以孝也。非家至而日見之也。
孝經‧事君章	詩云。心乎愛矣。遐不謂矣。中心藏之。何日忘之。

孝經‧喪親章	聞樂不樂。食旨不甘。此哀戚之情也。三日而食。教民無以死傷生。毀不滅性。
爾雅‧釋天	日出而風為暴。……弇日為蔽雲
爾雅‧釋地	觚竹。北戶。西王母。日下。謂之四荒。……岠齊州以南。戴日為丹穴。北戴斗極為空桐。東至日所出為大平。西至日所入為大蒙。
孟子‧梁惠王上	詩云。經始靈臺。經之營之庶民攻之。不日成之。經始勿亟。庶民子來。……湯誓曰。時日害喪。予及女皆亡。……省刑罰。薄稅斂。深耕易耨。壯者以暇日。修其孝悌忠信。
孟子‧梁惠王下	孟子曰。王之好樂甚。則齊國其庶幾乎。他日見於王曰。……王無親臣矣。昔者所進。今日不知其亡也。……魯平公將出。嬖人臧倉者請曰。他日君出。則必命有司所之。
孟子‧公孫丑上	謂其人曰。今日病矣。予助苗長矣。
孟子‧公孫丑下	明日出弔於東郭氏。……公孫丑曰。昔者辭以病。今日弔。或者不可乎。曰。昔者疾。今日愈。如之何不弔。……陳臻問曰。前日於齊。王餽兼金一百而不受。於宋餽七十鎰而受。於薛餽五十鎰而受。前日之不受是。則今日之受非也。今日之受是。則前日之不受非也。……孟子之平陸。謂其大夫曰。子之持戟之士。一日而三失伍。則去之否乎。……他日見於王曰。……充虞請曰。前日不知虞之不肖。使虞敦匠事。……古之君子。其過也如日月之食。民皆見之。及其更也。……曰。前日願見。而不可得。……他日王謂時子曰。……天下之民舉安。王庶幾改之。予日望之。予豈若是小丈夫然哉。……悻悻然見於其面。去則窮日之力。而後宿哉。……前日虞聞諸夫子曰君子不怨天。不尤人。
孟子‧滕文公上	吾他日未嘗學問。……他日子夏子張子游。以有若似聖人。……他日。又求見孟子。……嘗有不葬其親者。其親死。則舉而委之於壑。他日過之。狐狸食之。蠅蚋姑嘬之。
孟子‧滕文公下	昔者趙簡子使王良與嬖奚乘。終日而不獲一禽。……曰。吾為之範我馳驅。終日不獲一。為之詭遇。……曰。一齊人傅之。眾楚人咻之。雖日撻而求其齊也。不可得矣。……引而置之莊嶽之間數年。雖日撻而求其楚。亦不可得矣。……孟子曰。今有人日攘其鄰之雞者。……匡章曰。陳仲子豈不誠廉士哉。居於陵。三日不食。耳無聞。目無見也。……他日歸。……他日。

		孟子・離婁上	上無禮。下無學。賊民興。喪無日矣。……曰。求也為季氏宰。無能改於其德。而賦粟倍他日。……曰。子來幾日矣。曰。昔者。曰。昔者則我出此言也。
		孟子・離婁下	故為政者。每人而悅之。日亦不足矣。……去之日。遂收其田里。……其有不合者。仰而思之。夜以繼日。幸而得之。……子濯孺子曰。今日我疾作。不可以執弓。……曰。今日我疾作。不可以執弓。……我不忍以夫子之道。反害夫子。雖然。今日之事。君事也。我不敢廢。……天之高也。星辰之遠也。苟求其故。千歲之日至。可坐而致也。
		孟子・萬章上	萬章問曰。象日以殺舜為事。立為天子。則放之。何也。……孔子曰。天無二日。民無二王。
		孟子・告子上	公都子曰。冬日則飲湯。夏日則飲水。……樹之時又同。浡然而生。至於日至之時。皆熟矣。……斧斤伐之。可以為美乎。是其日夜之所息。雨露之所潤。……旦旦而伐之。可以為美乎。其日夜之所息。……一日暴之。十日寒之。未有能生者也。
		孟子・告子下	明日之鄒以告孟子。……他日由鄒之任見季子。
		孟子・盡心上	殺之而不怨。利之而不庸。民日遷善。而不知為之者。……觀水有術。必觀其瀾。日月有明。容光必照焉。……曰。是欲終之。而不可得也。雖加一日愈於已。謂夫莫之禁。而弗為者也。……若登天然。似不可及也。何不使彼為可幾及。而日孳孳也。
9	旭	毛詩・邶風・匏有苦葉	雝雝鳴鴈。旭日始旦。士如歸妻。迨冰未泮。
		爾雅・釋訓	旭旭蹻蹻。憍也。
10	暘	尚書・虞典・堯典	敬授人時。分命羲仲。宅嵎夷。曰暘谷。
		尚書・周書・洪範	庶徵。曰雨。曰暘。曰燠。曰寒。曰風。曰時。五者來備。……曰肅。時雨若。曰乂。時暘若。……曰狂。恆雨若。曰僭。恆暘若。
11	啓		
12	暘		
13	晛	毛詩・小雅・魚藻之什・角弓	雨雪瀌瀌。見晛曰消。莫肯下遺。式居婁驕。……雨雪浮浮。見晛曰流。如蠻如髦。我是用憂。
14	晢		
15	暈（煇）	毛詩・小雅・鴻鴈之什・庭燎	鸞聲噦噦。夜如何其。夜鄉晨。庭燎有煇。君子至止。言觀其旂。

		禮記‧玉藻	乃出。揖私朝。煇如也。登車則有光矣。
		禮記‧樂記	故德煇動於內。而民莫不承聽。理發諸外。
		禮記‧祭義	故德煇動乎內。而民莫不承德。
		禮記‧祭統	夫祭有畀。煇。胞。翟。閽者。惠下之道也。……煇者。甲吏之賤者也。胞者。肉吏之賤者也。
16	厢	周易‧離	九三。日昃之離。不鼓缶而歌。則大耋之嗟。……象曰。日昃之離。何可久也。
		周易‧豐	日中則昃。月盈則食。
		尚書‧周書‧無逸	懷保小民。惠鮮鰥寡。自朝至于日中昃。不遑暇食。
17	暨	尚書‧虞書‧堯典	帝曰。咨汝羲暨和。朞三百有六旬有六日。
		尚書‧虞書‧舜典	禹拜稽首。讓于稷。契。暨皋陶。……垂拜稽首。讓于殳斨。暨伯與。
		尚書‧虞書‧益稷	予乘四載。隨山刊木。暨益奏庶鮮食。予決九川。距四海。濬畎澮距川。暨稷播奏。庶艱食鮮食。
		尚書‧夏書‧禹貢	羽畎夏翟。嶧陽孤桐。泗濱浮磬。淮夷蠙珠暨魚。……東漸于海。西被于流沙。朔南暨聲教。訖于四海。
		尚書‧商書‧伊訓	山川鬼神。亦莫不寧。暨鳥獸魚鱉咸若。
		尚書‧商書‧咸有一德	惟尹躬暨湯。咸有一德。克享天心。受天明命。
		尚書‧商書‧盤庚上	古我先王。暨乃祖乃父。胥及逸勤。予敢動用非罰。
		尚書‧商書‧盤庚中	汝萬民乃不生生。暨予一人猷同心。先后丕降與汝罪疾曰。曷不暨朕幼孫有比。故有爽德。
		尚書‧商書‧說命上	惟暨乃僚。罔不同心。以匡乃辟。俾率先王。
		尚書‧商書‧說命下	自河徂亳。暨厥終罔顯。
		尚書‧周書‧武成	庶邦冢君。暨百工。受命于周。
		尚書‧周書‧梓材	王曰。封。以厥庶民。暨厥臣。達大家。
		尚書‧周書‧無逸	七十有五年。其在高宗。時舊勞于外。爰暨小人。作其即位。
		尚書‧周書‧君奭	武王惟茲四人。尚迪有祿。後暨武王。誕將天威。……今在予小子旦。若游大川。予往暨汝奭。
		尚書‧周書‧多方	王曰。嗚呼。猷告爾有方多士。暨殷多士。
		尚書‧周書‧周官	王曰。嗚呼。三事暨大夫。敬爾有官。亂爾有政。
		尚書‧周書‧康王之誥	太保暨芮伯。咸進相揖。皆再拜稽首。……今予一二伯父。尚胥暨顧。綏爾先公之臣。服于先王。
		禮記‧玉藻	戎容暨暨。言容詻詻。色容厲肅。視容清明。

		禮記・喪服大記	大夫殯以幬。櫕置于西序。塗不暨於棺。
		左傳・昭公經 7 年	春。王正月。暨齊平。
		左傳・昭公傳 7 年	春。王正月。暨齊平。齊求之也。
		左傳・定公經 10 年	宋公之弟辰。暨仲佗。石彄。出奔陳。
		左傳・定公傳 10 年	冬。母弟辰。暨仲佗。石彄。出奔陳。
		左傳・定公傳 11 年	春。宋公母弟辰。暨仲佗。石彄。公子地。入于蕭以叛。
		公羊傳・隱公元年	公及邾婁儀父盟于眛。及者何。與也。會及暨。皆與也。曷為或言會。或言及。或言暨。……暨。猶暨暨也。及。我欲之。暨。不得已者。
		公羊傳・莊公 9 年	公及齊大夫盟于暨。
		公羊傳・昭公 7 年	春。王正月。暨齊平。
		公羊傳・定公 10 年	齊公之弟辰。暨宋仲佗。石彄。出奔陳。
		穀梁傳・莊公 9 年	公及齊大夫盟于暨。
		穀梁傳・昭公 7 年	春。王正月。暨齊平。……暨猶暨暨也。暨者。不得已也。以外及內曰暨。
		穀梁傳・定公 10 年	宋公之弟辰。暨宋仲佗石彄。出奔陳。
		爾雅・釋詁下	逮。及。暨。與也。
		爾雅・釋訓	暨。不及也。
18	霧		
19	嵎	尚書・虞書・堯典	敬授人時。分命羲仲。宅嵎夷。曰暘谷。
	崵	尚書・夏書・禹貢	海岱惟青州。嵎夷既略。濰淄其道。
		孟子・盡心下	有眾逐虎。虎負嵎。莫之敢攖。
20	鑴	周禮・眡祲	一曰祲。二曰象。三曰鑴。

二、與月字相關詞例詳目

（一）出土文物詞義資料詳目

	說文	出土文物	詞 例
1	示	螽婦鼎（商晚）	示己、且（祖）丁、父癸／。
		示卣（商晚）	示
		示觚（商晚）	示
		交示觚（商晚）	交示
		丁示觚（商晚）	丁示
		亞離示觚（商晚）	亞離。示□□。
		亞離示辛斝（商晚）	亞離。示

		歙示鼎（商晚）	畬（飲）。示。
		亞干示爵（商晚）	亞干。示
		示丁祖乙角（商晚）	示丁、且（祖）乙。
		且丁父癸卣（商晚）	示己、且（祖）丁、父癸。〔蓋內〕示己、且（祖）丁、父癸。〔器內底〕
		亞示作父己觶（商晚）	亞示。乍（作）父己／障彝。
		曡鼎（西周早）	公／歸翟示于周廟。
		童鹿公𨻰鼓座（春秋晚）	余以共旛示□帝（嫡）、庶子，
		秦駰玉版（戰國晚期）	欲事天地、四亟（極）、三光、山川、神示（祇）、五祀、先祖（甲） 欲事天地、四亟（極）、三光、山川、神示（祇）、五祀、先祖（乙）
		天星觀・遣策（戰國晚～秦代）	倜示
2	禜	晉公戈（西周晚至春秋早）	晉／公乍（作）歲之禜車戈三百。
3	晦	楚帛書・甲（戰國中、晚期）	山川四晦（海）（3・14）
		睡虎地・封診式（戰國晚）	乙獨與妻丙晦臥堂上（73）
		嶽麓・占夢書（秦）	晦而夢三年至（1526）
		關沮・病方及其他（秦）	東首臥到晦……晦起，即温責（320）
		馬王堆・52 病方（漢）	今日月晦……以月晦日之丘井有水者（104）、以月晦日下餔（晡）時（105）、今日月晦（106）、今日晦……以月晦日之內後（108）、今日月晦……以月晦日之室北（111）、晦（225）
		馬王堆・出行占（漢）	月晦不可北（24）
		馬王堆・經法（漢）	壹晦壹明（49）
		馬王堆・繆和（漢）	壹晦壹明（5）
4	冥	詛楚文・湫淵（戰國中、晚期）	寘（置）者（諸）冥室櫝棺之中
		詛楚文・巫咸（戰國中、晚期）	寘（置）者（諸）冥室櫝棺之中
		詛楚文・亞駝（戰國中、晚期）	寘（置）者（諸）冥室櫝棺之中
		馬王堆・52 病方（漢）	冥（螟）（目錄）、西方□主冥冥人星（66）、冥（冪）□以布三□（92）、冥（冪）甕以布四□（119）、冥（冪）以布（129）、冥（螟）者（134）、以冥蠶種方尺（215）

		馬王堆・胎產書（漢）	入於冥冥（2）
		馬王堆・戰國縱橫家書（漢）	冥戹之塞（155）
		馬王堆・經法（漢）	其裻冥冥（1）
5	月	月冊觶／冊月觶（商晚）	〔月冊〕。
		月魚鼎（西周早或中）	月魚。（圖騰？）
		包山・卜筮祭禱（戰國中偏晚）	由攻解日月與不姑（248）
		上博（二）・容成氏（戰國中偏晚）	西方之旗昌月（20）
		睡虎地・日書甲（戰國晚）	月不盡五日（103）、月不盡五日（117背）、月不盡五日（122背）、月之門也（132）
		睡虎地・日書乙（戰國晚）	凡月望（118）
		關沮木牘・二世元年日（秦）	月不盡四日（背1）
		馬王堆・52病方（漢）	今日月晦（106）、今日月晦（111）、月與日相當，日與月相當（199）、毋見星月一月（319）、我以明月炻若（369）
		馬王堆・却谷食氣（漢）	與月進退（1）
		馬王堆・天文雲氣雜占（漢）	月銜兩星軍疲（B56）
		馬王堆・要（漢）	而不可以日月生（星）辰盡稱也（21）
6	朔	衛鼎／五祀衛鼎（西周中）	／于卲（昭）大室東逆（朔）……厥（厥）逆（朔）彊（疆）眔厲田
		公廚左官鼎／公朱左𦾖鼎（戰國晚）	十一年十一／月乙巳朔
		梁十九年亡智鼎（戰國晚）	（徂）省朔旁（方）
		九店 M56（戰國中、晚期）	習厉朔於瑩（78）
		包山・文書（戰國中偏晚）	里人鄶阿受其覘（兄）鄶朔，韍（執）事人𣄵募、𥏔朔、阿不已朔廷（63）、澫公朔（98）
		睡虎地・日書甲（戰國晚）	正月以朔（33）、正月以朔（35）、正月以朔（37）、正月以朔（39）、正月以朔（41）、子丑朔（153背）、朔日（155背）

睡虎地・日書乙（戰國晚）	正月以朔旱（53）、正月以朔（55）、正月以朔多雨（56）、正月以朔多雨（57）、正月以朔旱（59）、正月以朔多雨（61）、正月以朔多雨，歲善（62）、入十月朔日心（104 貳）、七月朔日（117）
睡虎地・語書（戰國晚）	廿年四月丙戌朔丁亥（1）
睡虎地・為吏之道（戰國晚）	廿五年閏再十二月丙午朔（22 伍）
睡虎地・封診式（戰國晚）	非朔事殹（也）（90）
睡虎地・秦律18種（戰國晚）	止其後朔食（46）、以十二月朔日免除（157）
青川木牘〔註11〕（戰國晚）	二年十一月己酉朔二日（正1）
關沮・日書（秦）	從朔日始豰（數）之（132 叁）、豰（數）從朔日始（262A）、豰（數）朔日以到六日（263）
里耶J1（8）（秦）	廿六年八月庚戌朔丙子（135）、卅二年四月丙午朔甲寅（152）、卅二年二月壬寅朔日、恆以朔日上所買徒隸數（154）、四月丙午朔癸丑（156）、卅二年正月戊寅朔甲午（157）、正月戊寅朔丁酉（157 背）、卅二年四月丙午朔甲寅（158）
里耶J1（9）（秦）	卅三年四月辛丑朔丙午（1）、卅五年四月己未朔乙丑（1 背）、卅四年八月癸巳朔日（2）、卅三年三月辛未朔戊戌（3）、卅五年四月己未朔乙丑（3 背）、卅四年八月癸巳朔甲午（4）、卅三年四月辛丑朔丙午、卅四年八月癸巳朔（5）、四月己未朔乙丑（5 背）、卅三年四月辛丑朔戊申（6）、卅五年四月己未朔乙丑（6 背）、卅三年四月己未朔戊申（7）、卅四年八月癸巳朔日、卅五年四月己未朔乙丑（7 背）、卅三年四月辛丑朔丙午、卅四年八月癸巳朔日（8）、卅五年四月己未朔乙丑（8 背）、卅三年三月辛未朔戊戌（9）、卅四年八月癸巳朔日、卅五年四月己未朔乙丑（9 背）、卅三年四月辛丑朔丙午（10）、卅四年六月甲午朔壬戌、卅五年四月己未朔乙丑（10 背）、卅三年三月辛未朔丁酉、卅四年八月癸巳朔日（11）、卅五年四月己未朔乙丑（11 背）、卅四年七月甲子朔辛卯、卅五年四月己未朔乙丑（12 背）、卅年九月丙辰朔己巳（981）
馬王堆・52 病方（漢）	今日朔、以朔日（109）

〔註11〕由於未見文物，故僅能依王輝：《秦文字編》，北京：中華書局，2015 年，頁 1074。

		馬王堆・陰陽五行甲（漢）	上朔（34）
		馬王堆・天文雲氣雜占（漢）	月軍（暈）而朔（G16）
		馬王堆・遣策三（漢）	十二年二月乙巳朔戊辰
		馬王堆・周易（漢）	朔（愬）朔（愬）終吉（4）
7	胐	衛鼎／九年衛鼎（西周中）	胐帛金一／反（鈑），⋯⋯其／媸（媵）衛臣醜胐。
		吳方彝蓋（西周中）	旦，王各廟，宰胐右（佑）／乍（作）冊吳入門，
		曶鼎（西周中）	用眾一夫曰嗌，用臣曰疐，口／胐、曰奠，
		楚王熊肯釶鼎（戰國晚）	楚王酓（熊）肯（胐）复（作）鑄釶（匜）貞（鼎）
		馬王堆・陰陽十一脈灸經甲（漢）	胐（頤）穜（腫）（53）
8	霸	霸姞鼎（西周早）	霸姞乍（作）／寶障彝。
		盄鼎（西周早）	隹（唯）九月既生霸辛／酉，
		霸伯簋（西周早）	霸白（伯）乍（作）／寶障彝。
		寓鼎（西周早）	隹（唯）二月既生霸丁丑
		榮仲鼎（西周早）	／在十月又二月／生霸吉庚／寅
		作冊魃卣（西周早）	雪四月既生霸庚午〔蓋內〕雪四月既生霸庚午〔器內底〕
		競簋／御史競簋（西周早）	隹（唯）六月既死霸壬申
		競卣（西周早）	正／月既生霸辛丑，〔蓋內〕正／月既生霸辛丑，〔器內底〕
		小臣守簋（西周早）	隹（唯）五月既死霸辛未，
		作冊矢令簋（西周早）	隹（唯）九／月既死霸丁丑
		作冊大鼎（西周早）	隹（唯）四月既生／霸己丑，
		竈尊（西周早或中）	唯九月既生霸，
		逆鐘（西周中）	隹（唯）王元年三月既／生霸庚申
		辰在寅簋（西周中）	隹（唯）七月既生／霸
		夾簋（西周中）	隹十又一月暨（既）生霸戊／申〔蓋內〕隹十又一月暨（既）生霸戊／申〔器內底〕
		戜尊／爰尊（西周中）	隹（唯）十又三月既生霸丁卯，
		義盉蓋（西周中）	隹（唯）十又一月既生霸甲申

裘衛盉（西周中）	隹（唯）三年三月既生霸壬寅，
庚季鼎／白俗父鼎（西周中）	隹（唯）五月既生霸／庚午
七年趞曹鼎（西周中）	隹（唯）七年十月既生／霸，
十五年趞曹鼎（西周中）	隹（唯）十又五年五月／既生霸壬午
緐簋／封敦（西周中）	唯十又二月既生霸丁／亥，〔蓋內〕唯十又二月既生霸丁／亥，〔器內底〕
茻簋（西周中）	唯六月既生霸辛巳〔蓋內〕唯六月既生霸辛巳〔器內底〕
師毛父簋／井伯敦（西周中）	隹（唯）六月既生霸戊／戌
公姞鬲／公姞鼎（西周中）	隹（唯）十又二月既生／霸，
伯姜鼎（西周中）	隹（唯）正月既生霸庚／申，
尹姞鬲（西周中）	隹（唯）六月既生霸／乙卯，
大鼎／己伯鼎（西周中）	隹（唯）十又五年三月既霸丁／亥
師㝬父鼎／寶父鼎（西周中）	隹（唯）六月既生霸庚寅，
遇甗（西周中）	隹（唯）六月既死霸／丙寅
衛鼎／九年衛鼎（西周中）	隹（唯）九年正月既死霸庚辰
衛簋／廿七年衛簋（西周中）	隹（唯）廿又七年三月既生霸戊／戌，〔蓋內〕隹（唯）廿又七年三月既生霸戊／戌，〔器內底〕
豆閉簋（西周中）	唯王二月既眚（生）霸，
臤簋（西周中）	隹（唯）八月既生霸
曶鼎（西周中）	隹（唯）王四月既眚（生）霸，
遹簋（西周中）	隹（唯）六月既生霸，
卯簋蓋（西周中）	隹（唯）王十又一月既生霸／丁亥
癲盨（西周中）	隹（唯）四年二月既生霸戊戌，〔陝西省扶風縣法門寺莊白村1號窖藏（H1：12）〕隹（唯）四年二月既生霸戊戌，〔陝西省扶風縣法門寺莊白村1號窖藏（H1：15）〕
免簠（西周中）	隹（唯）三月既生霸乙卯
豐卣（西周中）	隹（唯）六月既生／霸乙卯，〔蓋內〕隹（唯）六月既生／霸乙卯，〔器內底〕
豐尊（西周中）	隹（唯）六月既生霸／乙卯

師遽簋蓋（西周中）	隹（唯）王三祀四月既生／霸辛酉
師遽方彝（西周中）	隹（唯）正月既生霸丁酉〔蓋內〕隹（唯）正月既生霸丁酉〔器內壁〕
史懋壺蓋（西周中）	隹（唯）八月既死霸戊寅
周乎卣（西周中）	隹（唯）九月既生霸乙／亥〔蓋內〕隹（唯）九月既生霸乙／亥〔器內底〕
殷簋（西周中）	隹（唯）王二月既生霸丁丑
士山盤（西周中）	隹（唯）王十又六年九月既生霸甲／申
呂鼎（西周中）	唯五月既死霸
達盨（西周中）	隹（唯）三年五月既生霸／壬寅〔陝西省長安縣張家坡 M152：28〕 隹（唯）三年五月既生霸／壬寅〔陝西省長安縣張家坡 M152：36〕 隹（唯）三年五月既生霸／壬寅〔陝西省長安縣張家坡 M152：41〕
守宮盤（西周中）	隹（唯）正月既生霸乙未
敬簋蓋（西周中）	隹（唯）十又一月，既生霸／乙亥
匐盉（西周中）	隹（唯）四月既生霸戊申
吳虎鼎（西周晚）	隹（唯）十又（有）八年十又（有）三月既／生霸丙戌
晉侯對鼎（西周晚）	隹（唯）二月既生霸／庚寅，
此鼎（西周晚）	隹（唯）十又七年十又二月既／生霸乙卯
此簋（西周晚）	隹（唯）十又七年十又二月既生／霸乙卯〔蓋內〕隹（唯）十又七年十又二月既生／霸乙卯〔器內底〕
鄭虢仲簋（西周晚）	隹（唯）十又一月既／生霸庚戌
晉侯穌鐘（西周晚）	正月既生／霸戊午〔山西省天馬——曲村遺址北趙晉侯墓地 M8〕 既死霸壬寅……三月方死霸，〔山西省天馬——曲村遺址北趙晉侯墓地 M8〕
伯呂盨（西周晚）	隹（唯）王元年六／月既省（生）霸庚／戌
四十二年逨鼎（西周晚）	隹（唯）卌又二年五月既生霸乙／卯〔陝西省眉縣馬家鎮楊家村 2003MYJ：1〕 隹（唯）卌又二年五月既生霸乙／卯〔陝西省眉縣馬家鎮楊家村 2003MYJ：7〕
四十三年逨鼎（西周晚）	隹（唯）卌又三年六月既生霸丁亥〔陝西省眉縣馬家鎮楊家村 2003MYJ：2〕 隹（唯）卌又三年六月既生霸丁亥〔陝西省眉縣馬家鎮楊家村 2003MYJ：3〕 隹（唯）卌又三年六月既生霸丁亥〔陝西省眉縣馬家鎮楊家村 2003MYJ：4〕

		隹（唯）卅又三年六月既生霸丁亥〔陝西省眉縣馬家鎮楊家村2003MYJ：5〕 隹（唯）卅又三年六月既生霸丁亥〔陝西省眉縣馬家鎮楊家村2003MYJ：6〕 隹（唯）卅又三年六月既生霸丁亥〔陝西省眉縣馬家鎮楊家村2003MYJ：8〕 隹（唯）卅又三年六月既生霸丁亥〔陝西省眉縣馬家鎮楊家村2003MYJ：12〕 隹（唯）卅又三年六月既生霸丁亥〔陝西省眉縣馬家鎮楊家村2003MYJ：13〕 隹（唯）卅又三年六月既生霸丁亥〔陝西省眉縣馬家鎮楊家村2003MYJ：16〕 隹（唯）卅又三年六月既生霸丁亥〔陝西省眉縣馬家鎮楊家村2003MYJ：18〕
叔＿父鼎（西周晚）	隹（唯）十又一月／既死霸乙酉
頌鼎（西周晚）	隹（唯）三年五月既死霸甲戌
頌簋（西周晚）	隹（唯）三年五月既死霸甲戌〔蓋內〕隹（唯）三年五月既死霸甲戌〔器內底〕
頌壺（西周晚）	隹（唯）三年五月既死霸甲戌隹〔器蓋樺〕（唯）三年五月既死／霸甲戌〔頸內壁〕
巒伯盤（西周晚）	隹（唯）八月既生霸庚申
兮甲盤（西周晚）	隹（唯）五年三月既死霸庚寅
儶匜（西周晚）	隹（唯）三月既死霸甲申
牧簋（西周晚）	隹（唯）王七年十又三月既生霸甲／寅，
弭叔盨蓋（西周晚）	隹（唯）五月既生／霸庚寅，
伯克壺（西周晚）	隹（唯）十又六年／七月既生雨（霸）／乙未
曾仲大父螽簋（西周晚）	唯五月既生霸庚申，
元年師旋簋（西周晚）	隹（唯）王元年四月既生霸〔蓋內〕隹（唯）王元年四月既生霸〔器內底〕
五年師旋簋（西周晚）	隹（唯）王五年九月既生霸／壬午，〔蓋內〕隹（唯）王五年九月既生霸／壬午，〔器內底〕
官差父簋（西周晚）	隹（唯）王正月既／死霸乙卯
輔師嫠簋（西周晚）	隹（唯）王九月既生霸甲寅
竈乎簋（西周晚）	隹（唯）正二月既死霸／壬戌
揚簋（西周晚）	隹（唯）王九月既眚（生）霸庚寅
大簋蓋（西周晚）	隹（唯）十又二年三月／既生霸丁亥
下郜雍公諴鼎／商雒鼎（春秋早）	隹（唯）十又四月既死／霸壬午，

		馬王堆‧明君（漢）	半邦而霸（435）
		馬王堆‧春秋事語（漢）	難以霸矣（65）
		馬王堆‧戰國縱橫家書（漢）	王舉霸王之業（131）、霸天下（213）
		馬王堆‧天文雲氣雜占（漢）	聖王出霸（A22）
		馬王堆‧五星占（漢）	過未及午有霸國（21）
		馬王堆‧經法（漢）	其國朝（霸）昌（28）
9	朓		
10	朒		
11	朢	庚嬴鼎（西周早）	隹（唯）廿又二年四／月既朢（望）己酉，
		庚嬴卣（西周早）	隹（唯）王十月既朢（望）〔蓋內〕隹（唯）王十月既朢（望），〔器內壁〕
		小盂鼎（西周早）	隹（唯）八月既朢（望）
		寣鼎（西周早）	隹（唯）王九月既朢（望）乙／巳，
		作冊魖卣（西周早）	才（在）二月既朢（望）乙亥，〔蓋內〕才（在）二月既朢（望）乙亥，〔器內底〕
		作冊折尊（西周早）	令乍（作）冊斤（折）兄（既）朢／土于相侯，
		獻簋／楷伯簋（西周早）	隹（唯）九月既朢（望）庚寅，
		士上卣／臣辰冊侁卣（西周早）	才（在）五月既朢（望）辛／酉，〔蓋內〕才（在）五月既朢（望）辛／酉，〔器內底〕
		士上盉／臣辰冊侁盉（西周早）	才（在）五月／既朢辛酉，
		朢父甲爵（西周早）	公易（賜）朢貝，
		折方彝（西周早）	令乍（作）冊斤（折）兄（既）朢／土于相侯，〔蓋內〕令乍（作）冊斤（折）兄（既）朢／土于相侯，〔器內壁〕
		不栺鼎（西周中）	隹（唯）八月既朢（望）戊辰，
		致鼎（西周中）	隹（唯）九月既朢（望）乙丑，
		智鼎（西周中）	隹（唯）王元年六月既朢（望）乙亥，
		虖簋（西周中）	虖弗敢朢（忘）公白（伯）休，
		鮮簋（西周中）	，唯五月／既朢（望）戊午，
		朢簋（西周中）	／宰佣父右（佑）朢入門，……朢拜頴首，
		縣改簋／縣妃簋（西周中）	隹（唯）十又二月既朢（望），……孫孫子子母（毋）敢朢（忘）白（伯）休。

	師望鼎（西周晚）	大師小子師朢（望）曰……朢（望）肈（肇）帥井（型）皇考，……朢（望）敢／對揚天子不（丕）顯魯休，……師／朢（望）其萬年子子孫孫永寶用。
	師望簋（西周晚）	大師小子師／朢（望）乍（作）䵼彝。
	師望盨（西周晚）	大師小子師／朢（望）乍（作）䵼彝。
	師望壺（西周晚）	大師小子師／朢（望）乍（作）寶壺，
	趞鼎（西周晚）	隹（唯）十又九年四月既朢（望）辛／卯，
	禹鼎（西周晚）	肄（肆）武公亦／弗叚朢（忘）賸（朕）聖且（祖）考幽大／弔（叔）、懿弔（叔），
	禹鼎／穆公鼎（西周晚）	穆（肆）戍（武）公／亦□（弗）歷（遐）朢（忘）□（朕）□（聖）自（祖）考幽大／弔（叔）、懿□（叔）
	走簋／徒敦（西周晚）	隹（唯）王十又二年三月既朢（望）／庚寅，
	師類簋（西周晚）	隹（唯）王元年九月既朢丁／亥，
	蔡簋（西周晚）	隹（唯）元年既朢（望）丁亥
	師訇簋／師訇敦（西周晚）	隹（唯）元年二／月既朢（望）庚寅，
	鄁公鼎（春秋早）	隹（唯）王八月既朢（望）
	三兒簋（春秋）	朢（望）中□□／母气余□／□聖□□／忌，……□□朢（望）／□皇母，
望	亞矢望父乙卣（商晚）	矢望父乙。
	小臣傳簋（西周早）	隹（唯）五月既望甲子，
	靜鼎（西周早）	月既望丁丑，
	士上尊／臣辰冊侁尊（西周早）	／才（在）五月既望辛／酉，
	御正良爵（西周早）	隹（唯）四月／既望丁亥，
	保卣（西周早）	才（在）二月𦣻（望）。〔蓋內〕才（在）二月既望。〔器內壁〕
	保尊（西周早）	才（在）二月既望。
	員鼎（西周早或中）	唯征（正）月既望癸酉，
	尹姞鬲（西周中）	休天君弗望（忘）穆／公聖粦明䚡事先王，
	盠尊／盠駒尊（西周中）	王弗望（忘）氒（厥）舊宗小子
	走馬休盤（西周中）	隹（唯）廿年正月既望甲戌，
	大師虘簋（西周中）	正月既望甲午，〔蓋內〕正月既望甲午，〔器內底〕
	朢簋（西周中）	王乎（呼）史年冊令（命）望：

師秦宮鼎（西周中）	隹（唯）五月既望，
師趛盨（西周中）	隹（唯）王正月既望，
師虎簋（西周中）	隹（唯）元年六月既望甲戌，
茀伯歸夆簋／乖伯簋（西周中）	天子／休弗望（忘）小𩎟（裔）邦，
禹簋（西周中）	王弗望（忘）應公室，〔蓋內〕王弗望（忘）應公室，〔器內底〕
虎簋蓋（西周中）	肆天／子弗望氒孫子，
無叀鼎／無專鼎（西周晚）	隹（唯）九月既望甲戌，
袁鼎（西周晚）	隹（唯）廿又八年五月既朏（望）庚／寅，
袁盤（西周晚）	隹（唯）廿又八年五月既望庚／寅，
伊簋（西周晚）	隹（唯）王廿又七年正月既望／丁亥，
晉侯穌鐘（西周晚）	月既望癸卯，
晉侯對匜（西周晚）	隹（唯）九月既望／戊寅，
事族簋（西周晚）	隹（唯）三月既望乙／亥，
伯龢鼎（西周）	隹（惟）十又二月既望／丁丑，
望伯互鬲（西周）	望白（伯）互乍（作）／寶鬶（鬲）兩，
郭店・語叢一（戰國中）	凡勿（物）由望生（104）
郭店・語叢二（戰國中）	𡨆（望）生於敬（3）、望生於監（33）
郭店・緇衣（戰國中）	為上可望而智（知）也（3）
包山・文書（戰國中偏晚）	鄙客𡨆（望）困業之獻=敍𧷯（顏）（145）
上博（一）・孔子詩論（戰國中偏晚）	而亡望（22）
睡虎地・日書甲（戰國晚）	弦望及五辰不可興樂口（27）、以望之日日始出而食之（68背）、祠史先龍丙望（125背壹）、墨（望）日，利壞垣……望，利為囷倉（155背）
睡虎地・日書乙（戰國晚）	祠史先龍丙望（52貳）、凡月望不可取婦家（嫁）女（118）
睡虎地・為吏之道（戰國晚）	民將望表以戾真（3伍）、使民望之（29肆）〔註12〕
馬王堆・52病方（漢）	除日已望（110）

〔註12〕文物出版社一書錯標為簡39

		馬王堆・陰陽五行甲（漢）	丑月朢不可（130）
		馬王堆・戰國縱橫家書（漢）	將多朢於臣（41）、寡人失朢（98）
		馬王堆・刑德甲（漢）	朢其氣（30）
		馬王堆・出行占（漢）	月朢不可東（24）
		馬王堆・周易（漢）	日月既（幾）朢（38）
		馬王堆・養生方（漢）	以五月朢取蚩鄉䖵者籥（21）
		馬王堆・老子甲（漢）	朢（恍）呵忽呵（133）
		馬王堆・九主（漢）	百姓絕朢於上（400）
		馬王堆・相馬經（漢）	遠朢之轉（57）
12	碩隕	中山王𧲚鼎（戰國晚）	忘（恐）／隕社禝（稷）之光，

（二）傳世文獻詞義資料詳目

排序	說文	文　獻	詞　　例
1	示	周易・繫辭上	河出圖。洛出書。聖人則之。易有四象。所以示也。繫辭焉。所以告也。
		周易・繫辭下	夫乾確然。示人易矣。夫坤隤然。示人簡矣。
		尚書・周書・武成	偃武修文。歸馬于華山之陽。放牛于桃林之野。示天下弗服。
		毛詩・小雅・鹿鳴之什・鹿鳴	鼓瑟吹笙。吹笙鼓簧。承筐是將。人之好我。示我周行。
		毛詩・大雅・蕩之什・抑	於乎小子。未知藏否。匪手攜之。言示之事。
		毛詩・周頌・閔予小子之什・敬之	日就月將。學有緝熙于光明。佛時仔肩。示我顯德行。
		周禮・大宗伯	大宗伯之職。掌建邦之天神人鬼地示之禮。……以佐王建保邦國。以吉禮事邦國之鬼神示……凡祀大神。享大鬼。祭大示。帥執事而卜日宿。
		周禮・小宗伯	及執事禱祠于上下神示
		周禮・大司樂	大合樂以致鬼神示……乃奏大蔟。歌應鍾。舞咸池。以祭地示……及山林之示……及丘陵之示……及墳衍之示……及土示……若樂八變。則地示皆出
		周禮・大祝	大祝掌六祝之辭。以事鬼神示……掌六祈以同鬼神示……一曰神號。二曰鬼號。三曰示號。……凡大禋祀肆享。祭示。則執明水火而號祝。

周禮·家宗人	凡以神仕者。掌三辰之灋以猶鬼神。示之居。辨其名物……以冬日至。致天神人鬼。以夏日至。致地示物彪。
儀禮·士冠禮	卦者在左。卒筮書卦。執以示主人。
儀禮·士喪禮	卦者在左。卒筮執卦。以示命筮者。……首燋在北。宗人受卜人龜示高。……卜人坐作龜。興。宗人受龜示涖卜
儀禮·特牲饋食禮	筮者執以示主人。
儀禮·少牢饋食禮	乃書卦于木。示主人。
禮記·檀弓上	曾子指子游而示人曰……夏后氏用明器。示民無知也。殷人用祭器。示民有知也。周人兼用之。示民疑也。
禮記·檀弓下	君子恥盈禮焉。國奢則示之以儉。國儉則示之以禮。
禮記·曾子問	歸葬于女氏之黨。示未成婦也。
禮記·文王世子	成王有過。則撻伯禽。所以示成王世子之道也。……大傅審父子君臣之道以示之。
禮記·禮運	刑仁講讓。示民有常。……故聖人以禮示之
禮記·禮器	籩豆之薦。四時之和氣也。內金。示和也。
禮記·郊特牲	賓入大門而奏肆夏。示易以敬也……虎豹之皮。示服猛也。……家主中霤。而國主社。示本也。……以觀其習變也。而流示之禽。……王皮弁以聽祭報。示民嚴上也。
禮記·學記	皮弁祭菜。示敬道也。
禮記·樂記	所以官序貴賤。各得其宜也。所以示後世有尊卑長幼之序也。
禮記·祭義	歲既單矣。世婦卒蠶。奉繭以示于君。……祿爵慶賞。成諸宗廟。所以示順也。雖有明知之心。必進斷其志焉。示不敢專。
禮記·祭統	苟可薦者。莫不咸在。示盡物也。……爵有德而祿有功。必賜爵祿於大廟。示不敢專也。……貴者不重。賤者不虛。示均也。……故記曰。嘗之日。發公室。示賞也。……顯揚先祖。所以崇孝也。身比焉。順也。明示後世。教也。
禮記·仲尼燕居	入門而金作。示情也。……升歌清廟。示德也……下而管象。示事也。……是故古之君子。不必親相與言也。以禮樂相示而已。
禮記·坊記	天無二日。土無二王。家無二主。尊無二上。示民有君臣之別也。……君不與同姓同車。與異姓同車不同服。示民不嫌也。……祭祀之有尸也。

		宗廟之主也。示民有事也。……詩云。既醉以酒。既飽以德。以此示民……醴酒在室。醍酒在堂。澄酒在下。示不淫也。……尸飲三。眾賓飲一。示民有上下也……大斂於阼。殯於客位。祖於庭。葬於墓。所以示遠也。……殷人弔於壙。周人弔於家。示民不偝也。……未沒喪。不稱君。示民不爭也。……孝以事君。弟以事長。示民不貳也……喪父三年。喪君三年。示民不疑也……父母在不敢有其身。不敢私其財。示民有上下也。……升自阼階。即位於堂。示民不敢有其室也。……父母在。饋獻不及車馬。示民不敢專也。
	禮記・中庸	禘嘗之義。治國其如示諸掌乎。
	禮記・緇衣	子曰。有國者章善癉惡。以示民厚。……故君民者。章好以示民俗。……詩云。人之好我。示我周行。
	禮記・問喪	堂上不趨。示不遽也。
	禮記・儒行	儒有聞善以相告也。見善以相示也。
	左傳・桓公傳 2 年	故昭令德以示子孫。……今滅德立違。而寘其賂器於大廟。以明示百官。
	左傳・莊公傳 8 年	費曰。我奚御哉。袒而示之背。
	左傳・僖公傳 7 年	何懼。且夫合諸侯以崇德也。會而列姦。何以示後嗣。
	左傳・僖公傳 8 年	期年狄必至。示之弱矣。
	左傳・僖公傳 22 年	楚子使師縉示之俘馘。
	左傳・僖公傳 27 年	子犯曰。民未知信。未宣其用。於是乎伐原以示之信。……子犯曰。民未知禮。未生其共。於是乎大蒐以示之禮
	左傳・文公傳 7 年	今已睦矣。可以歸之。叛而不討。何以示威。……服而不柔。何以示懷。……非威非懷。何以示德。
	左傳・文公傳 15 年	侯用幣于社。伐鼓于朝。以昭事神。訓民事君。示有等威。古之道也。
	左傳・宣公傳 2 年	趙盾弒其君。以示於朝。
	左傳・宣公傳 4 年	子公之食指動。以示子家。
	左傳・宣公傳 12 年	臣聞克敵。必示子孫。……武有七德。我無一焉。何以示子孫。
	左傳・宣公傳 14 年	告於諸侯。蒐焉而還。中行桓子之謀也。曰。示之以整。使謀而來。
	左傳・成公傳 9 年	鄭人圍許。示晉不急君也。
	左傳・成公傳 10 年	晉侯欲麥。使甸人獻麥。饋人為之。召桑田巫。示而殺之。

		左傳・成公傳 12 年	於是乎有享宴之禮。享以訓共儉。宴以示慈惠。
		左傳・成公傳 16 年	尪之黨。與養由基。蹲甲而射之。徹七札焉。以示王
		左傳・襄公傳 15 年	獻玉者曰。以示玉人。
		左傳・襄公傳 19 年	銘其功烈。以示子孫
		左傳・襄公傳 25 年	子筮之。遇困䷜之大過。䷛史皆曰吉。示陳文子。
		左傳・襄公傳 27 年	左師請賞。曰。請免死之邑。公與之邑六十。以示子罕。
		左傳・襄公傳 28 年	王何。卜。攻慶氏。示子之兆。……請歸。慶季卜之。示之兆。
		左傳・昭公傳 4 年	楚子示諸侯侈。……夫六王二公之事。皆所以示諸侯。……戎狄叛之。皆所以示諸侯。……公與之環。使牛入示之。入不示。出命佩之。
		左傳・昭公傳 5 年	莊叔以周易筮之。遇明夷䷣之謙。䷍以示卜楚丘。
		左傳・昭公傳 7 年	遇屯䷂之比䷇以示史朝。
		左傳・昭公傳 9 年	世有衰德。而暴滅宗周。以宣示其侈。
		左傳・昭公傳 12 年	黃裳元吉。以為大吉也。示子服惠伯曰。即欲有事何如。
		左傳・昭公傳 13 年	諸侯不可以不示威。……再朝而會以示威。……講禮於等。示威於眾。……不可以不示眾。
		左傳・昭公傳 25 年	乃使其妾抶己。以示秦遄之妻。……無通外內。以公命示子家子。
		左傳・昭公傳 26 年	高齮以錦示子猶。
		左傳・定公傳 5 年	余受其戈。其所猶在。袒而示之背。
		左傳・哀公傳 17 年	氏之妻髮美。使髡之。以為呂姜髢。既入焉。而示之璧。
		公羊傳・宣公 6 年	吾聞子之劍。蓋利劍也。子以示我。
		公羊傳・哀公 6 年	陳乞曰。吾有所為甲請以示焉。
		論語・八佾	子曰。不知也。知其說者。之於天下也。其如示諸斯乎。
		孝經・三才章	導之以禮樂。而民和睦。示之以好惡。而民知禁。
		孝經・喪親章	喪不過三年。示民有終也。
		爾雅・釋言	觀。指。示也。
		孟子・萬章上	天不言。以行與事示之而已矣……以行與事示之者如之何……故曰天不言。以行與事示之而已矣。

2	禜	周禮・黨正	孟月吉日。則屬民而讀邦灋以糾戒之。春秋祭禜。亦如之。
		周禮・鬯人	鬯人掌共秬鬯而飾之。凡祭祀社壝用大罍。禜門。用瓟齎。廟用脩。
		周禮・大祝	祈以同鬼神示。一曰類。二曰造。三曰禬。四曰禜。五曰攻。六曰說。
		周禮・詛祝	詛祝掌盟。詛。類。造。攻。說。禬。禜。之祝號。
		周禮・翦氏	翦氏掌除蠹物。以攻禜攻之。以莽草熏之。
		左傳・昭公傳元年	山川之神。則水旱癘疫之災。於是乎禜之。日月星辰之神。則雪霜風雨之不時。於是乎禜之。
		左傳・昭公傳十九年	鄭大水。龍鬬于時門之外洧淵。國人請為禜焉。
		左傳・哀公傳六年	楚子使問諸周大史。周大史曰。其當王身乎。若禜之。可移於令尹。……天其夭諸。有罪受罰。又焉移之。遂弗禜。
3	晦	周易・隨	象曰。澤中有雷。隨君子以嚮晦入宴息。
		周易・明夷	以蒙大難。文王以之。利艱貞。晦其明也。……象曰。明入地中。明夷。君子以蒞眾。用晦而明。……上六。不明晦。初登于天。後入于地。
		毛詩・鄭風・風雨	既見君子。云胡不瘳。風雨如晦。雞鳴不已。
		毛詩・大雅・蕩之什・蕩	既愆爾止。靡明靡晦。式號式呼。俾晝作夜。
		毛詩・周頌・閔予小子之什・酌	於鑠王師。遵養時晦。時純熙矣。是用大介。
		左傳・僖公經 15 年	己卯晦。震夷伯之廟。
		左傳・僖公傳 24 年	己丑。晦。公宮火。瑕甥。郤芮。不獲公。
		左傳・宣公傳 12 年	汋曰。於鑠王師。遵養時晦。耆昧也。
		左傳・成公傳 14 年	故君子曰。春秋之稱微而顯。志而晦。婉而成章。盡而不汙。
		左傳・成公經 16 年	甲午。晦。晉侯及楚子。鄭伯。戰于鄢陵。
		左傳・成公傳 16 年	甲午。晦。楚晨壓晉軍而陳。軍吏患之。……王卒以舊。鄭陳而不整。蠻軍而不陳。陳不違晦。在陳而囂。合而加囂。各顧其後。
		左傳・成公傳 17 年	閏月。乙卯。晦。欒書中行偃殺胥童。
		左傳・成公傳 18 年	齊為慶氏之難故。甲申晦。齊侯使士華免以戈殺國佐于內宮之朝。
		左傳・襄公傳 18 年	丙寅晦。齊師夜遁。
		左傳・襄公傳 19 年	夏。五月。壬辰。晦。齊靈公卒。莊公即位。

		左傳・昭公傳元年	六氣曰陰。陽。風。雨。晦明也。……風淫末疾。雨淫腹疾。晦淫惑疾。明淫心疾。女陽物而晦時。淫則生內熱惑蠱之疾。
		左傳・昭公傳 20 年	丁巳。晦。公入。
		左傳・昭公傳 23 年	戊辰。晦。戰于雞父。
		公羊傳・僖公 15 年	己卯。晦震夷伯之廟晦者何。冥也。
		公羊傳・僖公 16 年	何以不日。晦日也。晦則何以不言晦。春秋不書晦也。朔有事則書。晦雖有事不書。
		公羊傳・成公 16 年	甲午。晦。晦者何。冥也。何以書。記異也。
		穀梁傳・隱公 3 年	己巳。日有食之。言日不言朔。食。晦日也。
		穀梁傳・僖公 15 年	己卯。晦震夷伯之廟。晦。冥也。
		穀梁傳・成公 16 年	甲午晦。晉侯及楚子。鄭伯。戰于鄢陵。楚子鄭師敗績。日事遇晦曰晦。
		爾雅・釋言	晦。冥也。
		爾雅・釋天	天不應曰霧。霧謂之晦。
4	冥	周易・豫	上六。冥豫成。有渝无咎。象曰。冥豫在上。何可長也。
		周易・升	上六。冥升。利于不息之貞。象曰。冥升在上。消不富也。
		毛詩・小雅・鴻鴈之什・斯干	噲噲其正。噦噦其冥。君子攸寧。
		毛詩・小雅・谷風之什・無將大車	無將大車。維塵冥冥。無思百憂。不出于熲。
		周禮・秋官司徒	冥氏下士二人。徒八人。
		周禮・冥氏	冥氏掌設弧張。為阱擭以攻猛獸。以靈鼓毆之。
		禮記・月令	其神玄冥。……其神玄冥。……仲冬行夏令。則其國乃旱。氛霧冥冥。雷乃發聲。……其神玄冥。
		禮記・祭法	殷人禘嚳而郊冥。祖契而宗湯。……契為司徒而民成。冥勤其官而水死。湯以寬治民而除其虐。
		禮記・哀公問	公曰。寡人惷愚。冥煩。子志之心也。
		左傳・昭公傳元年	昔金天氏有裔子曰昧。為玄冥師。
		左傳・昭公傳 18 年	郊人助祝史除於國北。禳火于玄冥回祿。祈于四鄌。
		左傳・昭公傳 29 年	水正曰玄冥。土正曰后土。……使重為句芒。該為蓐收。脩及熙為玄冥。世不失職。
		左傳・定公傳 4 年	我悉方城外以毀其舟。還塞大隧。直轅。冥阨。子濟漢而伐之。我自後擊之。
		左傳・哀公傳 6 年	庚寅。昭王攻大冥。卒于城父。

		左傳・哀公傳 19 年	夏。楚公子慶。公孫寬。追越師。至冥。不及。乃還。
		公羊傳・僖公 15 年	己卯。晦震夷伯之廟晦者何。冥也。
		公羊傳・成公 16 年	甲午。晦。晦者何。冥也。
		穀梁傳・僖公 15 年	己卯。晦震夷伯之廟。晦。冥也。
		爾雅・釋言	冥。幼也。……晦。冥也。
5	月	周易・乾	夫大人者與天地合其德。與日月合其明。與四時合其序。
		周易・小畜	上九。既雨既處。尚德載。婦貞厲。月幾望。君子征凶。
		周易・豫	天地以順動。故日月不過。而四時不忒。
		周易・臨	臨。元亨。利貞。至于八月有凶。……剛中而應。大亨以正。天之道也。至于八月有凶。
		周易・離	彖曰。離。麗也。日月麗乎天。百穀草木麗乎土。
		周易・恆	日月得天。而能久照。
		周易・歸妹	月幾望。吉。
		周易・豐	日中則昃。月盈則食。
		周易・中孚	六四。月幾望。馬匹亡。无咎。
		周易・繫辭上	日月運行。一寒一暑。……變通配四時。陰陽之義配日月。……縣象著明莫大乎日月。崇高莫大乎富貴。
		周易・繫辭下	天地之道。貞觀者也。日月之道。貞明者也。……日往則月來。月往則日來。日月相推而明生焉。
		周易・說卦	其於輿也。為多眚。為通。為月。為盜。
		尚書・虞書・堯典	乃命羲和。欽若昊天。曆象日月星辰。敬授人時。……以閏月定四時成歲。
		尚書・虞書・舜典	正月上日。受終于文祖。……既月。乃日覲四岳羣牧。……歲二月。東巡守。至于岱宗。……協時月。正日。同律度量衡。……五月南巡守。至于南岳。……八月西巡守。至于西岳。……十有一月朔巡守。至于北岳。……月正元日。舜格于文祖。
		尚書・虞書・大禹謨	正月朔旦。受命于神宗。
		尚書・虞書・益稷	予欲觀古人之象。日。月。星。辰。山。龍。華蟲。作會。
		尚書・夏書・胤征	乃季秋月朔辰。弗集于房。
		尚書・商書・伊訓	惟元祀。十有二月。
		尚書・商書・太甲中	惟三祀。十有二月朔。

尚書·周書·泰誓上	一月戊午。師渡孟津。
尚書·周書·泰誓下	惟我文考若日月之照臨。光于四方。顯于西土。
尚書·周書·武成	惟一月壬辰。旁死魄。……王朝步自周。于征伐商。厥四月哉生明。
尚書·周書·洪範	五紀。一曰歲。二曰月。三曰日。四曰星辰。五曰曆數。……曰王省惟歲。卿士惟月。……歲月日時無易。百穀用成。乂用明。……日月歲時既易。百穀用不成。乂用昏不明。……日月之行。則有冬有夏。月之從星。則以風雨。
尚書·周書·康誥	惟三月。哉生魄。
尚書·周書·召誥	惟二月既望。……三月。惟丙午朏。
尚書·周書·洛誥	在十有二月。
尚書·周書·多士	惟三月。周公初于新邑洛。
尚書·周書·多方	惟五月。丁亥。王來自奄。
尚書·周書·顧命	惟四月哉生魄。
尚書·周書·畢命	惟十有二年。六月庚午朏。
尚書·周書·秦誓	惟受責俾如流。是惟艱哉。我心之憂。日月逾邁。若弗云來。
毛詩·邶風·柏舟	日居月諸。胡迭而微。
毛詩·邶風·日月	日月。衛莊姜傷己也。……日居月諸。照臨下土。……日居月諸。下土是冒。……日居月諸。出自東方。……日居月諸。東方自出。
毛詩·邶風·雄雉	瞻彼日月。悠悠我思。
毛詩·王風·君子于役	君子于役。不日不月。曷其有佸。雞棲于桀日之夕矣。
毛詩·王風·揚之水	懷哉懷哉。曷月予還歸哉。……懷哉懷哉。曷月予還歸哉。……懷哉懷哉。曷月予還歸哉。
毛詩·王風·采葛	一日不見。如三月兮。
毛詩·鄭風·子衿	一日不見。如三月兮。
毛詩·齊風·雞鳴	東方明矣。朝既昌矣。匪東方則明。月出之光。
毛詩·齊風·東方之日	東方之月兮。
毛詩·唐風·蟋蟀	今我不樂。日月其除。……今我不樂。日月其邁。……今我不樂。日月其慆。
毛詩·陳風·月出	月出。刺好色也。……月出皎兮。佼人僚兮。……月出皓兮。佼人懰兮。……月出照兮。佼人燎兮。
毛詩·豳風·七月	豳七月。陳王業也。……七月流火。九月授衣。……七月流火。九月授衣。……七月流火。八月萑葦。……蠶月條桑。……七月鳴鵙。八月載績。……四月秀葽。五月鳴蜩。八月其穫。十

	月隕蘀。……五月斯螽動股。六月莎雞振羽。七月在野。八月在宇。九月在戶。十月蟋蟀入我牀下。……六月食鬱及薁。七月亨葵及菽。八月剝棗。十月穫稻。……七月食瓜。八月斷壺。九月叔苴。……九月築場圃。十月納禾稼。……九月肅霜。十月滌場。
毛詩·小雅·鹿鳴之什·天保	如月之恆。如日之升。
毛詩·小雅·鹿鳴之什·采薇	豈敢定居。一月三捷。
毛詩·小雅·鹿鳴之什·杕杜	王事靡盬。繼嗣我日。日月陽止。女心傷止。征夫遑止。
毛詩·小雅·南有嘉魚之什·六月	六月。宣王北伐也。……六月棲棲。戎車既飭。……維此六月。既成我服。
毛詩·小雅·節南山之什·節南山	不弔昊天。亂靡有定。式月斯生。俾民不寧。
毛詩·小雅·節南山之什·正月	正月。大夫刺幽王也。……正月繁霜。我心憂傷。
毛詩·小雅·節南山之什·十月	十月之交。大夫刺幽王也。……十月之交。朔月辛卯。日有食之。亦孔之醜。彼月而微。此日而微。……日月告凶。不用其行。……彼月而食。則維其常。
毛詩·小雅·節南山之什·小宛	我日斯邁。而月斯征。夙興夜寐。毋忝爾所生。
毛詩·小雅·谷風之什·四月	四月。大夫刺幽王也。……四月維夏。六月徂暑。先祖匪人。胡寧忍予。
毛詩·小雅·谷風之什·小明	二月初吉。載離寒暑。……昔我往矣。日月方除。……昔我往矣。日月方奧。
毛詩·小雅·魚藻之什·漸漸之石	有豕白蹢烝涉波矣。月離于畢。俾滂沱矣。
毛詩·大雅·生民之什·生民	誕彌厥月。先生如達。不拆不副。無菑無害。
毛詩·周頌·閔予小子之什·敬之	日就月將。學有緝熙于光明。
毛詩·魯頌·駉之什·閟宮	彌月不遲。是生后稷。
周禮·大宰	正月之吉。始和。
周禮·小宰	月終。則以官府之敘。
周禮·宰夫	歲終。則令群吏正歲會。月終。則令正月要。
周禮·宮正	月終。則會其稍食。
周禮·宮伯	月終則均秩。歲終則均敘。

周禮·酒正	日入其成。月入其要。
周禮·凌人	正歲。十有二月。
周禮·司會	以參互攷日成。以月要攷月成。
周禮·大司徒	正月之吉始和。
周禮·鄉大夫	正月之吉。受教灋于司徒。
周禮·州長	正月之吉。各屬其州之民而讀灋。
周禮·黨正	及四時之孟月吉日。則屬民而讀邦灋以糾戒之。
周禮·族師	月吉。則屬民而讀邦灋。
周禮·鼓人	救日月。則詔王鼓。
周禮·充人	祀五帝。則繫于牢芻之三月。
周禮·媒氏	凡男女自成名以上。皆書年月日名焉。……中春之月。令會男女。
周禮·質人	凡治質劑者。國中一旬。郊二旬。野三旬。都三月。
周禮·賈師	凡國之賣儥。各帥其屬。而嗣掌其月。
周禮·泉府	祭祀無過旬日。喪紀無過三月。
周禮·大宗伯	以實柴祀日月星辰。
周禮·典瑞	圭璧以祀日月星辰。……土圭以致四時日月。
周禮·大司樂	凡日月食。四鎮五嶽崩。
周禮·占夢	以日月星辰占六夢之吉凶。
周禮·大史	閏月。詔王居門終月。
周禮·馮相氏	馮相氏掌十有二歲。十有二月。……冬夏致日。春秋致月。以辨四時之敘。
周禮·保章氏	保章氏掌天星以志星辰日月之變動。
周禮·司常	司常掌九旗之物名。各有屬以待國事。日月為常。交龍為旂。
周禮·大司馬	正月之吉始和。
周禮·大僕	凡軍旅田役。贊王鼓。救日月。亦如之。
周禮·大司寇	其次九日坐。九月役。其次七日坐。七月役。其次五日坐。五月役。其下罪三日坐。三月役。……正月之吉。始和。
周禮·方士	三月而上獄訟于國。
周禮·朝士	國中一旬。郊二旬。野三旬。都三月。
周禮·布憲	正月之吉。執旌節以宣布于四方。
周禮·蜡氏	若有死於道路者。則令埋而置楬焉。書其日月焉。縣其衣服任器。
周禮·司烜氏	司烜氏掌以夫遂取明火於日。以鑒取明水於月。

周禮・䲷蔟氏	十有二月之號。
周禮・庭氏	若不見其鳥獸。則以救日之弓。與救月之矢射之。
周禮・輈人	輪輻三十。以象日月也。
周禮・鍾氏	三月而熾之。淳而漬之。
周禮・玉人	圭璧五寸。以祀日月星辰。
儀禮・士冠禮	始加祝曰。令月吉日。始加元服。棄爾幼志。……再加曰。吉月令辰。乃申爾服。……三加曰。以歲之正。以月之令。咸加爾服。……字辭曰。禮儀既備。令月吉日。昭告爾字。爰字孔嘉。
儀禮・士昏禮	若舅姑既沒。則婦入三月。……祖廟未毀。教于公宮三月。……凡婦人相饗。無降。婦入三月。然後祭行……若不親迎。則婦入三月。
儀禮・聘禮	明日君館之。既受行出。還見宰。問幾月之資。
儀禮・覲禮	天子乘龍。載大斿。象日月。……禮日於南門外。禮月與四瀆於北門外。
儀禮・喪服子夏傳	同居則服齊衰期。異居則服齊衰三月。……服齊衰三月也。言與民同也。……何以服齊衰三月也。尊祖也。……何以服齊衰三月也。言與民同也。……何以服齊衰三月也。妻言與民同也。……何以齊衰三月也。……何以服齊衰三月也。大夫不敢降其宗也。……何以服齊衰三月也。……故服齊衰三月也。言與民同也。……何以齊衰三月也。大夫不敢降其祖也。……何以服齊衰三月。不敢降其祖也。……無服之殤。以日易月。以日易月之殤。殤而無服。……故子生三月。則父名之。死則哭之。未名。則不哭也。……大夫為適子之長殤中殤。其長殤皆九月。纓絰。其中殤七月。不纓絰。大功布衰裳。牡麻絰纓布帶。三月。受以小功衰。即葛九月者。……小功布衰裳。澡麻帶絰五月者。叔父之下殤。……小功布衰裳。牡麻絰。即葛五月者。從祖祖父母。從祖父母報。……緦麻三月者。……有死於宮中者。則為之三月不舉祭……大功衰。小功衰。皆三月。親則月筭如邦人。
儀禮・士喪禮	朔月。奠用特豚魚腊。……主人要節而踊。皆如朝夕哭之儀。月半不殷奠。
儀禮・既夕禮	朔月。童子執帚卻之。……朔月若薦新。則不饋于下室。
儀禮・士虞禮	死三日而殯。三月而葬。……曰。薦此祥事。中月而禫。是月也。吉祭猶未配。
禮記・曲禮上	故日月以告君。齊戒以告鬼神。……名子者。不以國。不以日月。不以隱疾。不以山川。

禮記・曲禮下	婦人不當御。三月而復服。
禮記・檀弓上	凡附於身者。必誠必信。勿之有悔焉耳矣。三月而葬。……夫子曰。又多乎哉。踰月則其善也。……祥而縞。是月禫。徙月樂。
禮記・檀弓下	弗忍一日離也。是月也。……曰。日月有時。將葬矣。……七日。國中男女服。三月天下服。……蓋君踰月而后舉爵。
禮記・王制	歲二月東巡守。至于岱宗。……考時月定日。……五月南巡守。至于南嶽。……八月西巡守。至于西嶽。……十有一月北巡守。至于北嶽。……天子七日而殯。七月而葬。諸侯五日而殯。五月而葬。大夫士庶人三日而殯。三月而葬。……六十歲制。七十時制。八十月制。……七十不俟朝。八十月告存。……齊衰大功之喪。三月不從政。將徙於諸侯。三月不從政。
禮記・月令	月令孟春之月。……是月也。以立春。……司天日月星辰之行。……是月也。天子乃以元日。祈穀于上帝。……是月也。天氣下降。地氣上騰。天地和同。……是月也。命樂正入學習舞。……是月也。不可以稱兵。……仲春之月。……是月也。安萌牙。養幼少。……是月也。玄鳥至。……是月也。日夜分。……是月也。耕者少舍。……是月也。毋竭川澤。毋漉陂池。毋焚山林。……是月也。祀不用犧牲。……季春之月。……是月也。天子乃薦鞠衣于先帝。……是月也。生氣方盛。陽氣發泄。……是月也。命司空曰。時雨將降。下水上騰。……是月也。命野虞無伐桑柘。……是月也。命工師。令百工。審五庫之量。……是月之末。擇吉日大合樂。……是月也。乃合累牛騰馬。遊牝于牧。……孟夏之月。……是月也。以立夏。……是月也。繼長增高。毋有壞墮。……是月也。天子始絺。……是月也。驅獸毋害五穀。……是月也。聚畜百藥。……是月也。天子飲酎。……仲夏之月。……是月也。命樂師脩鞀鞞鼓。……是月也。天子乃以雛嘗黍。……是月也。日長至。……是月也。毋用火南方。……季夏之月。……是月也。命四監。大合百縣之秩芻。以養犧牲。……是月也。命婦官染采。……是月也。樹木方盛。……是月也。土潤溽暑。……孟秋之月。……是月也。以立秋。……是月也。命有司。脩法制。……是月也。農乃登穀。……是月也。毋以封諸侯。……仲秋之月。……是月也。養衰老。……是月也。乃命宰祝。……是月也。可以築城郭。……是月也。

	日夜分。……是月也。易關市。……季秋之月。……是月也。申嚴號令。……是月也。霜始降。……是月也。大饗帝。嘗犧牲。……是月也。天子乃教於田獵。……是月也。草木黃落。……是月也。天子乃以犬嘗稻。……孟冬之月。……是月也。以立冬。……是月也。命大史。……是月也。天子始裘。……是月也。命工師效功。……是月也。大飲烝。……是月也。乃命水虞漁師。收水泉池澤之賦。……仲冬之月。……諸蟄則死。民必疾疫。又隨以喪。命之曰暢月。……是月也。命奄尹。申宮令。……是月也。農有不收藏積聚者。……是月也。日短至。陰陽爭。……是月也。可以罷官之無事。……季冬之月。……是月也。命漁師始漁。……是月也。日窮于次。月窮于紀。星回于天。數將幾終。歲且更始。
禮記・曾子問	孔子曰。大宰。大宗。從大祝而告于禰。三月。乃名于禰。……取婦之家。三日不舉樂。思嗣親也。三月而廟見。稱來婦也。
禮記・禮運	播五行於四時。和而后月生也。……五行。四時。十二月。還相為本也。……以陰陽為端。以四時為柄。以日星為紀。月以為量。……以日星為紀。故事可列也。月以為量。故功有藝也。
禮記・禮器	天子崩。七月而葬。……諸侯五月而葬。……夫三月而葬。……齊人將有事於泰山。必先有事於配林。三月繫。七日戒。三日宿。慎之至也。……故作大事。必順天時。為朝夕必放於日月。……大明生於東。月生於西。此陰陽之分。
禮記・郊特牲	旂十有二旒。龍章而設日月。以象天也。……帝牛不吉。以為稷牛。帝牛必在滌三月。稷牛唯具。所以別事天神與人鬼也。……歲十二月。合聚萬物而索饗之也。
禮記・內則	六十歲制。七十時制。八十月制。……七十不俟朝。八十月告存。……妻將生子。及月辰。居側室。……三月之末。擇日。翦髮為鬌。……書曰。某年某月某日某生。而藏之。……凡名子。不以日月。不以國。……妾將生子。及月辰。夫使人日一問之。子生三月之末漱澣夙齊。見於內寢。……三月之末。其母沐浴朝服見於君。……庶人無側室者。及月辰。夫出居羣室。其問之也。
禮記・玉藻	閏月。則闔門左扉。……朔月大牢。……朔月少牢。……至于八月不雨。君不舉。年不順成。
禮記・明堂位	旂十有二旒。日月之章。祀帝于郊。配以后稷。天子之禮也。……季夏六月。

禮記・喪服小記	九月七月之喪。三時也。五月之喪。二時也。三月之喪。一時也。……三月而後卒哭。……其餘以麻終。月數者除喪則已。……箭笄終喪三年。齊衰三月。
禮記・樂記	動之以四時。煖之以日月。而百化興焉。
禮記・雜記下	三日不怠。三月不解。……期之喪。十一月而練。十三月而祥。十五月而禫。……九月之喪。既葬而從政。……士三月而葬。是月也卒哭。大夫三月而葬。五月而卒哭。諸侯五月而葬。七月而卒哭。……孟獻之曰。正月日至。可以有事於上帝。七月日至。可以有事於祖。七月而禘。獻子為之也。
禮記・喪大記	疏食水飲。不食菜果。三月既葬。食肉飲酒。……九月之喪。食飲猶期之喪也。……五月三月之喪。壹不食。再不食。可也。
禮記・喪服大記	大功布衰九月者。皆三月不御於內。……期九月者。既葬而歸。……朔月忌日。則歸哭于宗室。
禮記・祭法	夜明。祭月也。……曰祖考廟。皆月祭之。……曰皇考廟。皆月祭之。……及夫日月星辰。民所瞻仰也。
禮記・祭義	大報天而主日。配以月。……祭日於壇。祭月於坎。……祭日於東。祭月於西。……日出於東。月生於西。……朔月月半君巡牲。所以致力。孝之至也。……數月不出。猶有憂色。……數月不出。猶有憂色。
禮記・祭統	六月丁亥。
禮記・經解	故德配天地。兼利萬物。與日月並明。
禮記・哀公問	孔子對曰。貴其不已。如日月東西相從而不已也。是天道也。
禮記・孔子閒居	日就月將。無服之喪。……孔子曰。天無私覆。地無私載。日月無私照。奉斯三者以勞天下。此之謂三無私。
禮記・中庸	擇乎中庸而不能期月守也。……日省月試。既廩稱事。所以勸百工也。……今夫天。斯昭昭之多。及其無窮也。日月星辰繫焉。萬物覆焉。……如日月之代明。萬物並育而不相害。……天之所覆。地之所載。日月所照。霜露所隊。凡有血氣者。莫不尊親。
禮記・表記	子曰。齊戒以事鬼神。擇日月以見君。……是故不犯日月。不違卜筮。……子曰。君子敬則用祭器。是以不廢日月。不違龜筮。
禮記・服問	殤。長。中。變三年之葛。終殤之月筭。而反三年之葛。

禮記・間傳	中月而禫。禫而飲醴酒。……中月而禫。禫而牀。……中月而禫。禫而纖。
禮記・三年問	三年之喪。二十五月而畢。……越月踰時焉。則必反巡。……則三年之喪。二十五月而畢。……故再期也。由九月以下。何也。……期九月以為間。上取象於天。下取法於地。
禮記・深衣	制十有二幅。以應十有二月。
禮記・昏義	是以古者。婦人先嫁三月。……婦順不脩。陰事不得。適見於天。月為之食。……月食則后素服。而脩六宮之職。……故天子之與后。猶日之與月。陰之與陽。相須而后成者也。
禮記・鄉飲酒義	三賓。象三光也。讓之三也。象月之三日而成魄也。……立賓以象天。立主以象地。設介僎以象日月。……。紀之以日月。參之以三光。政教之本也。……月者三日則成魄。三月則成時。
禮記・喪服四制	三日而食。三月而沐。……三日不怠。三月不解。……三日而食粥。三月而沐。期十三月而練冠。三年而祥。
左傳・莊公傳25年	凡天災。有幣無牲。非日月之眚。不鼓。
左傳・僖公傳5年	虢公其奔。其九月十月之交乎。丙子旦。日在尾。月在策。鶉火中。必是時也。
左傳・僖公傳8年	夏。狄伐晉。報采桑之役也。復期月。
左傳・文公傳13年	文子賦四月。
左傳・宣公傳12年	夫其敗也。如日月之食焉。何損於明。
左傳・成公傳16年	王怒曰。大辱國。詰朝。爾射死藝。呂錡夢射月。中之。退入於泥。占之曰。姬姓。日也。異姓。月也。必楚王也。
左傳・襄公傳14年	民奉其君。愛之如父母。仰之如日月。敬之如神明。畏之如雷霆。其可出乎。
左傳・襄公傳19年	豈唯敝邑。賦六月。
左傳・襄公傳29年	公卿大夫。相繼於朝。史不絕書。府無虛月。如是可矣。
左傳・昭公傳元年	日月星辰之神。則雪霜風雨之不時。於是乎禜之。
左傳・昭公傳7年	國無政。不用善。則自取謫于日月之災。故政不可不慎也。……公曰。何謂六物對曰。歲時日月星辰是謂也。……對曰。日月之會是謂辰。故以配日。
左傳・昭公傳17年	若火入而伏。必以壬午。不過其見之月。
左傳・昭公傳21年	對曰。二至二分。日有食之。不為災。日月之行也。分同道也。至相過也。

左傳·昭公傳 31 年	入郢必以庚辰。日月在辰尾。庚午之日。日始有謫。火勝金。
公羊傳·文公 6 年	不告朔也。曷為不告朔。天無是月也。……何以謂之天無是月。非常月也。
穀梁傳·莊公 23 年	公至自齊。公如。往時。正也。致月。故也。如往月致。月有懼焉爾。
穀梁傳·僖公 28 年	日繫於月。月繫於時。
穀梁傳·宣公 15 年	滅國有三術。中國謹日。卑國月。夷狄不日。
穀梁傳·成公 13 年	公如京師不月。月非如也。非如而曰如。不叛京師也。
穀梁傳·襄公 6 年	莒人滅繒。非滅也。中國日。卑國月。夷狄時。繒中國也。而時非滅也。
穀梁傳·定公 8 年	公至自侵齊。公如。往時致月。危致也。往月致時。危往也。往月致月。惡之也。
論語·雍也	子曰。回也。其心三月不違仁。其餘則日月至焉而已矣。
論語·述而	子在齊。聞韶。三月。不知肉味。
論語·鄉黨	羔裘玄冠。不以弔。吉月。必朝服而朝。
論語·子路	子曰。苟有用我者。期月而已可也。三年有成。
論語·陽貨	曰。不可。日月逝矣。歲不我與。
論語·子張	子夏曰。日知其所亡。月無忘其所能。可謂好學也已矣。……子貢曰。君子之過也。如日月之食焉。過也人皆見之。……仲尼。日月也。無得而踰焉。人雖欲自絕。其何傷於日月乎。多見其不知量也。
爾雅·釋天	月在甲曰畢。……月陽。正月為陬。二月為如。三月為寎。四月為余。五月為皋。六月為且。七月為相。八月為壯。九月為玄。十月為陽。十一月為辜。十二月為涂。月名。
爾雅·釋草	蔜。月爾。
孟子·梁惠王上	對曰。天下莫不與也。王知夫苗乎。七八月之間旱。則苗槁矣。
孟子·公孫丑下	今既數月矣。未可以言與。……古之君子。其過也如日月之食。民皆見之。
孟子·滕文公上	世子曰。然。是誠在我。五月居廬。未有命戒。
孟子·滕文公下	傳曰。孔子三月無君。則皇皇如也。……公明儀曰。古之人三月無君。則弔。三月無君則弔。不以急乎。……曰。請損之。月攘一雞。以待來年。

		孟子・離婁下	孟子曰。惠而不知為政。歲。十一月。徒杠成。十二月。輿梁成。……七八月之間雨集。溝澮皆盈。其涸也。可立而待也。
		孟子・盡心上	觀水有術。必觀其瀾。日月有明。容光必照焉。……王子有其母死者。其傅為之請數月之喪。
6	朔	尚書・虞書・堯典	申命和叔。宅朔方。曰幽都。平在朔易。日短星昴。以正仲冬。
		尚書・虞書・舜典	十有一月朔巡守。至于北岳。
		尚書・虞書・大禹謨	正月朔旦。受命于神宗。
		尚書・夏書・禹貢	東漸于海。西被于流沙。朔南暨聲教。訖于四海。
		尚書・夏書・胤征	乃季秋月朔辰。
		尚書・商書・太甲中	十有二月朔。
		尚書・周書・泰誓中	王次于河朔。羣后以師畢會。
		尚書・周書・洛誥	予惟乙卯。朝至于洛師。我卜河朔黎水。
		毛詩・小雅・鹿鳴之什・出車	天子命我。城彼朔方。赫赫南仲。玁狁于襄。
		毛詩・小雅・節南山之什・十月	十月之交。朔月辛卯。
		周禮・大史	正歲年以序事。頒之于官府及都鄙。頒告朔于邦國。
		儀禮・大射	一建鼓。在其南東鼓。朔鼙在其北。
		儀禮・士喪禮	一建鼓。在其南東鼓。朔鼙在其北。……月半不殷奠。有薦新。如朔奠。徹朔奠。先取醴酒。其餘取先設者。
		儀禮・既夕禮	朔月。童子執帚卻之。……朔月若薦新。則不饋于下室。
		禮記・檀弓上	有薦新。如朔奠。
		禮記・月令	合諸侯制。百縣為來歲受朔日。
		禮記・禮運	以養生送死。以事鬼神上帝。皆從其朔。
		禮記・內則	男女夙興。沐浴衣服。具視朔食。
		禮記・玉藻	玄端而朝日於東門之外。聽朔於南門之外。……朔月大牢。……諸侯玄端以祭。裨冕以朝。皮弁以聽朔於大廟。……朔月少牢。……孔子曰。朝服而朝。卒朔然後服之。
		禮記・大傳	立權度量。考文章。改正朔。易服色。
		禮記・喪服大記	父母之喪。既練而歸。朔月忌日。則歸哭于宗室。

禮記・祭義	君皮弁素積。朔月月半君巡牲。所以致力。孝之至也。
左傳・桓公經 3 年	秋。七月。壬辰朔。
左傳・桓公傳 9 年	楚子使道朔將巴客以聘於鄧。……鄧南鄙鄾人。攻而奪之幣。殺道朔。
左傳・桓公經 16 年	十有一月。衞侯朔出奔齊。
左傳・桓公傳 16 年	生壽。及朔。屬壽於左公子。……宣姜與公子朔構急子。公使諸齊。使盜待諸莘。將殺之。
左傳・桓公經 17 年	冬。十月朔。
左傳・桓公傳 17 年	冬。十月朔。
左傳・莊公經 6 年	夏。六月。衞侯朔入于衞。
左傳・莊公經 25 年	夏。五月。癸丑。衞侯朔卒。……六月。辛未。朔。
左傳・莊公傳 25 年	夏。六月。辛未朔。……唯正月之朔。慝未作。日有食之。
左傳・莊公經 26 年	冬。十有二月。癸亥朔。
左傳・莊公經 30 年	九月。庚午朔。
左傳・僖公經 5 年	九月。戊申朔。
左傳・僖公傳 5 年	春。王正月。辛亥朔。日南至。公既視朔。遂登觀臺以望……冬。十二月。丙子朔。
左傳・僖公傳 15 年	夏。五月。日有食之。不書朔與日。官失之也。
左傳・僖公經 16 年	春。王正月。戊申朔。
左傳・僖公傳 22 年	冬。十有一月。己巳。朔。
左傳・僖公傳 22 年	冬。十一月。己巳。朔。
左傳・文公傳元年	五月。辛酉朔。
左傳・文公傳 6 年	閏月不告朔。非禮也。……不告閏朔。弃時政也。
左傳・文公經 13 年	夏。五月。壬午。陳侯朔卒。
左傳・文公經 15 年	六月。辛丑。朔。
左傳・文公傳 15 年	六月。辛丑朔。
左傳・文公經 16 年	夏。五月。公四不視朔。
左傳・文公傳 16 年	夏。五月。公四不視朔。疾也。
左傳・文公傳 17 年	晉鞏朔行成於鄭。
左傳・宣公傳 8 年	秋。廢胥克。使趙朔佐下軍。
左傳・宣公傳 12 年	趙朔將下軍。欒書佐之。……鞏朔。韓穿。為上軍大夫。……士季使鞏朔。韓穿。帥七覆于敖前。
左傳・成公傳 2 年	晉侯使鞏朔獻齊捷于周。
左傳・成公傳 3 年	鞏朔。韓穿。荀騅。趙旃。皆為卿。

左傳・成公經 16 年	六月。丙寅朔。
左傳・成公經 17 年	十有二月丁已朔。
左傳・成公傳 18 年	二月。乙酉朔。
左傳・襄公經 14 年	二月。乙未朔。
左傳・襄公傳 14 年	於是知朔生盈而死。
左傳・襄公傳 18 年	十一月。丁卯。朔。
左傳・襄公經 20 年	冬。十月。丙辰朔。
左傳・襄公經 21 年	九月。庚戌朔。……冬。十月。庚辰朔。
左傳・襄公經 23 年	春。王二月。癸酉朔。
左傳・襄公經 24 年	秋。七月。甲子。朔。……八月。癸巳朔。
左傳・襄公傳 26 年	三月。甲寅。朔。
左傳・襄公經 27 年	冬。十有二月。乙卯。朔。
左傳・襄公傳 27 年	六月丁未朔。……十一月。乙亥。朔。
左傳・襄公傳 28 年	十二月。乙亥。朔。
左傳・襄公傳 30 年	正月甲子朔。
左傳・昭公傳元年	甲辰朔。
左傳・昭公經 7 年	夏。四月。甲辰。朔。
左傳・昭公傳 7 年	夏。四月。甲辰。朔。……罕朔殺罕魋。罕朔奔晉。……朔於敝邑。亞大夫也。
左傳・昭公傳 12 年	冬。十月。壬申。朔。
左傳・昭公經 15 年	六月。丁巳。朔日有食之。
左傳・昭公經 17 年	夏。六月。甲戌。朔。
左傳・昭公傳 17 年	夏。六月。甲戌。朔。……唯正月朔。慝未作。……嗇夫馳。庶人走。此月朔之謂也。
左傳・昭公傳 20 年	秋。七月。戊午。朔。
左傳・昭公經 21 年	秋。七月。壬午。朔。
左傳・昭公傳 21 年	秋。七月。壬午。朔。
左傳・昭公經 22 年	十有二月。癸酉。朔。
左傳・昭公傳 23 年	春。王正月。壬寅。朔。
左傳・昭公經 24 年	夏。五月。乙未。朔。
左傳・昭公傳 24 年	夏。五月。乙未。朔。
左傳・昭公經 31 年	十有二月。辛亥。朔。
左傳・昭公傳 31 年	十有二月。辛亥。朔。
左傳・定公經 5 年	春。王三月。辛亥。朔。
左傳・定公經 12 年	十有一月。丙寅。朔。
左傳・定公經 15 年	八月。庚辰。朔。

左傳・哀公傳 5 年	范氏之臣王生。惡張柳朔。……張柳朔謂其子。爾從主。勉之。
左傳・哀公經 14 年	五月。庚申朔。
公羊傳・隱公 3 年	日食。則曷為或日。或不日。或言朔。或不言朔。曰。某月某日朔。日有食之者。食正朔也。……失之前者。朔在前也。失之後者。朔在後也。
公羊傳・桓公 3 年	秋七月。壬辰朔。
公羊傳・桓公 16 年	十有一月。衞侯朔出奔齊。衞侯朔何以名。絕。……見使守衞朔。而不能使衞小眾。
公羊傳・桓公 17 年	冬。十月朔。
公羊傳・莊公 5 年	此伐衞何。納朔也。曷為不言納衞侯朔。辟王也。
公羊傳・莊公 6 年	夏。六月。衞侯朔入于衞。衞侯朔何以名。絕。……衞侯朔入于衞。何以致伐。不敢勝天子也。
公羊傳・莊公 25 年	夏。五月。癸丑衞侯朔卒。……六月。辛未朔。
公羊傳・莊公 26 年	冬。十有二月。癸亥朔。
公羊傳・莊公 30 年	九月。庚午朔。
公羊傳・僖公 5 年	九月。戊申朔。
公羊傳・僖公 16 年	春。王正月。戊申。朔。……朔有事則書。晦雖有事不書。
公羊傳・僖公 22 年	冬。十有一月。己巳朔。……此其言朔何。春秋辭繁而不殺者。正也。
公羊傳・文公元年	二月。癸亥。朔。
公羊傳・文公 6 年	不告月者何。不告朔也。曷為不告朔。天無是月也。
公羊傳・文公 13 年	夏。五月。壬午。陳侯朔卒。
公羊傳・文公 15 年	六月。辛丑朔。
公羊傳・文公 16 年	夏。五月。公四不視朔。公曷為四不視朔。公有疾也。何言乎公有疾不視朔。自是公無疾。不視朔也。然則曷為不言公無疾不視朔。
公羊傳・成公 16 年	六月。丙寅朔。
公羊傳・成公 17 年	十有二月。丁巳朔。
公羊傳・襄公 14 年	二月。乙未。朔日有食之。
公羊傳・襄公 20 年	冬。十月。丙辰。朔。
公羊傳・襄公 21 年	九月。庚戌朔。……冬。十月。庚辰朔。
公羊傳・襄公 23 年	春。王二月。癸酉。朔。
公羊傳・襄公 24 年	秋。七月。甲子。朔。……大水。八月。癸巳。朔。
公羊傳・襄公 27 年	冬。十有二月。乙亥。朔。

公羊傳・昭公 7 年	夏。四月。甲辰。朔。
公羊傳・昭公 15 年	六月。丁巳。朔日有食之。
公羊傳・昭公 17 年	夏。六月。甲戌朔。
公羊傳・昭公 21 年	秋。七月。壬午朔。
公羊傳・昭公 22 年	十有二月。癸酉。朔。
公羊傳・昭公 24 年	夏。五月。乙未。朔。
公羊傳・昭公 31 年	十有二月。辛亥。朔。
公羊傳・定公 5 年	春。王正月。辛亥朔。
公羊傳・定公 12 年	十有一月。丙寅。朔。
公羊傳・定公 15 年	八月。庚辰朔。
穀梁傳・隱公 3 年	春。王二月。己巳。日有食之。言日不言朔。
穀梁傳・桓公 3 年	秋七月。壬辰。朔。⋯⋯言日言朔。食正朔也。
穀梁傳・桓公 16 年	十有一月。衞侯朔。出奔齊。朔之名。惡也。
穀梁傳・桓公 17 年	冬。十月朔。日有食之。言朔不言日。食既朔也。
穀梁傳・莊公 6 年	夏。六月。衞侯朔。入于衞。其不言伐衞納朔⋯⋯朔之名惡也。朔入逆。則出順矣。朔出入名。以王命絕之也。
穀梁傳・莊公 18 年	不言日。不言朔。夜食也。⋯⋯故天子朝日。諸侯朝朔。
穀梁傳・莊公 25 年	夏。五月。癸丑。衞侯朔卒。⋯⋯六月。辛未。朔。⋯⋯言日言朔。食正朔也。
穀梁傳・莊公 26 年	冬。十有二月。癸亥。朔。
穀梁傳・莊公 30 年	九月。庚午。朔。
穀梁傳・僖公 5 年	九月。戊申。朔。
穀梁傳・僖公 16 年	春。王正月。戊申。朔。
穀梁傳・僖公 22 年	冬。十有一月。己巳。朔。⋯⋯日事遇朔曰朔。
穀梁傳・文公 6 年	不告月者。何也。不告朔也。不告朔。則何為不言朔也。⋯⋯天子不以告朔。而喪事不數也。
穀梁傳・文公 13 年	夏。五月。壬午。陳侯朔卒。
穀梁傳・文公 15 年	六月。辛丑。朔。
穀梁傳・文公 16 年	夏。五月。公四不視朔。天子告朔于諸侯。諸侯受乎禰廟。禮也。公四不視朔。公不臣也。
穀梁傳・成公 16 年	六月。丙寅朔。
穀梁傳・成公 17 年	十有二月。丁巳。朔。
穀梁傳・襄公 14 年	二月。乙未朔。
穀梁傳・襄公 20 年	冬。十月。丙辰。朔。
穀梁傳・襄公 21 年	九月。庚戌。朔。⋯⋯冬。十月。庚辰。朔。

		穀梁傳‧襄公 23 年	春。王二月。癸酉。朔。
		穀梁傳‧襄公 24 年	秋。七月。甲子。朔。……八月。癸巳。朔。
		穀梁傳‧襄公 27 年	冬。十有二月。乙亥。朔。
		穀梁傳‧昭公 7 年	夏。四月。甲辰。朔。
		穀梁傳‧昭公 15 年	六月。丁巳。朔。
		穀梁傳‧昭公 17 年	夏。六月。甲戌。朔。
		穀梁傳‧昭公 21 年	秋。七月。壬午。朔。
		穀梁傳‧昭公 22 年	十有二月。癸酉。朔。
		穀梁傳‧昭公 24 年	夏。五月。乙未。朔。
		穀梁傳‧昭公 31 年	十有二月。辛亥。朔。
		穀梁傳‧定公 5 年	春。王正月。辛亥。朔。
		穀梁傳‧定公 12 年	十有一月。丙寅。朔。
		穀梁傳‧定公 15 年	八月。庚辰。朔。
		論語‧八佾	子貢欲去告朔之餼羊。子曰。賜也。爾愛其羊。我愛其禮。
		爾雅‧釋訓	朔。北方也。
7	胐	尚書‧周書‧召誥	三月。惟丙午胐。越三日戊申。
		尚書‧周書‧畢命	惟十有二年。六月庚午胐。越三日壬申。
8	霸	禮記‧祭法	共工氏之霸九州也。其子曰后土。能平九州。
		禮記‧祭義	是故至孝近乎王。至弟近乎霸。至孝近乎王。雖天子必有父。至弟近乎霸。雖諸侯有必兄。
		禮記‧經解	義與信。和與仁。霸王之器也。
		禮記‧表記	至道以王。義道以霸。
		左傳‧莊公傳 15 年	春。復會焉。齊始霸也。
		左傳‧閔公傳元年	親有禮。因重固。間攜貳。覆昏亂。霸王之器也。
		左傳‧僖公傳 15 年	服者懷德。貳者畏刑。此一役也。秦可以霸。
		左傳‧僖公傳 19 年	今一會而虐二國之君。又用諸淫昏之鬼。將以求霸。不亦難乎。
		左傳‧僖公傳 22 年	諸侯是以知其不遂霸也。
		左傳‧僖公傳 27 年	先軫曰。報施救患。取威定霸。於是乎在矣。……出穀戍。釋宋圍。一戰而霸。文之教也。
		左傳‧文公傳 3 年	晉人不出。遂自茅津濟。封殽尸而還。遂霸西戎。用孟明也。
		左傳‧宣公傳 12 年	晉所以霸。師武臣力也。……由我失霸。不如死。
		左傳‧成公傳 2 年	樹德而濟同欲焉。五伯之霸也。
		左傳‧成公傳 8 年	士之二三。猶喪妃耦。而況霸主。霸主將德是以而二三之。

		左傳・成公傳 18 年	師不陵正。旅不偪師。民無謗言。所以復霸也。……曰。欲求得人。必先勤之。成霸安彊。自宋始矣。
		左傳・昭公傳 3 年	昔文襄之霸也。其務不煩諸侯。
		左傳・昭公傳 4 年	今君始得諸侯。其慎禮矣。霸之濟否。在此會也。
		左傳・	曰。詩云。陳錫載周。能施也。桓公是以霸。
		左傳・昭公傳 10 年	
		左傳・哀公傳 7 年	夢者之子乃行。彊言霸說於曹伯。曹伯從之。
		左傳・哀公傳 12 年	而懼諸侯。或者難以霸乎。
		論語・憲問	子曰。管仲相桓公。霸諸侯。一匡天下。
		孟子・公孫丑上	曰。管仲以其君霸。……夫子加齊之卿相。得行道焉。雖由此。霸王不異矣。……孟子曰。以力假仁者霸。霸必有大國。以德行仁者王。
		孟子・公孫丑下	桓公之於管仲。學焉而後臣之。故不勞而霸。
		孟子・滕文公下	今一見之。大則以王。小則以霸。
		孟子・告子下	曰。虞不用百里奚而亡。秦繆公用之而霸。……孟子曰。五霸者。三王之罪人也。今之諸侯。五霸之罪人也。……五霸者。摟諸侯以伐諸侯者也。故曰五霸者。三王之罪人也。五霸桓公為盛。……故曰今之諸侯。五霸之罪人也。
		孟子・盡心上	孟子曰。霸者之民。驩虞如也。……五霸。假之也。久假而不歸。惡知其非有也。
9	朓		
10	朒		
11	朢望	周易・小畜	月幾望。君子征凶。
		周易・歸妹	月幾望。
		周易・中孚	六四。月幾望。馬匹亡。无咎。
		周易・繫辭下	君子知微知彰。知柔知剛。萬夫之望。
		尚書・虞書・舜典	肆類于上帝。禋于六宗。望于山川。徧于羣神。……柴望秩于山川。
		尚書・周書・武成	越三日庚戌。柴望大告武成。
		尚書・周書・召誥	惟二月既望。越六日乙未。
		毛詩・邶風・燕燕	瞻望弗及。泣涕如雨。……瞻望弗及。佇立以泣。……瞻望弗及。實勞我心。
		毛詩・鄘風・定之方中	升彼虛矣。以望楚矣。望楚與堂。景山與京。
		毛詩・衛風・氓	乘彼垝垣。以望復關。
		毛詩・衛風・河廣	誰謂宋遠。跂予望之。

毛詩‧鄭風‧遵大路	莊公失道。君子去之。國人思望焉。
毛詩‧魏風‧陟岵	陟彼岵兮。瞻望父兮。……陟彼屺兮。瞻望母兮。……陟彼岡兮。瞻望兄兮。
毛詩‧陳風‧宛丘	洵有情兮。而無望兮。
毛詩‧豳‧東山	三章言其室家之望女也。
毛詩‧小雅‧魚藻之什‧都人士	行歸于周。萬民所望。
毛詩‧大雅‧生民之什‧卷阿	行歸于周。萬民所望。
毛詩‧周頌‧清廟之什‧時邁	巡守告祭柴望也。
周禮‧牧人	望祀。各以其方之色牲毛之。
周禮‧大宗伯	國有大故。則旅上帝及四望。
周禮‧小宗伯	兆五帝於四郊。四望四類亦如之。……若軍將有事。則與祭。有司將事于四望。
周禮‧典瑞	旅四望。祼圭有瓚。以肆先王。
周禮‧司服	祀四望山川。則毳冕。
周禮‧大司樂	舞大㲈。以祀四望。
周禮‧大祝	國將有事于四望。
周禮‧男巫	男巫掌望祀望衍。
周禮‧職方氏	正東曰青州。其山鎮曰沂山。其澤藪曰望諸。
周禮‧輪人	望而眡其輪。……望其輻。欲其掣爾而纖也。……望其轂。欲其眼也。
周禮‧鮑人	鮑人之事。望而眡之。
周禮‧玉人	兩圭五寸有邸。以祀地。以旅四望。
禮記‧曲禮上	揖人必違其位。望柩不歌。入臨不翔。當食不歎。
禮記‧曲禮下	侍於君子。不顧望而對。非禮也。
禮記‧檀弓上	皇皇如有望而弗至。練而慨然。
禮記‧檀弓下	有禱祠之心焉。望反諸幽。求諸鬼神之道也。……及殯。望望焉。如有從而弗及。……曰。天則不雨。而望之愚婦人。於以求之。毋乃已疏乎。
禮記‧王制	柴而望祀山川。覲諸侯。
禮記‧月令	可以居高明。可以遠眺望。
禮記‧曾子問	孔子曰。望墓而為壇。以時祭。
禮記‧禮運	故天望而地藏也。體魄則降。知氣在上。
禮記‧內則	豕望視而交睫。腥。

禮記·樂記	內和而外順。則民瞻其顏色而弗與爭也。望其容貌而民不生易慢焉。
禮記·祭義	內和而外順。則民瞻其顏色。而不與爭也。望其容貌而眾不生慢易焉。
禮記·中庸	行而世為天下法。言而世為天下則。遠之則有望。近之則不厭。
禮記·表記	是故君子以義度人。則難為人。以人望人。則賢者可知已矣。……子曰。夏道未瀆辭。不求備。不大望於民。民未厭其親。……子曰。事君大言入則望大利。小言入則望小利。
禮記·緇衣	行歸于周。萬民所望。子曰。為上可望而知也。為下可述而志也。
禮記·奔喪	過國至竟哭。盡哀而止。哭辟市朝。望其國竟哭。……齊衰望鄉而哭。大功望門而哭。小功至門而哭。
禮記·問喪	其往送也。望望然。汲汲然。如有追而弗及也。
禮記·儒行	推賢而進達之。不望其報。
左傳·桓公傳 8 年	隨侯曰。必速戰。不然。將失楚師。隨侯禦之。望楚師。
左傳·莊公傳 10 年	登軾而望之。……吾視其轍亂。望其旗靡。故逐之。
左傳·僖公傳 5 年	公既視朔。遂登觀臺以望。
左傳·僖公傳 26 年	諸侯之望曰。其率桓之功。我敝邑用不敢保聚。
左傳·僖公經 31 年	夏。四月。四卜郊不從。乃免牲。猶三望。
左傳·僖公傳 31 年	四月。四卜郊。不從。乃免牲。非禮也。猶三望。亦非禮也。……望。郊之細也。不郊。亦無望可也。
左傳·宣公經 3 年	郊牛之口傷。改卜牛。牛死。乃不郊。猶三望。
左傳·宣公傳 3 年	春。不郊而望。皆非禮也。望。郊之屬也。不郊。亦無望可也。
左傳·宣公傳 12 年	孤之願也。非所敢望也。……潘黨望其塵。使騁而告曰。晉師至矣。
左傳·成公傳 2 年	武子曰。無為吾望爾也乎。
左傳·成公經 7 年	不郊猶三望。
左傳·成公傳 8 年	信以行義。義以成命。小國所望而懷也。
左傳·成公傳 9 年	不忘先君。以及嗣君。施及未亡人。先君猶有望也。
左傳·成公傳 13 年	我君景公。引領西望曰。庶撫我乎。君亦不惠稱盟。
左傳·成公傳 15 年	登丘而望之。

左傳・成公傳 16 年	楚子登巢車以望晉軍。
左傳・襄公傳 3 年	寡君將君是望。敢不稽首。
左傳・襄公傳 14 年	夫君。神之主也。民之望也。……若困民之主。匱神乏祀。百姓絕望。……忠。民之望也。……詩曰。行歸于周。萬民所望。忠也。
左傳・襄公傳 15 年	尤其室曰。子有令聞。而美其室。非所望也。
左傳・襄公傳 16 年	引領西望曰。庶幾乎比執事之間。恐無及也。
左傳・襄公傳 18 年	齊侯登巫山以望晉師。
左傳・襄公傳 25 年	崔子曰。民之望也。舍之得民。……吳師奔。登山以望。見楚師不繼。復逐之。
左傳・襄公傳 26 年	引領南望曰。庶幾赦余。亦弗圖也。
左傳・襄公傳 27 年	夫諸侯望信於楚。是以來服。……趙孟曰。善哉保家之主也。吾有望矣。
左傳・襄公傳 28 年	此君之憲令。而小國之望也。……小國將君是望。敢不唯命是聽。
左傳・襄公傳 29 年	曰。鄰於善。民之望也。
左傳・昭公傳元年	諸侯其誰不欣焉。望楚而歸之。
左傳・昭公傳 2 年	季武子拜曰。敢拜子之彌縫敝邑。寡君有望矣。
左傳・昭公傳 3 年	以備內官。焜燿寡人之望。則又無祿。早世隕命。寡人失望。……以備嬪嬙。寡人之望也。……道殣相望。而女富溢尤。……今子皮實來。小人失望。
左傳・昭公傳 7 年	而致諸宗祧曰。我先君共王。引領北望。……是寡君既受貺矣。何蜀之敢望。……曰。寡君寢疾。於今三月矣。並走羣望。有加而無瘳。
左傳・昭公傳 8 年	桓子稽顙曰。頃靈福子。吾猶有望。遂和之如初。
左傳・昭公傳 12 年	析父謂子革。吾子。楚國之望也。
左傳・昭公傳 13 年	乃大有事于羣望而祈曰。請神擇於五人者。使主社稷。……乃徧以璧見於羣望曰。當璧而拜者。神所立也。……惠懷弃民。民從而與之。獻無異親。民無異望。
左傳・昭公傳 16 年	宣子曰。孺子善哉。吾有望矣。
左傳・昭公傳 18 年	宋衞。陳。鄭。皆火。梓慎登大庭氏之庫以望之。……晉君大夫不敢寧居。卜筮走望。不愛牲玉。……鄭有他竟。望走在晉。既事晉矣。其敢有二心。
左傳・昭公傳 20 年	梓慎望氛。曰。今茲宋有亂。國幾亡。……藪之薪蒸。虞候守之。海之鹽蜃。祈望守之。……夫火烈。民望而畏之。故鮮死焉。

左傳・昭公傳 22 年	無亢不衷。以獎亂人。孤之望也。唯君圖之。
左傳・昭公傳 25 年	孟氏使登西北隅。以望季氏。
左傳・昭公傳 26 年	王愆于厥身。諸侯莫不並走其望。以祈王身。
左傳・昭公傳 27 年	嗚呼。為無望也夫。其死於此乎。
左傳・昭公傳 32 年	閔閔焉如農夫之望歲。懼以待時。
左傳・定公傳 3 年	邾子在門臺。臨廷。閽以缾水沃廷。邾子望見之。怒。
左傳・定公傳 10 年	對曰。非寡君之望也。
左傳・哀公傳 2 年	衞太子為右。登鐵上。望見鄭師眾。
左傳・哀公傳 6 年	王曰。三代命祀。祭不越望。江漢睢章。楚之望也。禍福之至。不是過也。
左傳・哀公傳 8 年	王曰。此同車。必使能。國未可望也。
左傳・哀公傳 14 年	曰。有陳豹者。長而上僂。望視。事君子必得志。欲為子臣。吾憚其為人也。
左傳・哀公傳 16 年	國人望君。如望慈父母焉。……盜賊之矢若傷君。是絕民望也。……國人望君。如望歲焉。……夫有奮心。猶將旌君以徇於國。而反掩面以絕民望。不亦甚乎。
左傳・哀公傳 17 年	十一月。衞侯自鄟入。般師出。初。公登城以望。
公羊傳・閔公 2 年	魯人至今以為美談。曰猶望高子也。
公羊傳・僖公 31 年	夏。四月。四卜郊不從。乃免牲。猶三望。……天子有方望之事。無所不通。……三望者何。望祭也。……何以書。譏不郊而望祭也。
公羊傳・宣公 3 年	郊牛之口傷。改卜牛。牛死。乃不郊。猶三望。
公羊傳・宣公 6 年	靈公望見趙盾。愬而再拜。
公羊傳・成公 7 年	不郊猶三望。
公羊傳・桓公 14 年	孔子曰。聽遠音者。聞其疾。而不聞其舒。望遠者。察其貌。而不察其形。
穀梁傳・僖公 31 年	夏。四月。四卜郊。不從。乃免牲。猶三望。
穀梁傳・宣公 3 年	猶三望。
穀梁傳・成公 7 年	不郊猶三望。
論語・公冶長	對曰。賜也。何敢望回。
論語・子張	子夏曰。君子有三變。望之儼然。即之也溫。
論語・堯曰	君子正其衣冠。尊其瞻視。儼然人望而畏之。斯不亦威而不猛乎。
爾雅・釋地	北方有比肩民焉。迭食而迭望。中有枳首蛇焉。
爾雅・釋丘	望厓洒而高岸。

		爾雅・釋山	梁山。晉望也。
		爾雅・釋草	望。槖車。
		孟子・梁惠王上	曰。王如知此。則無望民之多於鄰國也。不違農時。穀不可勝食也。……孟子見梁襄王。出語人曰。望之不似人君。就之而不見所畏焉。……如有不嗜殺人者。則天下之民。皆引領而望之矣。
		孟子・梁惠王下	曰。奚為後我。民望之。若大旱之望雲霓也。歸市者不止。
		孟子・公孫丑上	思與鄉人立。其冠不正。望望然去之。
		孟子・公孫丑下	有賤丈夫焉。必求龍斷而登之。以左右望。而罔市利。……王庶幾改之。予日望之。予豈若是小丈夫然哉。
		孟子・滕文公上	出入相友。守望相助。
		孟子・滕文公下	曰。奚為後我。民之望之。若大旱之望雨也。歸市者弗止。……苟行王政。四海之內。皆舉首而望之。欲以為君。
		孟子・離婁下	文王視民如傷。望道而未之見。……寇至。則先去以為民望。寇退則反。殆於不可。……良人者。所仰望而終身也。
		孟子・盡心上	故士得己焉。達不離道。故民不失望焉。……孟子自范之齊。望見齊王之子。
		孟子・盡心下	有眾逐虎。虎負嵎。莫之敢攖。望見馮婦。趨而迎之。……若太公望散宜生則見而知之。若孔子則聞而知之。
12	磒隕	周易・姤	九五。以杞包瓜。含章。有隕自天。……九五含章。中正也。有隕自天。志不舍命也。
		尚書・商書・湯誥	茲朕未知獲戾于上下。慄慄危懼。若將隕于深淵。
		毛詩・衛風・氓	桑之落矣。其黃而隕。
		毛詩・豳・七月	八月其穫。十月隕蘀。
		毛詩・小雅・節南山之什・小弁	心之憂矣。涕既隕之。
		毛詩・大雅・文王之什・緜	肆不殄厥慍。亦不隕厥問。
		毛詩・商頌・長發	禹敷下土方。外大國是疆。幅隕既長。有娀方將。
		禮記・儒行	儒有不隕穫於貧賤。不充詘於富貴。
		左傳・桓公傳5年	況敢陵天子乎。苟自救也。社稷無隕多矣。
		左傳・莊公經7年	夏。四月。辛卯。夜。恆星不見。夜中。星隕如雨。

左傳・莊公傳 7 年	夏。恆星不見。夜明也。星隕如雨。
左傳・僖公傳 9 年	余敢貪天子之命。無下拜。恐隕越于下。以遺天子羞。
左傳・僖公經 16 年	春。王正月。戊申朔。隕石于宋五。
左傳・僖公傳 16 年	春。隕石于宋五。隕星也。
左傳・僖公經 30 年	隕霜不殺草。李梅實。
左傳・文公傳 18 年	世濟其美。不隕其名。
左傳・成公傳 2 年	又曰。子國卿也。隕子。辱矣。
左傳・成公傳 13 年	我襄公未忘君之舊勳。而懼社稷之隕。是以有殽之師……穆公弗聽。而即楚謀我。天誘其衷。成王隕命。穆公是以不克逞志于我。
左傳・成公傳 16 年	子重復謂子反曰。初隕師徒者。而亦聞之矣。
左傳・襄公傳 25 年	文子曰。夫從風。風隕妻。不可聚也。
左傳・襄公傳 31 年	巢隕諸樊。閽戕戴吳。天似啟之。
左傳・昭公傳 3 年	焜燿寡人之望。則又無祿。早世隕命。寡人失望。
左傳・昭公傳 4 年	紂作淫虐。文王惠和。殷是以隕。周是以興。
左傳・昭公傳 7 年	嬰齊受命于蜀。奉承以來。弗敢失隕。
左傳・昭公傳 11 年	紂克東夷。而隕其身。
左傳・昭公傳 24 年	鬷不恤其緯。而憂宗周之隕。為將及焉。
左傳・定公經元年	冬。十月。隕霜殺菽。
左傳・哀公傳 15 年	且辭曰。以水潦之不時。無乃廩然隕大夫之尸。以重寡君之憂。……無祿。使人逢天之慼。大命隕隊。絕世于良。……雖隕于深淵。則天命也。
穀梁傳・莊公 7 年	夏。四月。辛卯。昔。恒星不見。夜中星隕如雨。……夜中星隕如雨。其隕也如雨。……其不曰恒星之隕。……我知恒星之不見。而不知其隕也。我見其隕而接於地者。則是雨說也。……著於下。不見於上。謂之隕。
穀梁傳・僖公 16 年	春。王正月。戊申。朔。隕石于宋。五。先隕而後石。何也。隕而後石也。
穀梁傳・僖公 33 年	隕霜不殺草。未可殺而殺。舉重也。
穀梁傳・定公元年	冬。十月。隕霜殺菽。未可以殺而殺。
爾雅・釋詁上	隕，磒，湮，下降。
爾雅・釋詁下	汱。渾。隕。墜也。

三、與星字相關詞例詳目

（一）出土文物詞義資料詳目

	說文	出土文物	詞　　例
1	物	中山王嚳鼎（戰國晚）	閈／於天下之勿（物）矣／
		鳥書箴銘帶鉤（戰國）	勿（物）可惡（慎）冬（終）。
		睡虎地・效律（戰國晚）	物直（值）之（1）、羣它物負賞（償）而偽出之以彼（賠）賞（償）（34）、及物之不能相易者（44）
		睡虎地・為吏之道（戰國晚）	久刻職（識）物（19 參）
		睡虎地・法律答問（戰國晚）	以買他物（23）、祠固心腎及及他支（肢）物（25）、其子新生而有怪物其身及不全而殺之（69）
		睡虎地・秦律18種（戰國晚）	早（旱）及暴風雨、水潦、畚（螽）蚰、羣它物傷稼者（2）、小物不能各一錢者（69）、糞其有物不可以須時（87）、隸妾及女子用箴（針）為緝繡它物（110）、羣它物負賞（償）而偽出之以彼（賠）賞（償）（174）
		龍崗（秦）	錢財它物于縣、道官（26）
		關沮・日書（秦）	占物，黃、白（188）、占物，青、赤（190）、占物，青、黃（192）、占物，白（194）、占物，赤、黃（196）、占物，青、黃（198）、占物，黃、青（200）、占物，白（202）、占物，白、黑半（204）、占物，白（206）、占物，白、黑半（208）、占物，雜白（210）、占物，白、黑半（212）、占物，青、黑（214）、占物，黃、赤（216）、占物，白、黑半（218）、占物，雜（220）、占物，黃、白（222）、占物，黃、白（224）、占物，黃、白（226）、占物，黃、白（228）、占物，黃、白（230）、占物，赤、黑（232）、占物，青、赤（234）、占物，青、黃（236）、占物，青、黃（238）、占物，青、黃（240）、占物，黃、白（242）
		里耶 J1（9）（秦）	有物故（3 正）
		馬王堆・52 病方（漢）	凡二物并和（25）、凡二物□（162）、取野獸肉食者五物之毛等（237）、凡二物（266）、凡七物（271）、以白蘞、黃耆（耆）、芍藥、甘草四物者（煮）（275）、諸疽物初發者（286）、凡五物等、以治五物（372）、物皆□（殘 12）、□此三物□（殘 14）
		馬王堆・足臂十一脈灸經（漢）	諸病此物者（8）、諸病此物者（12）、諸病此物者（20）、諸病此物者（26）、諸病此物者（27）、諸病此物者（30）、諸病此物者（34）

		馬王堆·養生方（漢）	界當三物（107）
		馬王堆·老子甲（漢）	萬物草木之生也柔脆（84）
		馬王堆·三號墓遣策（漢）	右方十三物土
		馬王堆·經法（漢）	物自為名（8）
		馬王堆·二三子問（漢）	水流之物莫不隋（隨）從（2）
2	歲	婦鼎（商晚或西周早）	乍（作）歲婦障／彝
		利簋（西周早）	歲／鼎克聞（昏）
		智鼎（西周中）	／昔饉歲，……囗／來歲弗賞（償）
		史牆盤（西周中）	歲替（稼）隹（唯）辟
		毛公鼎（西周晚）	／用歲用政（征）。
		為甫人盨（春秋早）	邁（萬）歲用尚。
		與兵壺（春秋中）	／不敓春秋歲／棠（嘗）〔蓋內〕不敓春秋歲／棠（嘗）〔頸內壁〕
		伵夫人孋鼎（春秋晚）	戜（歲）才（在）歔（涒）轡（灘）
		司馬懋鎛（春秋晚）	隹（唯）正孟歲十月庚午，
		蔡侯殘鐘四十七片（春秋晚）	囗囗天之囗囗不／春念歲吉日初庚，
		敬事天王鐘（春秋晚）	／百歲之外，〔河南省淅川縣下寺墓葬乙M1：21〕百歲／之外，〔河南省淅川縣下寺墓葬乙M1：26〕百歲／之外，〔河南省淅川縣下寺墓葬乙M1：28〕
		蔡侯申尊（春秋晚）	／冬（終）歲無彊（疆）。
		蔡侯盤（春秋晚）	冬（終）歲無彊（疆）。
		公子土折壺（春秋晚）	公孫窹立事歲，
		枛氏福及壺（春秋晚）	歲賢鮮于（虞）
		鄱子成周鐘（春秋晚）	百歲外，
		顊鐘（春秋晚）	千歲／鼓之，〔河南省淅川縣下寺墓葬丙M10：66〕千歲／鼓之，〔河南省淅川縣下寺墓葬丙M10：67〕千歲／鼓之，〔河南省淅川縣下寺墓葬丙M10：75〕千歲／鼓之，〔河南省淅川縣下寺墓葬丙M10：76〕千歲鼓／之，〔河南省淅川縣下寺墓葬丙M10：79〕
		國差繵（春秋）	國差（佐）立（?）事歲，
		陳喜壺（戰國早）	墬（陳）喜再立／事歲

陳璋壺 / 陳璋方壺（戰國中）	歲，孟冬戊辰，
鄂君啟舟節（戰國中）	大司馬卲（昭）陽敗晉帀（師）於襄陵之歲，……歲鼂（一）返，
鄂君啟車節（戰國中）	大司馬卲（昭）陽敗晉帀（師）於襄陽之歲，……車五十乘、歲鼂（一）返，
陳璋甗 / 陳璋壺（戰國中）	墜（陳）昜（得）再立（涖）事 / 歲，
大府鎬（戰國晚）	秦客王子 / 齊之歔（歲）
楚王熊肯鼎（戰國晚）	㠯（以）共（供）歲嘗（嘗）。
楚王熊肯鈰鼎（戰國晚）	台（以）共（供）歲嘗（嘗）。
楚王熊肯簠（戰國晚）	以共（供）歲嘗（嘗）。
楚王熊肯盤（戰國晚）	台（以）共（供）歲嘗（嘗）。
楚王熊悍鼎（戰國晚）	㠯（以）共（供）戚（歲）嘗（嘗）。
楚王熊悍盤（戰國晚）	㠯（以）共（供）歲嘗（嘗）。
以供歲嘗殘器（戰國晚）	㠯（以）共（供）戢（歲）嘗（嘗）。
郑陵君王子申豆（戰國晚）	攸立戢（歲）嘗（嘗），
郑陵君鑑（戰國晚）	攸立（涖）戢（歲）嘗（嘗），
莒公孫潮子鐯（戰國晚）	墜（陳）𤵾立事歲，〔山東省諸城縣臧家莊墓葬〕 墜（陳）𤵾立事歲，〔山東省諸城縣臧家莊墓葬〕 墜（陳）𤵾立事歲，〔山東省諸城縣臧家莊墓葬〕 墜（陳）𤵾立事歲，〔山東省諸城縣臧家莊墓葬〕 墜（陳）𤵾立事歲，〔山東省諸城縣臧家莊墓葬〕 墜（陳）𤵾立事歲，〔山東省諸城縣臧家莊墓葬〕 墜（陳）𤵾立事歲，〔山東省諸城縣臧家莊墓葬〕
陳純釜（戰國）	陳猷立事歲，
燕客量（戰國）	郾（燕）客臧嘉餂（問）王於葰郢之 / 戢（歲）
子禾子釜（戰國）	□□立事歲
秦家嘴 M13（戰國）	□之歲（3）
秦家嘴 M99（戰國）	四歲（4）
望山 M1（戰國中）	救郢之歲（7）、集歲（34）

望山 M2（戰國中）	周之歲（1）
郭店・太一生水（戰國中）	成歲而止（3）、古（故）歲者（4）
新蔡葛陵・甲（戰國中）	王遷（徙）於鄩（郢）郢之歲（1・3）、卒歲或至夏（1・16）、王遷（徙）於鄩（郢）郢之歲（2・6、30、15）、忘（悶），卒（卒）歲（2・8）、王遲（徙）於鄩（郢）郢之歲（2・13）、於鄩（郢）郢之歲（2・22、23、24）、大臧（城）邱（茲）尃（方）之歲（3・8、18）、齊客墜（陳）異至（致）福於王之歲（3・27）、□公城鄩（郢）之歲（3・30）、齊客陳異至（致）福於王之歲（3・33）、蔞蔀受女於楚之歲（3・42）、柰以至來歲之夏柰（3・117、120）、王遷（徙）於鄩（郢）郢之歲（3・159—2）、鄩（郢）郢之歲（3・178）、王遷（徙）於鄩（郢）郢之歲（3・204）、王遷（徙）於鄩（郢）郢之歲（3・215）、齊客陳異至（致）福於王之歲（3・217）、王於鄩（郢）郢之歲（3・223）、王自肥還郢遲（徙）於鄩（郢）郢之歲（3・240）、卒歲國（或）至杢（來）歲之夏柰（3・248）、王遲（徙）於墼（郢）郢歲（3・259）、齊客陳異至（致）福於王之歲（3・272）、王遷（徙）於敔（郢）郢之歲（3・299）
新蔡葛陵・乙（戰國中）	郢之歲（1・5）、王遷（徙）於敔（郢）郢之歲（1・12）、句邦公奠（鄭）余殼大城邱（茲）竝（方）之歲（1・14）、王遷（徙）於敔（郢）郢之歲（1・16）、王遷（徙）於敔（郢）郢之歲（1・18）、王遷（徙）於鄩（郢）郢之歲（1・20）、王遷（徙）於敔（郢）郢之歲（1・26、2）、句邦公鄭大臧（城）邱（茲）竝（方）之歲（1・32、23）、齊客墜（陳）異至福於王歲（3・20）、於鄩（郢）之歲（3・29）、郢之歲（3・113）、王遷（徙）於敔（郢）郢之歲（3・183—2）、王遷（徙）於鄩（郢）郢之歲（3・221）、王遷（徙）於敔（郢）郢之歲（4・15）、嘟（郢）郢之歲（4・16）、之竈為君卒（卒）歲之貞（4・34）、彭定昌（以）駁竈為君卒（卒）歲貞（4・46）、王遷（徙）於鄩（郢）郢之歲（4・67）、長箐為君卒（卒）歲貞（4・85）、為君三歲貞（4・98）、昌（以）鄮韋（箐）為君卒（卒）歲之貞（4・102）、為君卒（卒）歲之貞（4・103）、昌（以）長箐為君卒（卒）歲貞（4・105）、君集歲之貞（4・122）
新蔡葛陵・零（戰國中）	卒（卒）歲（97）、於（郢）郢之歲（113）、為集歲貞（135）、齊客陳異至（致）福於王之歲（165、19）、歲貞：自（177）、敔（郢）郢之歲（216）、卒（卒）歲或至顕（夏）柰之月（221、甲3・210）、至師之歲（526、甲三・37）、卒（卒）歲或至（584、甲三・266、277）

九店 M56（戰國中、晚期）	大（太）歲（77）、歲之遂（後）（97）〔註 13〕
包山・文書（戰國中偏晚）	魯昜（陽）公以楚帀（師）逡（後）轍莫之歲（2）、遊昜（陽）公以楚帀（師）逡（後）轍莫之歲（4）、齊客陳（陳）豫訋王之歲（7）、莪（栽）郢之歲（12）、莪（栽）郢之歲（58）、甘匿之歲（90）、襄陵之歲（103）、襄陵之歲（105）、115、□客監匿逅楚之歲（120）、蕢楚之歲（125）、莪（栽）郢之歲（126）、莪（栽）郢之歲、甘匿之歲（129）、□歲也、鉩公鸚之歲（130）、莪（栽）郢之歲（140）、莪（栽）郢之歲（141）、
包山・卜筮祭禱（戰國中偏晚）	聿（盡）卒歲（197）、宋客盛公鸚害（聘）於楚之歲、聿（盡）卒歲（199）、聿（盡）卒歲（201）、莪（栽）郢之歲（205）、莪（栽）郢之歲（206）、莪（栽）郢之歲（207）、莪（栽）郢之歲、集歲（209）、集歲（212）、集歲（213）、集歲（216）、集歲（217）、莪（栽）郢之歲（220）、225、集歲（226）、救郙之歲、集歲（228）、救郙之歲、集歲（230）、234、由攻解於歲（238）、救郙之歲（239）、救郙之歲（242）、救郙之歲（249）
天星觀・卜筮（戰國晚～秦代）	卅歲、集歲、莪（栽）郢之歲、莪（栽）郢之歲、莪（栽）郢之歲、莪（栽）郢之歲、集歲、從十月以至來歲之十月、莪（栽）郢之歲、莪（栽）郢之歲
楚帛書・甲（戰國中、晚期）	步以為歲（4・7）、千又百歲（4・34）
楚帛書・乙（戰國中、晚期）	孛歲八月（2・30）、凡歲悳匿（5・12）、隹悳匿之歲（6・14）、歲秀乃□（7・33）
睡虎地・日書甲（戰國晚）	不出三歲（3 背壹）、不出二歲（4 背壹）、歲善（33）、歲善（35）、有（又）歲（41）、歲中（43）、不出歲亦寄焉（58 叁）、不出壹歲（59 背叁）、歲在東方（64 壹）、不盈三歲死（75 壹）、歲在西方（75 貳）、歲在北方（77 貳）、不出三歲必有大得（79 貳）、不出卒歲（96 背壹）、三歲中日入一布、三歲中弗更（114 叁）、不卒歲必衣絲（114 背）、八歲昌、十六歲弗更（115）、五歲更（116）、廿歲必富、廿歲更（117 貳）、十二歲更（117 叁）、十二歲更（118 貳）、八歲更（118 叁）、十六歲弗更（119 貳）、四歲更（120 貳）、十一歲更（120 叁）、不卒歲必衣絲（120 背）、五歲弗更（121 叁）、八歲更（122 貳）、五歲弗更（124 貳）、五歲更（125 貳）、其央（殃）不出歲中（129）、歲忌（131）、其歲或弗食（152 背）

〔註 13〕楚簡帛誤為簡 99。

睡虎地・日書乙（戰國晚）	不出三歲必代寄焉（42 貳）、歲或弗食（49 貳）、必以歲後（50 貳）、必以歲前（51 貳）、歲美（54）、歲美（55）、歲半（56）、歲善而枝不全（58）、歲中（61）、正月以朔多雨歲善（63）、其央（殃）不出歲（134）、凡及歲皆在南方（183）、中歲在西（184）
睡虎地・效律（戰國晚）	新吏居之未盈歲（20）、其盈歲（21）、終歲而為出凡曰（30）
睡虎地・秦律雜抄（戰國晚）	駕騶除四歲、賞（償）四歲繇（徭）戍（3）、卒歲（5）、貲戍二歲、戍一歲（13）、敢深益其勞歲數（15）、省三歲比殿（17）、非歲紅（功）及毋（無）命書（18）、縣園三歲比殿（21）、三歲比殿（22）、令姑（嬸）堵一歲（40）
睡虎地・秦律18種（戰國晚）	卒歲（13）、卒歲（19）、及受服牛者卒歲死牛三以上（20）、歲異積之（35）、終歲衣食不踐已稍賞（償）（78）、其責（債）毋敢陷（逾）歲、陷（逾）歲而弗入及不如令者（81）、毋過歲壺（壹）（100）、一歲半紅（功）、其後歲賦紅（功）與故等、故工一歲而成、新工二歲而成（111）、令結（嬸）堵卒歲（116）、未卒歲或壞（117）、卒歲而或陕（決）壞（118）、及雖未盈卒歲而或盜陕（決）道出入（119）、免城旦勞三歲以上者（146）、非適（謫）罪殹（也）而欲為冗邊五歲（151）、新吏居之未盈歲（163）、終歲而為出凡曰（171）、都官歲上出器求補者數（187）、歲雠辟律於御史（199）
睡虎地・法律答問（戰國晚）	毄（繫）一歲（6）、有（又）毄（繫）城旦六歲（118）、卒歲得（127）、未贏卒歲得、未卒歲而得（163）、居二歲（167）
關沮・日書（秦）	陽（殤）主歲，歲在中（297 壹）、築（築）囚、行、炊主歲，歲為下（299 壹）、歲為上（302 壹）
關沮・病方及其他（秦）	歲實（336）、歲歸其禱（352）
馬王堆・52病方（漢）	居雖十餘歲到□歲（126）、十歲以前藥乃乾（129）、歲更取毒堇（165）、取三歲陳藋（藿）（187）、取三歲織（膱）豬膏（359）
馬王堆・陰陽五行甲（漢）	甬歲後吉（200）、一歲（250）
馬王堆・陰陽五行乙（漢）	行廿歲而壹周（5）、不出七歲之中（102）
馬王堆・戰國縱橫家書（漢）	伐楚九歲（67）
馬王堆・天文雲氣雜占（漢）	歲食（A50）、兵十歲乃入（A62）

		馬王堆・十問（漢）	地氣歲有寒暑（25）
		馬王堆・十六經(漢)	計歲（79）
		馬王堆・二三子問（漢）	歲□田產濕（18）
		馬王堆・五星占(漢)	歲十二者天榦也（7）
3	睯		
4	畢	畢簋（西周早）	畢□□□／父□肇（旅）段。
		史臨簋（西周早）	王弄（誥）畢公，／廼易（賜）史臨貝十朋，
		獻簋（西周早）	楷（楷）白（伯）令乓（厥）臣獻／金車，……獻／身才（在）畢公家，
		召器／召卣（西周早）	王／自穀事（使）賞畢土／方五十里，
		畢鮮簋（西周中）	畢鮮乍（作）皇且（祖）益／公障段，
		段簋（西周中）	王鼎（在）畢尝（烝）。……念畢中（仲）孫子，
		塱簋（西周中）	死／嗣（司）畢王家，
		永盂（西周中）	公廼命酉（鄭）嗣（司）辻（徒）函父，／周人嗣（司）工（空）眉（師）、敕史、師氏、邑／人奎父、畢人師同付永乓（厥）／田。
		伯夏父鼎（西周晚）	白（伯）夏父乍（作）畢／姬障鼎，
		伯夏父鬲（西周晚）	白（伯）夏父乍（作）畢姬障鬲，
		伯夏父罐（西周晚）	白（伯）夏父乍（作）畢姬障罍（罐），
		吳虎鼎（西周晚）	乓（厥）南彊畢人眾彊，
		倗仲鼎（西周晚）	倗中（仲）乍（作）畢／媿媵（媵）鼎
		畢伯碩父鬲／叔妘鬲（西周晚）	畢白（伯）碩□乍（作）弔（叔）娟（妘）寶鬲，
		陳侯鬲（春秋早）	陳侯乍（作）畢季媯媵鬲，
		畢仲弁簋（春秋早）	畢中（仲）弁乍（作）為其／北善臣（簋）
		何次簋（春秋中）	畢孫／何次睪（擇）其吉金，自乍（作）餴臣（簋），〔河南省淅川縣下寺墓葬甲 M8：2〕 畢／孫何次自乍（作）飤臣（簋），〔蓋內〕／畢孫何次自乍（作）飤／臣（簋），〔器底〕〔河南省淅川縣下寺墓葬甲 M8：3〕 畢／孫何次自乍（作）飤臣（簋），〔蓋內〕畢／孫何次自乍（作）飤臣（簋），〔器底〕〔河南省淅川縣下寺墓葬甲 M8：4〕
		秦王鐘（春秋晚）	秦王卑（畢）命
		配兒鉤鑼（春秋晚）	余邲（畢）龏威（畏）娶（忌）
		郑公牼鐘（春秋晚）	曰：余畢龏／威（畏）忌，

郑公華鐘（春秋晚）	曰：／余畢鼻威（畏）／忌，
邵鸞鐘（春秋晚）	邵鸞／曰：余畢公之孫，〔山西省榮河縣后土祠旁河岸（愙齋）〕 邵鸞／曰：余畢公之孫，〔山西省榮河縣后土祠旁河岸（愙齋）〕 邵鸞／曰：余畢公之孫，〔山西省榮河縣后土祠旁河岸（愙齋）〕 邵鸞／曰：余畢公之孫，〔山西省榮河縣后土祠旁河岸（愙齋）〕 邵鸞／曰：余畢公之孫，〔山西省榮河縣后土祠旁河岸（愙齋）〕 邵鸞／曰：余畢公之孫，〔山西省榮河縣后土祠旁河岸（愙齋）〕 邵鸞／曰：余畢公之孫，〔山西省榮河縣后土祠旁河岸（愙齋）〕 邵鸞／曰：余畢公之孫，〔山西省榮河縣后土祠旁河岸（愙齋）〕 邵鸞／曰：余畢公之孫，〔山西省榮河縣后土祠旁河岸（愙齋）〕 邵鸞／曰：余畢公之孫，〔山西省榮河縣后土祠旁河岸（愙齋）〕
陳肪簋蓋（戰國早）	畢鼻（恭）／惼（畏）忌，
曾侯乙墓漆箱蓋（戰國早）	畢
包山・文書（戰國中偏晚）	畢矓尹西糖與劃君之司馬奉为皆告城（成）（140）、其百又八十先於畢墬（地）郑中（140反）、畢得廊为右夏，於莫囂之軍（158）、畢繡（紳）命以顥逐叟（159）、畢同（173）、畢會（182）
睡虎地・日書甲（戰國晚）	玄戈毃（繫）畢（54）
睡虎地・日書乙（戰國晚）	畢〔註14〕，以邅（獵）置罔（網）及为門（86）
睡虎地・为吏之道（戰國晚）	五者畢至（12）
關沮・日書（秦）	四月，畢（149）、斗乘畢（167）、畢〔註15〕（223）
馬王堆・陰陽五行甲（漢）	畢有得（94）、在房畢吉（101）
馬王堆・陰陽五行乙（漢）	四旬而夏畢（28）

〔註14〕为星。
〔註15〕上三者皆为星。

		馬王堆・戰國縱橫家書（漢）	地未畢入而兵復出矣（136）、一舉而地畢（290）
		馬王堆・五星占（漢）	營室角畢箕（49）
5	杓	睡虎地・日書甲（戰國晚）	是胃（謂）地杓（138背）
6	棓		
7	孛	大司馬簠（春秋早）	大嗣（司）馬／孛述自／乍（作）飤匿。〔蓋內〕大嗣（司）馬／孛述自／乍（作）飤匿。〔器內底〕
		郭店・老子乙（戰國中）	明道女（如）孛（費）（10）
8	昴	敔簋（西周晚）	南淮尸（夷）／遷殳，內伐滇、昴、參泉、裕敏、／陰陽洛，王令敔追劉（襲）于上洛／㦷谷，
9	晶	曾侯乙（戰國早）	晶（參）真吳甲（122）
10	星	曾侯乙墓漆箱蓋（戰國早）	七星
		□令趙世鈹／王立事鈹（戰國）	上／庫工市（師）樂星
		九店 M56（戰國中、晚期）	乙星才（在）（79）
		楚帛書・乙（戰國中、晚期）	日月星辰（1・21）、星辰不同（7・22）
		睡虎地・日書甲（戰國晚）	玄戈觳（繫）七星（52 壹）、五月，東井、七星大凶（54 壹）、柳、七星大吉（57 壹）、星之門也（132）
		睡虎地・日書乙（戰國晚）	午在七星（41 貳）、七星，百事兇（凶）（92）、七月七星廿八日（95 肆）
		關沮・日書（秦）	七星（131 貳）
		關沮・病方及其他（秦）	明星，北斗長史（366）
		馬王堆・52病方（漢）	如箒（彗）星（53）、西方□主冥冥人星〔註16〕（66）、為之恆以星出時為之（219）、毋見星月一月（319）
		馬王堆・陰陽五行甲（漢）	兇星參（110）
		馬王堆・養生方（漢）	敢告東君明星（191）
		馬王堆・戰國縱橫家書（漢）	信如尾星（生）（49）
		馬王堆・十問（漢）	壹至勿星（19）

〔註16〕此星非天文也，是為腥意。

		馬王堆‧出行占（漢）	星門也（20）
		馬王堆‧五星占（漢）	其本有星（12）、客星白澤（30）
11	參	簋參父乙盉（商晚）	〔莆（簋）參〕。父乙。
		參__卣（商晚）	〔參__〕。
		衛鼎（西周中）	皕令參有／嗣（司）
		智鼎（西周中）	歔曰于王參門，
		裘衛盉（西周中）	單／白（伯）皕（乃）令參有嗣（司）
		盠尊（西周中）	曰：／用嗣（司）六自（師）王行、參有嗣（司）
		盠方彝（西周中）	曰：用嗣（司）／六自（師）王行、參有嗣（司）〔蓋內〕用嗣（司）六自（師）王行、參有嗣（司）〔器內壁〕
		克鼎（西周晚）	易（賜）女（汝）叔（素）市參同（絅）莽（中）／恩（蔥）。
		毛公鼎（西周晚）	雩（與）參有嗣（司）、小子、師氏、虎臣，雩（與）朕褻事，
		訇鐘（西周晚）	福余沈孫，參壽隹（唯）利，
		琱生簋／五年召伯虎簋（西周晚）	弋白（伯）／氏從許，公宕其參，
		敔簋（西周晚）	南淮尸（夷）／遷殳，內伐湏、昂、參泉、裕敏、／陰陽洛，
		者減鐘（春秋早）	若參壽☐／☐倉☐其☐于☐／☐孫孫，〔江西省臨江縣民耕地得古鐘十一（西甲）〕
			☐其皇☐皇／☐參☐☐☐穌音音／☐倉☐☐其夆（登）于☐／☐子子孫孫，〔江西省臨江縣民耕地得古鐘十一（西甲）〕
			若鹽（召）／公壽，☐參壽，〔江西省臨江縣民耕地得古鐘十一（西甲）〕
			☐☐／公壽，若參壽，〔江西省臨江縣民耕地得古鐘十一（西甲）〕
			若參壽，卑女（汝）鑾鑾音音，〔江西省臨江縣民耕地得古鐘十一（西甲）〕
			若參壽，卑女（汝）鑾鑾音音，〔江西省臨江縣民耕地得古鐘十一（西甲）〕
		與兵壺（春秋中）	穆趒趒，至／于子孫，參拜／頊（稽）首于皇考／刺俎（祖）〔蓋內〕穆趒趒，至／于子孫，參拜／頊（稽）首于皇考／刺俎（祖）〔頸內壁〕
		童鹿公敊鼓座（春秋晚）	余寺（持）可參☐☐，
		鄱子成周鐘（春秋晚）	☐☐參／壽，其／永鼓。

	蘯子受鐘（春秋晚）	隹（唯）十／又四／年／參（三）月〔河南省淅川縣和尚嶺楚墓 HXHM2：40〕 隹（唯）十／又四／年參（三）／月〔河南省淅川縣和尚嶺楚墓 HXHM2：43〕 隹（唯）十／又四／年參（三）／月〔河南省淅川縣和尚嶺楚墓 HXHM2：45〕 隹（唯）十又／四年參（三）／月〔河南省淅川縣和尚嶺楚墓 HXHM2：47〕 隹（唯）十又／四年參（三）／月〔河南省淅川縣和尚嶺楚墓 HXHM2：49〕 隹（唯）十又／四年參（三）／月〔河南省淅川縣和尚嶺楚墓 HXHM2：50〕 隹（唯）十又／四年參（三）／月〔河南省淅川縣和尚嶺楚墓 HXHM2：51〕 隹（唯）十又／四年參（三）／月〔河南省淅川縣和尚嶺楚墓 HXHM2：52〕 隹（唯）十又／四年參（三）／月〔河南省淅川縣和尚嶺楚墓 HXHM2：53〕
	曾侯乙墓漆箱蓋（戰國早）	參
	上樂廚鼎（戰國晚）	膚（容）／參分。
	梁上官鼎（戰國晚）	／膚（容）參分。……膚（容）參分。
	少司馬耳杯（戰國晚）	冡（重）參十　　。
	中山王𰯼鼎（戰國晚）	親遾（率）參軍／之眾，……隹（雖）又（有）死皋（罪），及參／殀（世），亡不若（赦）
	戲參量（戰國）	戲，參分。
	臨淄商王墓地銅杯〔註17〕	釫大式益冡（重）參十展
	郭店・語叢三（戰國中期）	各式（二），勿（物）參（三）（67 上）
	楚帛書・甲（戰國中、晚期）	參化法兆（2・21）
	楚帛書・乙（戰國中、晚期）	不得其參（3・12）
	睡虎地・日書甲（戰國晚）	直參以出女，室必盡（2 背貳）、中下參、東井（5 背貳）、凡參、翼、軫以出女（6 背貳）、胃、參致死（54 壹）、八月，角、胃、參大凶（57 壹）
	睡虎地・日書乙（戰國晚）	參，百事吉（88 壹）、十一月參十四日（99 肆）

〔註17〕由於未見文物，故僅依孫剛：《齊文字編》，福州：福建人民出版社，2010 年，頁187。

		睡虎地・秦律18種（戰國晚）	旦半夕參……參食之（55）、參食之（56）、食男子旦半夕參，女子參（59）、而人與參辨券（80）、葆繕參邪（89）
		睡虎地・效律（戰國晚）	參不正（6）
		嶽麓・占夢書（戰國晚～秦）	參（三）分日夕（102）
		西安南郊（戰國）	李氏九斗二參（714・209）
		龍崗（秦）	吏與參辨券□（11）
		關沮・日書（秦）	參（151）、參（164）
		關沮・病方及其他（秦）	參（三）煴（溫）鬻（煮）之（374）
		馬王堆・足臂十一脈灸經（漢）	揗溫（脈）如三人參舂（21）
		馬王堆・52 病方（漢）	為汁一參（168）、以水一斗，煮膠一參，米一升（181）、以美醢半升□澤（釋）泔二參（280）、鬱一參（332）、治巫（莁）夷（荑）半參（356）、熬陵䕺（芰）一參（410）
		馬王堆・陰陽五行甲（漢）	兇星參（110）、此觿參勹（193）
		馬王堆・明君（漢）	戰士食參（驂）馴之食（432）
		馬王堆・十問（漢）	壽參日月（101）
		馬王堆・經法（漢）	參以天當（4）
		馬王堆・稱（漢）	天下有參（三）死（156）
		馬王堆・繆和（漢）	再參讀（瀆）（22）
		馬王堆・五星占（漢）	夾如參（25）
12	晨	馬王堆[註18]・五星占（漢）	伏卅日而晨出東方（5）
13	姓		
14	罕	馬王堆・五行（漢）	大而罕者（204）
15	仢		
16	浧	仰夫人孅鼎（春秋晚）	隹（唯）正月初吉，戓（歲）才（在）歔（浧）臂（灘）
17	婼		
18	婺	曾侯乙墓漆箱蓋（戰國早）	（婺？）女

〔註18〕所置位子為晨字，非晨字（按說文排序），然秦文字編、馬王堆文字編均視晨為晨。說文者為三字晨、晨、辰。

		睡虎地·日書乙（戰國晚）	婺女（105）
		關沮·日書（秦）	婺＝（婺女）（140）、婺＝（婺女）（173）、婺＝（婺女）：斗乘婺＝（婺女）（205）
		馬王堆·遣策三（漢）	婺俞一培
		馬王堆·刑德乙（漢）	婺女（96）
19	氐	氐鼎（商晚）	氐
		匍盉（西周中）	隹（唯）四月既生霸戊申，匍／即于氐，
		任鼎（西周中）	隹（唯）王正月，王在氐，
		曾侯乙墓漆箱蓋（戰國早）	氐
		石鼓文（戰國中、晚期）	其滾氐鮮（汧殹）
		上博（二）·容成氏（戰國中、晚期）	訟（容）城（成）氏（氐）（53背）
		睡虎地·日書甲（戰國晚）	九月氐（1）、甲子死，室氐（96背）
		睡虎地·日書乙（戰國晚）	氐，祠及行、出入（98）
		關沮·日書（秦）	抵（氐）（164）
		馬王堆·老子乙（漢）	深根固氐（柢）（195）
		馬王堆·經法（漢）	皮（彼）且自氐（抵）其刑（68）
		馬王堆·十六經（漢）	進不氐（125）
		馬王堆·五星占（漢）	與氐晨出東方（111）
20	斗	秦公簋（春秋中）	西元器一斗七升小拳（膡），叚。西一斗七升大半升，蓋。
		曾公子棄疾斗（春秋晚）	曾公子厷（棄）／疾之御（？）斗。
		中𣪘鼎（戰國中）	中𣪘貞（？）鼎／六斗。
		半斗鼎（戰國晚）	半斗（？）。〔蓋面〕半斗（？）／四。〔器口沿〕
		高奴簋（戰國晚）	高奴一斗名一。
		土匀瓶（戰國晚）	土匀容四斗錍。
		十五年高陵君鼎（戰國晚）	／一斗五升
		王后中官鼎／王后中官錡（戰國晚）	王后中官，二斗五升少半升。

三年詔事鼎（戰國晚）	三年詔事，容一斗二升，
卅六年私官鼎（戰國晚）	卅六年工币（師）瘨，工疑，一斗半正，
十一年庫嗇夫鼎（戰國晚）	空（容）二斗。
長陵盉（戰國晚）	一斗二益。〔腹〕口長陵一斗一升。〔足〕
四斗訇客壺（戰國晚）	四斗訇客，／四寽（鋝）十一／冢，
二年寺工師初壺（戰國晚）	三斗／北浸（寢）。
廿五年盌（戰國晚）	一斗八升
春成侯盉（戰國晚）	備／大二／斗，
邵宮私官壺（戰國晚）	四斗／少儿斗（半）斗。
安邑下官鍾（戰國晚）	十三斗一升。〔腹〕／大大半斗一益（溢）少半益（溢）。〔口沿〕
貧陽鼎（戰國晚）	容一斗一升。
沓里三斗鼎（戰國）	沓里三斗鎮（鼎）
府䥗（戰國）	／半斗。
魏公瓶（戰國）	三斗／二升／，取。
卅六年壺（戰國）	四斗大半斗。
卅四年工師文罍（戰國）	十七斤十四兩。四斗。
屌氏扁壺（戰國）	屌氏三斗少儿斗（半）斗。
五斗壺（戰國）	五斗
平宮鼎（戰國）	／大官，二斗，左中。
王子中府鼎（戰國）	長居／王口，容（？）卅斗（？），
魏鼎（戰國）	魏廿六。／三斗一升。
眉廚鼎（戰國）	一斗儿斗（半）。
曾侯乙墓漆箱蓋（戰國早）	斗
睡虎地·日書甲（戰國晚）	十一月斗（1）、中東竹（箕）、斗，以娶妻，棄。（5背）、斗，牽牛大吉（52）、斗，牽牛少吉（55）、斗，牽牛致死（58）、斗，利祠及行賈、賈市（75）
睡虎地·日書乙（戰國晚）	十二月斗廿一日（100）、斗，利祠及行賈、賈市（103）

		睡虎地・效律（戰國晚）	斗不正……（5）、半斗不正……（6）、水減二百斗以上（46）、不盈兩百斗以下到百斗，貲各一甲；不盈百斗以下到十斗，貲各一盾；不盈十斗以下……（47）
		睡虎地・秦律18種（戰國晚）	稻、麻畝用二斗大半斗，禾、麥畝一斗，黍、荅畝大半斗，叔（菽）畝半斗。（38）、石六斗大半斗……糲（糲）米一石為鑿（糳）米九斗……為毇（毇）米八斗（41）、為粟廿斗，舂為米十斗；十斗粲，毇（糳）米六斗大半斗。麥十斗，為麴三斗。叔（菽）、荅、麻十五斗為一石。●稟毇（糳）粺者，以十斗為石。（43）、月禾一石兩斗（疑為升）半斗（50）、日少半斗（60）、食其母日粟一斗（74）、縣及工室聽官為正衡石贏（纍）、斗用（桶）、升（100）、食粺米半斗（179）、使者之從者，食糲（糲）米半斗；僕少半斗（180）、粺米一斗（181）、糲（糲）米一斗（182）、各有衡石贏（纍）、斗甬（桶）（194）
		西安南郊秦（戰國）	西臾趙氏十斗（137・125）馮氏十斗（324・134.2）杜氏十斗（708・195）樂定王氏十斗（709・197）南陽趙氏十斗（709・198）易九斗三斗（710・199）李氏九斗二參（714・209）
		關沮・日書（秦）	辛未食人米四斗、魚米四斗（97）、十一月斗（138）、角：斗乘角（187）、斗乘亢（189）、箕：斗乘箕（199）、斗：斗乘斗（201）、牽牛：斗乘牽牛（203）、婺女：斗乘婺女（205）、斗乘虛（207）、胃：斗乘胃（219）、卯（昴）：斗乘卯（昴）（221）、畢：斗乘畢（223）、此（觜）嶲：斗乘此（觜）嶲（225）、斗乘東井（229）、翼：斗乘翼（239）、軫：斗乘軫（241）、求斗術曰：……得其時宿，即斗所乘也。（243）
		關沮・病方及其他（秦）	以羊矢（屎）三斗（324）、北斗長史（366）、取束灰一斗，淳毋下三斗（375）
		馬王堆・52病方（漢）	即以赤荅一斗並囗（3）、取一斗（30）、灖與薛（糵）半斗（41）、以敦（淳）酒半斗者（煮）潰（沸）（43）、小嬰兒以水半斗（48）、成鬻（粥）五斗（92）、泊水三斗（94）、取如囗鹽廿分斗（115）、湮汲水三斗（154）、以水一斗煮葵種一斗（168）、以水一斗半煮一分（173）、以淳酒半斗（176）、以水一斗煮膠一參、米一升（181）、取馬矢㸐者三斗（193）、泊以酸漿囗斗（194）、取其汁淯（漬）美黍米三斗（241）、如孰（熟）二斗米頃（244）、取弱（溺）五斗（248）、取薯（署）苽（蓏）汁二斗以漬之（251）、叚（煆）駱阮少半斗（255）、煮一斗棗、一斗膏……以為四斗汁（261）、取汁

			四斗（273）、斗□已酒雎（疽）□（278）、醇酒一斗淳之（287）、□半斗（296）、□醇酒半斗（300）、醇酒一斗□（301）、並以截□斗煮之（347）取芘半斗（368）、候其洎不盡一斗（377）、煮弱（溺）二斗（418）、□流水□斗煮□（殘11）、□美棗一斗（殘14）
		馬王堆・陰陽五行甲（漢）	星斗緊牛熒室畢（103）
		馬王堆・養生方（漢）	二斗半□□□□□（4）、之各四斗（100）
		馬王堆・遣策一（漢）	賴穜（種）三斗布囊一（149）
		馬王堆・遣策三（漢）	葵穜（種）五斗布囊
		馬王堆・經法（漢）	斗石已具（5）
		馬王堆・繫辭（漢）	營辰之斗也（13）
21	魁	馬王堆・出行占（漢）	九魁〔註19〕（9）
22	辰	辰寢出簋（商晚）	辰帚（寢）出。
		肆作父乙簋／戊辰彝（商晚）	戊辰，弜師易（賜）肆／喜戶、賣貝，用乍（作）父乙／寶彝
		圍辰尊（商晚）	蠱（圍）辰
		辰圍父己觶（商晚）	辰蠱（圍）。父己。
		辰圍父己觚（商晚）	辰蠱（圍）。父己。
		二祀切其卣（商晚）	丙辰，王令切／其兄（貺）鬱／于夆田＿
		戉箙卣（商晚）	辰吳辰（圖騰？）
		辰□爵（商晚或西周早）	辰□。
		伯矩鬲（西周早）	才（在）戊辰，〔蓋內〕才（在）戊辰，〔頸內壁〕
		小臣宅簋（西周早）	隹（唯）五月壬辰
		小臣父辛尊（西周早）	小臣。侁辰。父辛。
		高卣（西周早	隹（唯）十又二月，王初饗旁，／唯還在周，辰才（在）庚申，
		庚姬卣／商卣（西周早）	隹（唯）五月，辰才（在）丁／亥〔蓋內〕隹（唯）五月，辰才（在）丁亥〔器內底〕
		庚姬尊／商尊（西周早）	隹（唯）五月，辰才（在）丁亥，
		庚嬴卣（西周早）	隹（唯）王十月既朢（望），辰／才（在）己丑，〔蓋內〕隹（唯）王十月既朢（望），辰才（在）己丑，〔器內壁〕

〔註19〕為星。

臣辰先冊鼎／臣辰 冊方鼎（西周早）	臣辰先冊〔加拿大多倫多士棟夫人處〕 臣辰先冊〔加拿大多倫多士棟夫人處〕	
臣辰先冊簋（西周 早）	臣辰先冊	
臣辰先冊盉（西周 早）	臣辰先冊	
臣辰先冊壺（西周 早）	臣辰先冊	
臣辰先冊盤（西周 早）	臣辰先冊	
臣辰先父乙簋（西 周早）	臣辰先。父乙。	
臣辰先父乙卣（西 周早）	臣辰先。／父乙。〔蓋內〕 臣辰先。／父乙。〔器內壁〕	
臣辰先父乙尊（西 周早）	臣辰先。父乙。	
臣辰先冊父乙鼎 （西周早）	臣辰先／冊。父乙。	
臣辰先冊父乙簋 （西周早）	臣辰先／冊。父乙。	
臣辰先冊父癸鼎 （西周早）	臣辰先冊。父癸。	
臣辰先冊父癸簋 （西周早）	臣辰先冊。父癸。	
臣辰先冊父癸尊 （西周早）	臣辰先冊。父癸。	
臣辰先父辛觚（西 周早）	臣辰先。父辛。	
辰先父乙爵（西周 早）	辰先。父乙	
辰作父己壺（西周 早）	辰乍（作）父己。	
臣辰冊＿父癸鼎 （西周早）	臣辰冊	
士上卣／臣辰冊先 卣（西周早）	臣辰冊先〔蓋內〕臣辰冊先〔器內底〕	
士上尊／臣辰冊先 尊（西周早）	臣辰冊先	
士上盉／臣辰冊先 盉（西周早）	臣辰冊先〔蓋內〕臣辰冊先〔鋬內腹壁〕	

耳尊（西周早）	隹（唯）六月初吉，辰才（在）辛／卯
宜侯夨簋（西周早）	隹（唯）四月，辰才（在）丁未
旂鼎（西周早）	唯八月初吉，／辰才（在）乙卯
𨙷䊷鼎（西周早）	隹（唯）八月，辰才（在）乙亥〔陝西省長安縣灃東斗門鎮花園村 15 號墓（M15：0.4）〕 隹（唯）八月，辰才（在）乙亥〔陝西省長安縣灃東斗門鎮花園村 17 號墓（M17：35）〕
𪒠鼎／周公東征鼎（西周早）	公／歸𩰫于周廟。戊／辰，酓（飲）秦酓（飲），
胙伯簋（西周早）	隹（唯）八月辰才（在）庚申
盂鼎（西周早）	女（汝）妹（昧）辰（晨）又（有）大服
小盂鼎（西周早）	隹（唯）八月既望（望），辰在甲申
辰父乙觶（西周早）	辰。父乙
夨令尊（西周早）	隹（唯）八月，辰才（在）甲申，
夨令方彝（西周早）	隹（唯）八月，辰才（在）甲申〔蓋內〕隹（唯）八月，辰才（在）甲申〔器內壁〕
㲋辰方彝（西周早）	㲋。辰。
不栺鼎（西周中）	隹（唯）八月既望（望）戊辰，
盠尊／盠駒尊(西周中)	隹（唯）王十又二月，辰才（在）甲申
室叔簋（西周中）	唯王五月辰才（在）丙／戌，
季姬尊（西周中）	隹（唯）八月初吉庚辰
尸伯簋／夷伯簋（西周中）	隹（唯）王征（正）月初吉，辰／才（在）壬寅，〔蓋內〕隹（唯）王征（正）月初吉，辰／才（在）壬寅，〔器內底〕
辰簋蓋（西周中）	辰乍（作）𩜁（饋）毀，其／子子孫孫永寶用。
辰在寅簋（西周中）	隹（唯）七月既生／霸，辰才（在）寅
伯中父簋（西周中）	隹（唯）五月，辰才（在）壬寅
呂鼎（西周中）	唯五月既死霸，辰才（在）／壬戌
剌鼎／剌作黃公鼎（西周中）	唯五月王才（在）衣，辰才（在）丁／卯
善鼎／宗室鼎（西周中）	唯十又一月初吉，辰才（在）丁亥
段簋／畢敦（西周中）	戊辰，曾，／王穖（蔑）段曆，念畢中（仲）孫子，
衛鼎／九年衛鼎（西周中）	隹（唯）九年正月既死霸庚辰，
曶鼎（西周中）	隹（唯）王四月既眚（生）霸，辰才（在）丁酉，
師𩛥鼎（西周中）	唯王八祀正月，辰才（在）丁卯

彔伯㲃簋蓋（西周中）	隹（唯）王正月，辰才（在）庚寅
豆閉簋（西周中）	唯王二月既眚（生）霸，辰才（在）戊寅
䦆卣（西周中）	隹（唯）王九月，辰才（在）己亥〔蓋內〕隹（唯）王九月，辰才（在）己亥〔器內底〕
縣改簋（西周中）	隹（唯）十又二月既朢（望），辰才（在）壬午
伯晨鼎（西周中晚）	隹（唯）王八月，辰才（在）／丙午
㸚攸比鼎（西周晚）	隹（唯）卅又一年三月初吉壬辰，
㸚攸比簋蓋（西周晚）	隹（唯）卅又一年三月初吉壬辰，
散氏盤（西周晚）	唯王九月，辰才（在）乙卯，
多友鼎（西周晚）	甲申之脣（辰），䙤（搏）于郱，
鬲比簋（西周晚）	唯王正月，辰才（在）甲午〔蓋內〕唯王正月，辰才（在）甲午〔器內底〕
郳公孫班鎛（春秋晚）	隹（唯）王正月，辰在丁亥，
郳公𨼪鐘（春秋晚）	隹（唯）王正月初吉，辰才（在）乙亥
叔尸鐘（春秋晚）	隹（唯）王五月，辰才（在）／戊寅
之乘辰鐘（春秋）	隹（唯）正十／月，吉日／丁巳，之／乘辰曰：
陳璋壺（戰國中）	歲，孟冬戊辰
陳璋鑐（戰國中）	孟冬戊辰，
節可忌豆（戰國）	隹（唯）王正九月，辰／在丁亥
楚帛書・乙（戰國中、晚期）	日月星脣（辰）（1・23）、星辰不同（7・27）
新蔡葛陵・甲（戰國中）	贛（貢），凡是戊脣（辰）以敆（會）己巳禱之（1・10）、壬脣（辰）之日禱之（3・202、205）、庚脣（辰）之日（3・221）
新蔡葛陵・乙（戰國中）	壬脣（辰）之日禱（1・17）、壬脣（辰）之日（1・24）、壬脣（辰）之日（1・28）
新蔡葛陵・零（戰國中）	壬辰之日（147）、啻（內）脣（辰）之日（176）、甲脣（辰）（183）、己酉脣／（辰）禱之（307）
九店 M56（戰國中、晚期）	建於脣（辰）（13 上）、敚於脣（辰）（14 上）、荀於脣（辰）（15 上）、坐於脣（辰）（19 上）、工於脣（辰）（20 上）、21、坪於脣（辰）（22 上）、敚於脣（辰）（23 上）、贛於脣（辰）（24 上）、31、脣（辰）、巳、午、未（32）
包山・文書（戰國中偏晚）	九月甲脣（辰）之日不貞（貞）（20）、苟辰（37）、甲辰之日（46）、壬辰之日（66）、壬辰之日（73）、壬辰之日（78）、甲辰之日（80）、墮辰（85）、甲辰之日（90）、甲辰之日（141）、甲辰之日（143）、辰骨賈之（152）、隋辰（163）、八月戊辰（167）、

		隋辰（171）、丙脣（辰）（173）、丙辰（175）、丙脣（辰）（183）、壬晨（辰）（184）、甲晨（辰）（185）、丙晨（辰）（186）、八月戊辰（187）、壬晨（辰）（191）
	包山・卜筮祭禱（戰國中偏晚）	丙辰之日（224）、丙辰之日（225）
	天星觀・卜筮（戰國晚～秦代）	丙辰之日、十月庚脣（辰）之日
	睡虎地・日書甲（戰國晚）	秋三月辰（1 貳）、壬辰（4 背壹）、庚辰（5 背壹）、辰〔註20〕（7 壹）、8 背、辰〔註21〕（9 壹）、辰〔註22〕（10 壹）、辰（11 背）、辰〔註23〕（13 壹）、盈辰（14 壹）、建辰（16 壹）、閉辰（17 壹）、開辰（18 壹）、麻辰，葵葵亥（20 叄）、柀（破）辰（22 壹）、定辰（24 壹）、平辰（25 壹）、辰申蟲（26 壹）、辰亥危陽（27 壹）、弦望及五辰不可以興樂囗（27 貳）、枲（招）榣（搖）殸（磬）辰（50 壹）、入客戊辰（59 叄）、辰，盜者男子，青赤色，為人不穀（穀）（73 背）、名馬童犂思辰戌（79 背）、戊辰（80 貳）、庚辰（83 貳）、庚辰、甲辰（84 貳）、春三月庚辰可以筑（築）羊卷（圈）（87 貳）、辰，樹也，其後必有敬（警）（87 背壹）、辰（87 背貳）、庚辰、甲辰、（88 貳）、戊辰（89 貳）、甲辰、庚辰（90 貳）、甲辰、戊辰、丙辰（92 貳）、五辰（94 貳）、甲辰寅死（95 背壹）、殺辰（96 壹）、壬辰（96 叄）、其日辛酉、庚午、庚辰垣之（97 叄）、庚辰（97 背壹）、其日乙未、甲午、甲辰垣之（98 叄）、壬辰（98 背壹）、冬三月，啻（帝）為室辰（99 壹）、戊辰（99 背壹）、甲辰（100 背）、丙辰（101 背）、四月辰、八月辰、十二月辰〔註24〕（105 壹）、庚辰、壬辰（126 叄）、以甲子、寅、辰東徙，死。丙子、寅、辰南徙，死。庚子、寅、辰西徙，死。壬子、寅、辰北徙，死。（126 背）、十一月上旬辰（128）、夏三月戊辰不可南（131）、九月辰（131 背）、毋以丁庚東北行，辰之門也（132）、十二月辰（132 背）、四月辰、八月辰、十二月辰〔註25〕（134）、春三月戊辰（134 背）、辰，北吉，南得，東西凶（136 貳）、秋三月辰敫（138 柒）、

〔註20〕時刻意。
〔註21〕時刻意。
〔註22〕時刻意。
〔註23〕時刻意。
〔註24〕以上三辰均為時刻意。
〔註25〕以上三辰均為時刻意。

		丙辰生子（142 伍）、入月七日及冬未、春戌、夏丑、秋辰，是胃（謂）四敫（143 背）、戊辰生子（144）、庚辰生子，好女子（146 壹）、辰（153 壹）、秋丑辰（155）
	睡虎地·日書乙（戰國晚）	辰（2）、辰（3）、辰（4）、辰（5）、辰（6）、辰（7）、辰（8）、辰（9）、辰（10）、辰（11）、辰（12）、辰（13）、吉辰（26 壹）、閈（閉）辰（29 壹）、實辰（30 壹）、吉辰（31 壹）、虛辰（32 壹）、剽辰（33 壹）、衝辰（34 壹）、敫辰（35 壹）、辰（35 貳）、窞辰（36 壹）、辰申憂（47 壹）、辰卯及戌叔（菽）（47 貳）、辰亥危陽（48 壹）、辰采（穗）（49 壹）、未辰正陽（50 壹）、巳辰憂（51 壹）、辰徹（52 壹）、壬辰乙巳（64）、辰麻、壬辰瓜（65）、壬辰（66）、壬辰漆（漆）（67）、庚辰、壬辰、戊辰、丙辰、丁壬辰丁巳未（68）、甲辰（70）、戊辰（71）、辰、戊辰、辰（72）、辰、壬辰（73）、丙辰（74 壹）、丙辰（75 壹）、甲辰、丙辰、庚辰（76 壹）、秋三月辰（77）、辰申子水，水勝火（87 貳）、徙死庚子寅辰北徙死（88 壹）、辰（109）、甲辰（113）、四月、八月、十二月之辰，勿以作事、大祠（120）、毋以戊辰、己巳入（納）寄者（121）、毋以戊辰、己巳入寄人（131）、十一月上旬辰（133）、南毋以辰、申（142）、甲辰、壬辰（144）、戊辰不可祠道蹐（旁）（147）、戊辰（148）、八月庚辰（153）、食時辰（156）、派（辰）少瘳（瘳）（157）、辰以東吉（165）、辰大瘳（瘳）（169）、死生在辰（173）、辰大瘳（瘳）（177）、戊辰（189 貳）、辰不可以哭、穿肂（殔）（191 貳）、辰（211 貳）、甲辰（225 貳）、壬辰（226 貳）、辰（235 貳）、戊辰、庚辰、壬辰、丙辰（237 壹）、戊辰生，有寵（238）、庚辰，好女子（240）、壬辰生，必善醫，衣常（裳）（242）、甲辰生，穀（244）、丙辰生，必有疵於體（體）（245）、辰失火，去不羕（祥）也（250）
	岳山秦牘（戰國晚）	庚辰、壬辰、壬辰（M36：43）
	關沮·三十四年質日（秦）	甲辰（6）、甲辰（7）、甲辰（8）、甲辰（9）、甲辰（10）、甲辰（11）、丙辰（18）、丙辰守丞登（19）、丙辰治競（竟）陵（20）、丙辰（21）、丙辰（22）、丙辰（23）、戊辰、戊辰（30）、戊辰宿路陰（32）、戊辰（33）、戊辰、戊辰（34）、庚辰、庚辰（42）、庚辰（44）、庚辰（45）、庚辰（46）、壬辰、壬辰宿迣離涌東（54）、壬辰（56）、壬辰、壬辰（58）、甲辰、丙辰（59）
	關沮·日書（秦）	戊辰（95）、甲辰（114）、辰（135 貳）、辰（165）、辰（251）、辰（279）、辰（308）

關沮・病方及其他（秦）	辰巳為虛（355）、辰巳為姀（孤）（358）、甲辰旬（361）、以壬辰、己巳、卯壐（壁）困垔穴，鼠弗穿（371）
關沮・木牘（秦）	十一月甲辰大（1）
里耶 J1（8）（秦）	九月庚辰（134）、四月丙辰旦（158 背）
里耶 J1（9）（秦）	卅年九月丙辰朔己巳（981）、八月壬辰（984 背）
里耶 J1（16）（秦）	求盜簪裊陽成辰以來、三月丙辰（5 背）、甲辰（9 背）
馬王堆・陰陽五行甲（漢）	辰巳午未（178）
馬王堆・出行占（漢）	辰東南有得西毋行北凶（28）
馬王堆・經法（漢）	日月星辰之期（43）
馬王堆・要（漢）	而不可以日月生（星）辰盡稱也（21）
馬王堆・二三子問（漢）	高尚齊虖（乎）星辰日月而不眺（1）

（二）傳世文獻詞義資料詳目

排序	說文	文　獻	詞　　例
1	物	周易・乾	彖曰。大哉乾元。萬物資始。乃統天。雲行雨施。品物流形。……首出庶物。……嘉會足以合禮。利物足以和義。……聖人作而萬物覩
		周易・坤	彖曰。至哉坤元。萬物資生。乃順承天。坤厚載物。……品物咸亨。……象曰。地勢坤。君子以厚德載物。……柔而動也剛。至靜而德方。後得主而有常。含萬物而化光。坤道其順乎。
		周易・泰	彖曰。泰。小往大來吉亨。則是天地交而萬物通也。
		周易・否	不利君子貞。大往小來。則是天地不交而萬物不通也。
		周易・同人	象曰。天與火。同人。君子以類族辨物。
		周易・謙	象曰。地中有山。謙。君子以裒多益寡。稱物平施。
		周易・噬嗑	彖曰。頤中有物。曰噬嗑。
		周易・无妄	象曰。天下雷行。物與无妄。先王以茂對時育萬物。
		周易・頤	天地養萬物。聖人養賢以及萬民。頤之時大矣哉。
		周易・咸	天地感。而萬物化生。……觀其所感。而天地萬物之情可見矣。
		周易・恆	觀其所恆。而天地萬物之情可見矣。

周易·家人	象曰。風自火出。家人。君子以言有物。而行有恆。
周易·睽	男女睽。而其志通也。萬物睽。而其事類也。
周易·姤	天地相遇。品物咸章也。
周易·萃	觀其所聚。而天地萬物之情可見矣。
周易·歸妹	彖曰。歸妹。天地之大義也。天地不交。而萬物不興。
周易·未濟	象曰。火在水上。未濟。君子以慎辨物居方。
周易·繫辭上	方以類聚。物以羣分。……乾知大始。坤作成物。……故知死生之說。精氣為物。遊魂為變。是故知鬼神之情狀。……故不違。知周乎萬物。而道濟天下。……範圍天地之化而不過。曲成萬物而不遺。……鼓萬物而不與聖人同憂。……聖人有以見天下之賾。而擬諸其形容。象其物宜。是故謂之象。……夫茅之為物薄。而用可重也。……萬有一千五百二十。當萬物之數也。……闔有遠近幽深。遂知來物。非天下之至精。……夫易。開物成務。冒天下之道。……而察於民之故。是興神物。……備物致用。立成器以為天下利。……天生神物。聖人則之。……聖人有以見天下之賾。而擬諸其形容。象其物宜。是故謂之象。
周易·繫辭下	近取諸身。遠取諸物。……以通神明之德。以類萬物之情。……天地絪縕。萬物化醇。男女構精。萬物化生。……乾。陽物也。坤。陰物也。……而微顯闡幽。開而當名。辨物正言。斷辭則備矣。……復小而辨於物。恆雜而不厭。……六爻相雜。唯其時物也。……若夫雜物撰德。辨是與非。則非其中爻不備。……故曰爻。爻有等。故曰物。物相雜。……故其辭危。危者使平。易者使傾。其道甚大。百物不廢。
周易·說卦	萬物出乎震。……齊也者。言萬物之絜齊也。……萬物皆相見南方之卦也。……萬物皆致養焉。……萬物之所說也。……萬物之所歸也。萬物之所成終而所成始也。……神也者。妙萬物而為言者也。動萬物者。莫疾乎雷。撓萬物者。莫疾乎風。燥萬物者。莫熯乎火。說萬物者。莫說乎澤。潤萬物者。莫潤乎水。終萬物。始萬物者。莫盛乎艮。……山澤通氣。然後能變化。既成萬物也。
周易·序卦	序卦有天地。然後萬物生焉。……盈天地之間者唯萬物。……屯者。物之始生也。物生必蒙。故受之以蒙。蒙者。蒙也。物之穉也。物穉不可不

			養也。……物畜然後有禮。……泰者。通也。物不可以終通。故受之以否。物不可以終否。故受之以同人。與人同者。物必歸焉。……物大然後可觀。……物不可以苟合而已。……物不可以終盡。……物畜然後可養。……物不可以終過。……有天地。然後有萬物。有萬物。然後有男女。……物不可以久居其所。……遯者。退也。物不可以終遯。……物不可以終壯。……物不可以終難。……物相遇而後聚。……革物者莫若鼎。……物不可以終動。……物不可以終止。……物不可以終離。……故受之以小過。有過物者必濟。故受之以既濟。物不可窮也。
尚書・夏書・禹貢	厥貢鹽絺。海物惟錯。……荊岐既旅。終南惇物。
尚書・周書・泰誓上	惟天地萬物父母。惟人萬物之靈。
尚書・周書・武成	暴殄天物。
尚書・周書・旅獒	無有遠邇。畢獻方物。……分寶玉于伯叔之國。時庸展親。人不易物。……惟德其物。……玩物喪志。……不貴異物賤用物。……不育于國。不寶遠物。則遠人格。
尚書・周書・微子之命	統承先王。修其禮物。
尚書・周書・酒誥	惟曰。我民迪小子。惟土物愛。
尚書・周書・洛誥	享多儀。儀不及物。
尚書・周書・君陳	惟民生厚。因物有遷。
尚書・周書・畢命	惟公懋德。克勤小物。
毛詩・小雅・鹿鳴之什・魚麗	美萬物盛多能備禮也。……故美萬物盛多。……物其多矣。……物其旨矣。……物其有矣。
毛詩・小雅・南有嘉魚之什・由庚蓼蕭	萬物得由其道也。崇丘。萬物得極其高大也。……由儀。萬物之生。各得其宜也。
毛詩・小雅・南有嘉魚之什・六月	崇丘廢則萬物不遂矣。……由儀廢則萬物失其道理矣。……以匡王國。比物四驪。閑之維則。
毛詩・小雅・鴻鴈之什・無羊	爾牧來思。何蓑何笠。或負其餱。三十維物。
毛詩・小雅・節南山之什・何人斯	諒不我知。出此三物。
毛詩・小雅・甫田之什・鴛鴦	思古明王。交於萬物有道。
毛詩・小雅・魚藻之什・魚藻	刺幽王也。言萬物失其性。
毛詩・小雅・蕩之什・烝民	天生烝民。有物有則。

周禮‧大宰	九曰物貢。
周禮‧小宰	以正萬民。以聚百物。……以養萬民。以生百物。
周禮‧宰夫	凡失財用物。辟名者。……其足用長財善物者賞之。
周禮‧膳夫	珍用八物。……鼎十有二。物皆有俎。
周禮‧庖人	庖人掌共六畜六獸六禽。辨其名物。凡其死生鱻薧之物。以共王之膳。與其薦羞之物。及后世子之膳羞。
周禮‧內饔	內饔掌王及后世子膳羞之割亨煎和之事。辨體名肉物。辨百品味之物。……選百羞醬物珍物以俟饋。……珍物以俟饋。
周禮‧烹人	辨膳羞之物。
周禮‧獸人	獸人掌罟田獸。辨其名物。……冬獻狼。夏獻麋。春秋獻獸物。
周禮‧䱷人	辨魚物為鱻薧。
周禮‧鱉人	鱉人掌取互物。……以時籍魚鱉龜蜃凡貍物。
周禮‧腊人	凡腊物。賓客喪紀。共其脯腊。
周禮‧酒正	辨三酒之物。一曰事酒。二曰昔酒。三曰清酒。辨四飲之物。一曰清。二曰醫。三曰漿。四曰酏。
周禮‧醢人	醢人掌共五齊七菹。凡醢物。……凡醯醬之物賓客亦如之。……則共齊菹醢物六十罋。
周禮‧玉府	良貨賄之物。受而藏之。
周禮‧內府	凡適四方使者。共其所受之物而奉之。
周禮‧外府	外府掌邦布之入出。以共百物。
周禮‧司會	掌國之官府郊野縣都之百物財用。
周禮‧司書	九事。邦中之版。土地之圖。以周知入出百物。
周禮‧職內	職內掌邦之賦入。辨其財用之物。
周禮‧職幣	與凡用邦財者之幣。振掌事者之餘財。皆辨其物而奠其錄。
周禮‧司裘	中秋。獻良裘。王乃行羽物。
周禮‧世婦	涖陳女宮之具。凡內羞之物。
周禮‧典婦功	及秋獻功。辨其苦良。比其小大而賈之。物書而楬之。
周禮‧典絲	典絲掌絲入而辨其物。……頒絲于外內工。皆以物授之。……辨其物而書其數。……凡祭祀。共黼畫組就之物。喪紀。共其絲纊組文之物。……歲終。則各以其物會之。
周禮‧典枲	典枲掌布緦縷紵之麻草之物。……歲終。則各以其物會之。

周禮·內司服	后之喪。共其衣服。凡內具之物。
周禮·大司徒	林。川。澤。丘。陵。墳。衍。原。隰。之名物。一曰山林。其動物宜毛物。其植物宜早物。……二曰川澤。其動物宜鱗物。其植物宜膏物。……三曰丘陵。其動物宜羽物。其植物宜覈物。……四曰墳衍。其動物宜介物。其植物宜莢物。……五曰原隰。其動物宜臝物。其植物宜叢物。……因此五物者民之常。而施十有二教焉。……辨十有二土之名物。以相民宅。……辨十有二壤之物。而知其種。……辨五物九等。制天下之地征。……陰陽之所和也。然則百物阜安。……以鄉三物教萬民。而賓興之。
周禮·小司徒	六畜車輦。辨其物。
周禮·鄉師	辨其老幼貴賤廢疾。馬牛之物。……前期出田灋于州里。簡其鼓鐸旗物兵器。脩其卒伍。……以旗物辨鄉邑。
周禮·鄉大夫	退而以鄉射之禮五物詢眾庶。
周禮·族師	簡其兵器。以鼓鐸旗物帥而至。
周禮·鼓人	凡祭祀。百物之神。
周禮·牧人	牧人掌牧六牲。而阜蕃其物。……凡時祀之牲。必用牷物。
周禮·載師	載師掌任土之灋。以物地事授地職。
周禮·閭師	任工。以飭材事貢器物。……任衡。以山事貢其物。任虞。以澤事貢其物。
周禮·縣師	凡造都邑。量其地辨其物。
周禮·司市	量度禁令。以次敘分地而經市。以陳肆辨物而平市。以政令禁物靡而均市。
周禮·賈師	賈師各掌其次之貨賄之治。辨其物而均平之。
周禮·司稽	司稽掌巡市。而察其犯禁者。與其不物者。
周禮·泉府	貨之滯於民用者。以其賈買之物楬而書之。
周禮·司門	司門掌授管鍵。以啟閉國門。幾出入不物者。正其貨賄。凡財物犯禁者舉之。
周禮·委人	薪芻。凡疏材木材。凡畜聚之物。以稍聚待賓客。以甸聚待
周禮·草人	草人掌土化之法。以物地。
周禮·土訓	土訓掌道地圖。以詔地事。道地慝以辨地物。
周禮·山虞	山虞掌山林之政令。物為之屬。而為之守禁。
周禮·澤虞	掌國澤之政令。為之厲禁。使其地之人。守其財物。……凡祭祀賓客。共澤物之奠。
周禮·卝人	若以時取之。則物其地圖而授之。

周禮‧角人	凡骨物於山澤之農。以當邦賦之政令。
周禮‧掌染	掌染草掌以春秋斂染草之物。
周禮‧掌炭	掌炭掌灰物炭物之徵令。
周禮‧掌荼	掌荼掌以時聚荼以共喪事。徵野疏材之物。以待邦事。凡畜聚之物。
周禮‧掌蜃	掌蜃掌斂互物蜃物。以共闉壙之蜃。祭祀共蜃器之蜃。
周禮‧囿人	牧百獸。祭祀喪紀賓客。共其生獸死獸之物。
周禮‧場人	場人掌國之場圃。而樹之果蓏珍異之物。
周禮‧舍人	掌米粟之出入。辨其物。
周禮‧倉人	倉人掌粟入之藏。辨九穀之物。
周禮‧舂人	舂人掌共米物。
周禮‧大宗伯	五祀五嶽。以貍沈祭山林川澤。以辜祭四方百物。……百物之產。以事鬼神。以諧萬民。以致百物。
周禮‧小宗伯	掌其政令。毛六牲。辨其名物。而頒之于五官。……辨六齍之名物與其用。……辨六彝之名物。以待果將。辨六尊之名物。以待祭祀賓客。
周禮‧雞人	雞人掌共雞牲。辨其物。
周禮‧司几筵	司几筵掌五几五席之名物。
周禮‧典瑞	典瑞掌玉瑞玉器之藏。辨其名物。
周禮‧司服	司服掌王之吉凶衣服。辨其名物。
周禮‧大司樂	以說遠人。以作動物。……凡六樂者。一變而致羽物。及川澤之示。再變而致臝物。及山林之示。三變而致鱗物。及丘陵之示。四變而致毛物。及墳衍之示。五變而致介物。及土示。六變而致象物。
周禮‧龠章	國祭蜡。則龡豳頌。擊土鼓。以息老物。
周禮‧龜人	龜人掌六龜之屬。各有名物。……凡取龜用秋時。攻龜用春時。各以其物。
周禮‧保章氏	觀天下之妖祥。以五雲之物。……凡此五物者。以詔救政。
周禮‧御史	巾車掌公車之政令。辨其用與其旗物。
周禮‧典路	典路掌王及后之五路。辨其名物。
周禮‧司常	司常掌九旗之物名……雜帛為物。……贊司馬頒旗物。……大夫士建物。
周禮‧家宗人	掌三辰之灋。以猶鬼神。示之居。辨其名物。……以夏日至。致地示物魅。
周禮‧大司馬	如振旅之陳。辨旗物之用。……鄉遂載物。……羣吏以旗物鼓鐸鐲鐃。

周禮・馬質	馬質掌質馬。馬量三物。一曰戎馬。二曰田馬。三曰駑馬。皆有物賈。……馬死則旬之內更。旬之外。入馬耳。以其物更。
周禮・羅氏	中春羅春鳥。獻鳩以養國老。行羽物。
周禮・掌畜	祭祀。共卵鳥。歲時貢鳥物。
周禮・司兵	司兵掌五兵五盾。各辨其物。
周禮・司戈盾	司戈盾掌戈盾之物而頒之。
周禮・司弓矢	司弓矢掌六弓四弩八矢之灋。辨其名物。……凡師役會同。頒弓弩。各以其物。
周禮・槀人	槀人掌受財于職金。以齎其工。弓六物為三等。弩四物亦如之。矢八物皆三等。
周禮・校人	校人掌王馬之政。辨六馬之屬。種馬一物。戎馬一物。齊馬一物。道馬一物。田馬一物。駑馬一物。……凡軍事。物馬而頒之。
周禮・懷方氏	懷方氏掌來遠方之民。致方貢。致遠物。而送逆之。
周禮・訓方氏	誦四方之傳道。正歲則布而訓四方。而觀新物。
周禮・山師	山師掌山林之名。辨其物。與其利害。而頒之于邦國。使致其珍異之物。
周禮・川師	川師掌川澤之名。辨其物。與其利害。而頒之于邦國。使致其珍異之物。
周禮・邍師	辨其丘陵墳衍邍隰之名。物之可以封邑者。
周禮・職金	受其入征者。辨其物之媺惡。
周禮・司厲	司厲掌盜賊之任器貨賄。辨其物。
周禮・犬人	犬人掌犬牲。凡祭祀共犬牲。用牷物。
周禮・司隸	司隸掌五隸之灋。辨其物而掌其政令。
周禮・野盧氏	且以幾禁行作不時者。不物者。
周禮・穴氏	穴氏掌攻蟄獸。各以其物火之。
周禮・翨氏	翨氏掌攻猛鳥。各以其物為媒而掎之。
周禮・翦氏	翦氏掌除蠹物。以攻禜攻之。
周禮・大行人	其貢祀物。……其貢嬪物。……其貢器物。……其貢服物。……其貢材物。……其貢貨物。
周禮・小行人	璧以帛。琮以錦。琥以繡。璜以黼。此六物者。……若國有禍烖。則令哀弔之。凡此五物者。……其康樂和親安平為一書。凡此物者。
周禮・掌客	王合諸侯。而饗禮則具十有二牢。庶具百物備。
周禮・冬官考工記	夫人而能為弓車也。知者創物。

儀禮・鄉射禮	堂則由楹外。當左物北面揖。及物揖。左足履物不方。……上射揖並行。皆當其物北面揖。及物揖。皆左足履物。……由上射之後。西南面立于物閒。……升自西階鉤楹。自右物之後。立于物閒西南面。……司馬出于左物之南。……主人為下射。皆當其物。北面揖。及物揖。……凡畫者丹質。射自楹閒。物長如笴。……序則物當棟。堂則物當楣。……唯賓與大夫降階。遂西取弓矢。旌各以其物無物。……大夫與士射。袒薰襦。耦少退于物。……君射則為下射。上射退于物一笴。……君樂作而后就物。……大夫兕中。各以其物獲。
儀禮・燕禮	君與射。則為下射袒朱襦。樂作而后就物。……上射退于物一笴。
儀禮・大射	司宮埽所畫物。……當物北面揖。及物揖。由下物少退。……下射升。上射揖並行。皆當其物。北面揖。及物揖。皆左足履物。……升自西階。適下物。立于物閒。……升自西階。自右物之後。立于物閒。……升自西階。先待于物北。……公就物。小射正奉決拾以笴。大射正執弓。皆以從於物。小射正坐奠笴于物南。……賓待于物如初。公樂作而后就物。
儀禮・士喪禮	徹衣者執衣如襚以適房。為銘各以其物。
儀禮・既夕禮	筮宅。冢人物土。
禮記・檀弓上	衰與其不當物也。寧無衰。
禮記・檀弓下	孔子謂為明器者。知喪道矣。備物而不可用也。……子游曰。禮有微情者。有以故興物者。有直情而徑行者。
禮記・王制	田不以禮。曰暴天物。
禮記・月令	察物色。必比類。……物勒工名。……兼用六物。
禮記・文王世子	行一物而三善皆得者。唯世子而已。
禮記・禮運	以天地為本。故物可舉也。
禮記・禮器	故君子有禮。則外諧而內無怨。故物無不懷仁。鬼神饗德。……理萬物者也。……人官有能也。物曲有利也。……德發揚。詡萬物。……大理物博。……觀天下之物。無可以稱其德者。……君子曰。無節於內者。觀物弗之察矣。欲察物而不由禮。弗之得矣。……故曰禮也者。物之致也。……是故昔先王之制禮也。因其財物而致其義焉爾。……其餘無常貨。各以其國之所有。則致遠物也。

禮記・郊特牲	陰陽和而萬物得。……地載萬物。……萬物本乎天。……合聚萬物而索饗之也……其醯。陸產之物也……其醯。水物也。……天地合。而后萬物興焉。……禮作。然後萬物安。……毛。血。告幽全之物也。告幽全之物者。貴純之道也。
禮記・內則	每物與牛若一……四十始仕。方物出謀發慮。
禮記・大傳	五者一物紕繆。
禮記・學記	夏楚二物。……古之學者。比物醜類。
禮記・樂記	人心之動物使之然也。……感於物而動。……其本在人心之感於物也。……感於物而后動。……宮為君。商為臣。角為民。徵為事。羽為物。……感於物而動。……性之欲也。物至知知。……而人之好惡無節。則是物至而人化物也。人化物也者。滅天理而窮人欲者也。……和。故百物不失。……和故百物皆化。……序故羣物皆別。……萬物散殊。……物以羣分。……樂著大始。而禮居成物。……應感起物而動。……氣衰則生物不遂。……而萬物之理。……以著萬物之理。……煦嫗覆育萬物。……審一以定和。比物以飾節。萬物育焉。
禮記・祭法	見怪物。皆曰神。……其萬物死皆曰折。……黃帝正名百物。
禮記・祭義	慮事不可以不豫。比時具物。不可以不備。……百物既備。……致物用。以立民紀也。……此百物之精也。……因物之精。……博施備物。……必有齊莊之心以慮事。以具服物。
禮記・祭統	夫祭者。非物自外至者也。……奉之以物。小物備矣。……美物備矣。……陰陽之物備矣。……地之所長。苟可薦者。莫不咸在。示盡物也。外則盡物。……非有恭敬也。則不齊。不齊則於物無防也。……防其邪物。……夫祭之為物大矣。其興物備矣。
禮記・經解	兼利萬物。
禮記・哀公問	三者正。則庶物從之矣。……孔子曰。天地不合。萬物不生。……足以立上下之敬。物恥足以振之。……孔子對曰。不過乎物。……無為而物成。是天道也。……仁人不過乎物。孝子不過乎物。
禮記・仲尼燕居	是故君子無物而不在禮矣。……諸侯朝。萬物服體。
禮記・孔子閒居	風霆流形。庶物露生

禮記・中庸	萬物育焉。……體物而不可遺。……故天之生物。必因其材而篤焉。……能盡人之性。則能盡物之性。能盡物之性。……誠者。物之終始。不誠無物。……誠者。非自成己而已也。所以成物也。……成物。知也。……博厚所以載物也。高明所以覆物也。悠久所以成物也。……其為物不貳。則其生物不測。……萬物覆焉。……萬物載焉。……發育萬物。……萬物並育而不相害。
禮記・緇衣	上好是物。下必有甚者矣。……子曰。言有物而行有格也。是以生則不可奪志。
禮記・儒行	哀公曰。敢問儒行。孔子對曰。遽數之不能終其物。
禮記・大學	物有本末。事有終始。……先致其知。致知在格物。物格而后知至。
禮記・鄉飲酒義	產萬物者聖也。……春之為言蠢也。產萬物者也。主人者造之。產萬物者也。
禮記・喪服四制	百官備。百物具。
左傳・隱公傳 5 年	臧僖伯諫曰。凡物不足以講大事。……君將納民於軌物者也。故講事以度軌量謂之軌。取材以章物采謂之物。不軌不物。謂之亂政。
左傳・桓公傳 2 年	五色比象。昭其物也。……夫德。儉而有度。登降有數。文物以紀之。聲明以發之。
左傳・桓公傳 6 年	以類命為象。取於物為假。……先君獻武廢二山。是以大物不可以命。公曰。是其生也。與吾同物。
左傳・莊公傳 22 年	山嶽則配天。物莫能兩大。陳衰。此其昌乎。
左傳・莊公傳 24 年	大者玉帛。小者禽鳥。以章物也。
左傳・莊公傳 29 年	秋。有蜚。為災也。凡物。不為災。不書。
左傳・莊公傳 32 年	對曰。以其物享焉。其至之日。亦其物也。
左傳・僖公傳 5 年	凡分。至。啟。閉。必書雲物。為備故也。……又曰。民不易物。惟德緊物。
左傳・僖公傳 7 年	齊侯脩禮於諸侯。諸侯官受方物。
左傳・僖公傳 15 年	物生而後有象。
左傳・僖公傳 30 年	辭曰。國君文足昭也。武可畏也。則有備物之饗。
左傳・文公傳 6 年	樹之風聲。分之采物。著之話言。
左傳・文公傳 18 年	帝鴻氏有不才子。掩義隱賊。好行凶德。醜類惡物。
左傳・宣公傳 3 年	昔夏之方有德也。遠方圖物。貢金九牧。鑄鼎象物。百物而為之備。使民知神姦。
左傳・宣公傳 11 年	量功命日。分財用。平板榦。稱畚築。程土物。

左傳‧宣公傳 12 年	百官象物而動。……君子小人。物有服章。
左傳‧宣公傳 14 年	臣聞小國之免於大國也。聘而獻物。於是有庭實旅百。
左傳‧宣公傳 15 年	天反時為災。地反物為妖。……曰。周書所謂庸庸祇祇者。謂此物也夫。
左傳‧成公傳 2 年	先王疆理天下。物土之宜而布其利。
左傳‧成公傳 16 年	禮以順時。信以守物。……時順而物成。
左傳‧襄公傳 3 年	伯華得官。建一官而三物成。
左傳‧襄公傳 9 年	嘉德足以合禮。利物足以和義。
左傳‧襄公傳 31 年	百官之屬。各展其物。
左傳‧昭公傳元年	言以知物。……晉侯聞子產之言曰。博物君子也。……君子弗聽也。物亦如之。……晦淫惑疾。明淫心疾。女陽物而晦時。……在周易。女惑男。風落山。謂之蠱。☶皆同物也
左傳‧昭公傳 7 年	用物精多。則魂魄強。……蕞爾國。而三世執其政柄。其用物也弘矣。……六物不同。……何謂六物對曰。歲時日月星辰是謂也。
左傳‧昭公傳 8 年	作事不時。怨讟動于民。則有非言之物而言。
左傳‧昭公傳 9 年	叔向謂宣子曰。文之伯也。豈能改物。……禮以行事。事有其物。物有其容。今君之容。非其物也。
左傳‧昭公傳 11 年	不能救陳。又不能救蔡。物以無親。晉之不能。亦可知也。
左傳‧昭公傳 14 年	祿勳合親。任良物官。使屈罷簡東國之兵於召陵。
左傳‧昭公傳 17 年	三辰有災。於是乎百官降物。
左傳‧昭公傳 19 年	君子曰。盡心力以事君。舍藥物可也。
左傳‧昭公傳 20 年	聲亦如味。一氣。二體。三類。四物。五聲。六律。七音。八風。九歌。
左傳‧昭公傳 21 年	小者不窕。大者不摦。則和於物。物和則嘉成。……壬午。朔。日有食之。公問於梓慎曰。是何物也。禍福何為。
左傳‧昭公傳 25 年	為夫婦外內。以經二物。……生。好物也。死。惡物也。好物樂也。惡物哀也。……禮也。將求於人。則先下之。禮之善物也。
左傳‧昭公傳 26 年	姑慈而從。婦聽而婉。禮之善物也。
左傳‧昭公傳 28 年	且三代之亡。共子之廢。皆是物也。女何以為哉。夫有尤物。足以移人。
左傳‧昭公傳 29 年	對曰。夫物物有其官。……失官不食。官宿其業。其物乃至。若泯棄之。物乃坻鳥……龍。水物也。……龍戰于野。若不朝夕見。誰能物之。

		左傳・昭公傳 31 年	求食而已。不求其名。賤而必書。此二物者。所以懲肆而去貪也。
		左傳・昭公傳 32 年	計丈數。揣高卑。度厚薄。仞溝洫。物土方。……對曰。物生有兩。有三有五。
		左傳・定公傳元年	仲幾曰。三代各異物。薛焉得有舊。
		左傳・定公傳 4 年	祝宗卜史。備物典策。……三者皆叔也。而有令德。故昭之以分物。
		左傳・定公傳 10 年	駟赤曰。叔孫氏之甲有物。吾未敢以出。
		左傳・哀公傳元年	復禹之績。祀夏配天。不失舊物。
		左傳・哀公傳 7 年	周之王也。制禮上物。不過十二。
		公羊傳・昭公元年	曷為謂之大原。地物從中國。邑人名。從主人。
		公羊傳・昭公 25 年	景公曰。寡人有不腆先君之物。未之敢服。
		穀梁傳・桓公 2 年	孔子曰。名從主人。物從中國。
		穀梁傳・僖公 16 年	子曰。石無知之物。鶂微有知之物。石無知。故日之。鶂微有知之物。故月之。君子之於物。無所苟而已。
		論語・陽貨	子曰。天何言哉。四時行焉。百物生焉。天何言哉。
		爾雅・釋天	甘雨時降。萬物以嘉。謂之醴泉。
		孟子・梁惠王上	權然後知輕重。度然後知長短。物皆然。
		孟子・滕文公上	曰。夫物之不齊。物之情也。……赤子匍匐將入井。非赤子之罪也。且天之生物也。
		孟子・離婁上	齊景公曰。既不能令。又不受命。是絕物也。
		孟子・離婁下	異於禽獸者幾希。庶民去之。君子存之。舜明於庶物。……我必不仁也。必無禮也。此物奚宜至哉。
		孟子・告子上	夫物則亦有然者也。……詩云。天生蒸民。有物有則。……孔子曰。為此詩者。其知道乎。故有物。必有則。……故苟得其養。無物不長。苟失其養。無物不消。……孟子曰。無或乎王之不智也。雖有天下易生之物也。……曰。耳目之官不思。而蔽於物。物交物。則引之而已矣。
		孟子・告子下	書曰。享多儀。儀不及物。
		孟子・盡心上	孟子曰。萬物皆備於我矣。……正己而物正者也。……日月有明。容光必照焉。流水之為物也。不盈科不行。……孟子曰。君子之於物也。愛之而弗仁。於民也。仁之而弗親。親親而仁民。仁民而愛物。……堯舜之知而不徧物。急先務也。
2	歲	周易・同人	九三。伏戎于莽。升其高陵。三歲不興。象曰。伏戎于莽。敵剛也。三歲不興。安行也。

周易・坎	上六。係用徽纆。寘于叢棘。三歲不得。凶。象曰。上六失道。凶三歲也。
周易・困	入于幽谷。三歲不覿。
周易・漸	九五。鴻漸于陵。婦三歲不孕。終莫之勝。吉。
周易・豐	闃其无人。三歲不覿。凶。
周易・繫辭上	象三。揲之以四以象四時。歸奇於扐以象閏。五歲再閏。
周易・繫辭下	寒往則暑來。暑往則寒來。寒暑相推而歲成焉。
尚書・虞書・堯典	以閏月定四時成歲。
尚書・虞書・舜典	歲二月。東巡守。至于岱宗。
尚書・夏書・胤征	每歲孟春。遒人以木鐸徇於路。
尚書・商書・說命上	若歲大旱。用汝作霖雨。
尚書・周書・洪範	五紀。一曰歲。二曰月。三曰日。四曰星辰。五曰曆數。……曰王省惟歲。卿士惟月。師尹惟日。歲月日時無易。百穀用成。……日月歲時既易。百穀用不成。
尚書・周書・金滕	凡大木所偃。盡起而築之。歲則大熟。
尚書・周書・洛誥	戊辰。王在新邑。烝祭歲。
毛詩・衛風・氓	三歲食貧。淇水湯湯。……三歲為婦。靡室勞矣。
毛詩・王風・采葛	一日不見。如三歲兮。
毛詩・魏風・碩鼠	三歲貫女。莫我肯顧。……三歲貫女。莫我肯德。……三歲貫女。莫我肯勞。
毛詩・唐風・蟋蟀	歲聿其莫。今我不樂。……歲聿其逝。今我不樂。
毛詩・唐風・葛生	百歲之後。歸于其居。……百歲之後。歸于其室。
毛詩・豳風・七月	無衣無褐。何以卒歲。……穹窒熏鼠。塞向墐戶。嗟我婦子。曰為改歲。
毛詩・小雅・鹿鳴之什・采薇	曰歸曰歸。歲亦莫止。……曰歸曰歸。歲亦陽止。
毛詩・小雅・鹿鳴之什・南陔	華黍。時和歲豐。宜黍稷也。
毛詩・小雅・谷風之什・小明	歲聿云莫。念我獨兮。……歲聿云莫。采蕭穫菽。
毛詩・小雅・甫田之什・甫田	倬彼甫田。歲取十千。
毛詩・大雅・生民之什・生民	載燔載烈。以興嗣歲。
毛詩・大雅・蕩之什・召旻	我位孔貶。如彼歲旱。

毛詩・魯頌・駉之什・有駜	自今以始。歲其有。
毛詩・魯頌・駉之什・閟宮	萬有千歲。眉壽無有害。
毛詩・商頌・殷武	歲事來辟。勿予禍適稼穡匪解。
周禮・天官冢宰	職歲上士四人。
周禮・大宰	歲終。則令百官府各正其治。……三歲。則大計羣吏之治而誅賞之。
周禮・小宰	受羣吏之要。贊冢宰受歲會。歲終。則令羣吏致事。正歲。帥治官之屬。而觀治象之灋。徇以木鐸。
周禮・宰夫	歲終。則令羣吏正歲會。……正歲。則以灋警戒羣吏。令脩宮中之職事。
周禮・宮正	歲終。則會其行事。
周禮・宮伯	歲終則均敘
周禮・膳夫	歲終則會。
周禮・庖人	歲終則會。
周禮・醫師	歲終。則稽其醫事。以制其食。
周禮・酒正	歲終則會。
周禮・凌人	正歲。十有二月。令斬冰。三其凌。春始治鑑。
周禮・大府	歲終。則以貨賄之入出會之。
周禮・司會	歲終則會。（外府）以參互攷日成。以月要攷月成。以歲會攷歲成。以周知四國之治。
周禮・司書	三歲。則大計羣吏之治。
周禮・職內	凡受財者。受其貳令而書之。及會以逆職歲。
周禮・職歲	職歲掌邦之賦出。以貳官府都鄙之財。……凡官府都鄙羣吏之出財用。受式灋于職歲。
周禮・職幣	歲終。則會其出。
周禮・司裘	歲終則會。
周禮・掌皮	歲終。則會其財齎。
周禮・內宰	歲終。則會內人之稍食。……正歲均其稍食。施其功事。
周禮・女御	女御掌御敘于王之燕寢。以歲時獻功事。
周禮・典絲	歲終。則各以其物會之。
周禮・典枲	歲終。則各以其物會之。
周禮・大司徒	歲終。則令教官正治而致事。正歲。令于教官曰。各共爾職。脩乃事。

周禮・小司徒	六畜車輦。辨其物。以**歲**時入其數。……**歲**終。則攷其屬官之治成而誅賞。……正**歲**則帥其屬。而觀教灋之象。徇以木鐸。
周禮・鄉師	以**歲**時巡國及野。……**歲**終。則攷六鄉之治。……正**歲**。稽其鄉器。
周禮・鄉大夫	以**歲**時登其夫家之眾寡。……以**歲**時入其書。……**歲**終。則令六鄉之吏。……正**歲**。令羣吏攷灋于司徒以退。
周禮・州長	若以**歲**時祭祀州社。則屬其民而讀灋。……**歲**終。則會其州之政令。正**歲**。則讀教灋如初。
周禮・黨正	**歲**終。則會其黨政。……正**歲**。屬民讀灋。而書其德行道藝。以**歲**時涖校比。
周禮・族師	**歲**終。則會政致事。
周禮・閭胥	以**歲**時各數其閭之眾寡。
周禮・縣師	以**歲**時徵野之賦貢。
周禮・均人	凡均力政。以**歲**上下。
周禮・司救	凡**歲**時有天患民病。則以節巡國中及郊野。
周禮・泉府	**歲**終。則會其出入。
周禮・司門	凡**歲**時之門受其餘。
周禮・遂人	以**歲**時稽其人民。而授之田野。……以**歲**時登其夫家之眾寡。
周禮・遂大夫	以**歲**時稽其夫家之眾寡。……**歲**終則會政致事。正**歲**。簡稼器。脩稼政。……三**歲**。大比。則帥其吏。而興甿。
周禮・鄙師	**歲**終。則會其鄙之政而致事。
周禮・酇長	若**歲**時簡器。與有司數之。凡**歲**時之戒令皆聽之。趨其耕耨。
周禮・里宰	以**歲**時合耦于鋤。以治稼穡。
周禮・廩人	以**歲**之上下數邦用。以知足否。
周禮・舍人	以**歲**時縣穜稑之種。以共王后之春獻種。……**歲**終。則會計其政。
周禮・肆師	以**歲**時序其祭祀。及其祈珥。……嘗之日。涖卜來**歲**之芟。獮之日。涖卜來**歲**之戒。社之日。涖卜來**歲**之稼。……**歲**時之祭祀亦如之。
周禮・天府	以貞來**歲**之媺惡。
周禮・占人	**歲**終。則計其占之中否。
周禮・占夢	占夢掌其**歲**時。觀天地之會。
周禮・眡祲	正**歲**則行事。**歲**終則弊其事。
周禮・女巫	女巫掌**歲**時祓除釁浴。

周禮・大史	正歲年以序事。
周禮・馮相氏	馮相氏掌十有二歲。
周禮・保章氏	以十有二歲之相。觀天下之妖祥。
周禮・御史	凡車之出入。歲終則會之。……小喪共匶路。與其飾。歲時更續。共其幣車。
周禮・司常	歲時共更旌。
周禮・掌畜	歲時貢鳥物。
周禮・司士	司士掌羣臣之版。以治其政令。歲登下其損益之數。辨其年歲。……凡邦國三歲則稽士任。
周禮・訓方氏	正歲則布而訓四方。
周禮・小司寇	歲終。則令羣士計獄弊訟。……正歲。帥其屬而觀刑象。
周禮・士師	歲終。則令正要會。正歲。帥其屬而憲禁令于國。
周禮・方士	若歲終。則省之。
周禮・司民	異其男女。歲登下其死生。
周禮・哲蔟氏	十有二月之號。十有二歲之號。
周禮・大行人	歲壹見。其貢祀物。……二歲壹見。……三歲壹見。……四歲壹見。……五歲壹見。……六歲壹見。……王之所以撫邦國諸侯者。歲徧存。三歲。徧覜。五歲。徧省。……七歲。屬象胥。……九歲。屬瞽史。……十有一歲。達瑞節。……十有二歲。王巡守殷國。……凡諸侯之邦交。歲相問也。
周禮・輈人	馬不契需。終歲御。衣衽不敝。
儀禮・士冠禮	三加曰。以歲之正。以月之令。
儀禮・喪服子夏傳	歲時使之祀焉。……十一至八歲為下殤。不滿八歲以下皆為無服之殤。
儀禮・特牲饋食禮	宗人擯曰。某薦歲事。
儀禮・少牢饋食禮	用薦歲事于皇祖伯某。……用薦歲事于皇祖伯某。……用薦歲事于皇祖伯某。……用薦歲事于皇祖伯某。……用薦歲事于皇祖伯某。
禮記・曲禮下	歲凶。年穀不登。……歲徧。諸侯方祀。……歲徧。大夫祭五祀。歲徧。士祭其先。
禮記・檀弓上	君即位而為椑。歲壹漆之。藏焉。
禮記・檀弓下	歲旱。穆公召縣子而問然。曰。天久不雨。
禮記・王制	歲二月東巡守。至于岱宗。……天子諸侯無事。則歲三田。一為乾豆。二為賓客。三為充君之庖。……冢宰制國用。必於歲之杪。五穀皆入。

	然後制國用。……用民之力。歲不過三日。……司會以歲之成。質於天子。……百官齊戒受質。然後休老勞農。成歲事。……六十歲制。七十時制。八十月制。
禮記·月令	百縣為來歲受朔日。……日窮于次。月窮于紀。星回于天。數將幾終。歲且更始。……論時令。以待來歲之宜。
禮記·郊特牲	天子大蜡八。伊耆氏始為蜡。蜡也者。索也。歲十二月。合聚萬物而索饗之也。
禮記·內則	六十歲制。七十時制。八十月制。
禮記·祭義	必有養獸之官。及歲時。齊戒沐浴而躬朝之。……奉種浴于川。桑于公桑。風戾以食之。歲既單矣。世婦卒蠶。奉繭以示于君。
禮記·哀公問	脩其宗廟。歲時以敬祭祀。以序宗族。
禮記·射義	諸侯歲獻貢士於天子。
左傳·隱公傳 6 年	五月。庚申。鄭伯侵陳。大獲。往歲。鄭伯請成于陳。陳侯不許。
左傳·僖公傳 15 年	蠱之貞。風也。其悔。山也。歲云秋矣。我落其實。而取其材。所以克也。……是歲。晉又饑。
左傳·僖公傳 21 年	若能為旱。焚之滋甚。公從之。是歲也。饑而不害。
左傳·宣公傳 6 年	間一歲。鄭人殺之。
左傳·宣公傳 12 年	昔歲入陳。今茲入鄭。民不罷勞。……令尹孫叔敖弗欲。曰。昔歲入陳。今茲入鄭。不無事矣。戰而不捷。……曰。以歲之非時。獻禽之未至。敢膳諸從者。
左傳·成公傳 7 年	子重自鄭奔命。子重。子反。於是乎一歲七奔命。
左傳·襄公傳 3 年	寡君使匄以歲之不易。不虞之不戒。
左傳·襄公傳 9 年	季武子對曰。會于沙隨之歲。寡君以生。
左傳·襄公傳 13 年	先王卜征五年。而歲習其祥。祥習則行。不習則增。
左傳·襄公傳 21 年	詩曰。優哉游哉。聊以卒歲。知也。
左傳·襄公傳 22 年	臣隨于執。事以會歲終。……四月。又朝以聽事。期不朝之間。無歲不聘。無役不從。
左傳·襄公傳 26 年	齊人城郟之歲。其夏。
左傳·襄公傳 28 年	今茲宋鄭其饑乎。歲在星紀。而淫於玄枵。……寡君是故使吉奉其皮幣。以歲之不易。聘於下執事。……裨竈曰。今茲周王及楚子皆將死。歲棄其次。而旅於明年之次。

左傳・襄公傳 30 年	吾得見與否。在此歲也。……臣生之歲。正月甲子朔。……魯叔仲惠伯會郤成子于承匡之歲也。是歲也。狄伐魯。……子羽曰。其莠猶在乎。於是歲在降婁。……裨竈指之曰。猶可以終歲。歲不及此次也已。及其亡也。歲在娵訾之口。其明年。乃及降婁。
左傳・昭公傳元年	后子出而告人曰。趙孟將死矣。主民。翫歲而愒日。其與幾何。
左傳・昭公傳 3 年	令諸侯三歲而聘。五歲而朝。有事而會。
左傳・昭公傳 4 年	賜盟于宋。曰。晉楚之從。交相見也。以歲之不易。寡人願結驩於二三君。
左傳・昭公傳 7 年	鑄刑書之歲二月。……公曰。何謂六物對曰。歲時日月星辰是謂也。……晉韓宣子為政。聘于諸侯之歲。
左傳・昭公傳 8 年	歲在鶉火。是以卒滅。
左傳・昭公傳 9 年	故曰五年。歲五及鶉火。而後陳卒亡。
左傳・昭公傳 10 年	今茲歲在顓頊之虛。
左傳・昭公傳 11 年	此蔡侯般弒其君之歲也。歲在豕韋。弗過此矣。……楚將有之然壅也。歲及大梁。蔡復楚凶。天之道也。
左傳・昭公傳 13 年	是故明王之制。使諸侯歲聘以志業。
左傳・昭公傳 15 年	王一歲而有三年之喪二焉。
左傳・昭公傳 19 年	是歲也。鄭駟偃卒。
左傳・昭公傳 29 年	處則勸人為禍。行則數日而反。是夫也。其過三歲乎。……平子每歲賈馬。具從者之衣屨。
左傳・昭公傳 32 年	越得歲而吳伐之。必受其凶。……閔閔焉如農夫之望歲。懼以待時。
左傳・定公傳 4 年	楚自昭王即位。無歲不有吳師。
左傳・哀公傳 6 年	逆越女之子章立之。而後還。是歲也。
左傳・哀公傳 9 年	吳子曰。昔歲寡人聞命。今又革之。不知所從。
左傳・哀公傳 16 年	國人望君。如望歲焉。
左傳・哀公傳 24 年	萊章曰。君卑政暴。往歲克敵。今又勝都。天奉多矣。
公羊傳・隱公元年	春王正月。元年者何。君之始年也。春者何歲之始也。
論語・子罕	子曰。歲寒。然後知松柏之後彫也。
論語・陽貨	曰。不可。日月逝矣。歲不我與。
爾雅・釋天	大歲在甲曰閼逢。……在癸曰昭陽。歲陽。……大歲在寅曰攝提格……載。歲也。夏曰歲商曰祀。周曰年。唐虞曰載。歲名。

		爾雅・釋地	田。一歲曰菑。二歲曰新田。三歲曰畬。野。
		孟子・梁惠王上	塗有餓莩而不知發。人死則曰非我也。歲也。……王無罪歲。斯天下之民至焉。……必使仰足以事父母。俯足以畜妻子。樂歲終身飽。凶年免於死亡。然後驅而之善。……仰不足以事父母。俯不足以畜妻子。樂歲終身苦。凶年不免於死亡。
		孟子・梁惠王下	孟子對曰。凶年饑歲。君之民。老弱轉乎溝壑。
		孟子・公孫丑上	凶年饑歲。……由周而來。七百有餘歲矣。以其數則過矣。
		孟子・滕文公上	貢者。挍數歲之中以為常。樂歲粒米狼戾。多取之而不為虐。則寡取之。……為民父母。使民盻盻然。將終歲勤動。不得以養其父母。又稱貸而益之。
		孟子・離婁下	地之相去也。千有餘里。世之相後也。千有餘歲。……孟子曰。惠而不知為政。歲。十一月。徒杠成。十二月。輿梁成。……天之高也。星辰之遠也。苟求其故。千歲之日至。可坐而致也。
		孟子・告子上	鄉人長於伯兄一歲。則誰敬。……孟子曰。富歲子弟多賴。凶歲子弟多暴。非天之降才爾殊也。
		孟子・盡心下	孟子曰。由堯舜至於湯。五百有餘歲。……由湯至於文王五百有餘歲……由文王至於孔子五百有餘歲。……由孔子而來至於今百有餘歲。
3	營	周禮・輈人	龜蛇四斿。以象營室也。
		禮記・月令	月令孟春之月。日在營室。昏參中。旦尾中。
		爾雅・釋天	營室謂之定。娵觜之口。營室東壁也。
4	畢	周易・繫辭上	天下之能事畢矣。顯道。神德行。
		尚書・周書・泰誓中	王次于河朔。羣后以師畢會。
		尚書・周書・旅獒	無有遠邇。畢獻方物。
		尚書・周書・大誥	予曷敢不于前寧人。攸受休畢。
		尚書・周書・康誥	若有疾。惟民其畢棄咎。
		尚書・周書・周官	公薨。成王葬于畢。
		尚書・周書・顧命	顧命成王將崩。命召公。畢公。率諸侯相康王。作顧命。……乃同召太保奭。芮伯。彤伯。畢公。衛侯。……二人雀弁執惠。立于畢門之內。
		尚書・周書・康王之誥	畢公率東方諸侯。……惟新陟王畢協賞罰。戡定厥功。
		尚書・周書・畢命	畢命康王命作冊畢。分居里。成周郊。作畢命。……命畢公保釐東郊。
		毛詩・齊風・盧令	襄公好田獵。畢弋。而不脩民事。百姓苦之。

毛詩·小雅·鴻鴈之什·無羊	爾羊來思。矜矜兢兢。不騫不崩。麾之以肱。畢來既升。牧人乃夢。眾維魚矣。
毛詩·小雅·谷風之什·大東	東有啟明。西有長庚。有捄天畢。載施之行。
毛詩·小雅·甫田之什·鴛鴦	鴛鴦于飛。畢之羅之。
毛詩·小雅·魚藻之什·漸漸之石	月離于畢。俾滂沱矣。武人東征。不皇他矣。
周禮·肆師	凡祭祀禮成。則告事畢。
儀禮·士冠禮	宗人告事畢。……告事畢。……兄弟畢袗玄。立于洗東。
儀禮·士昏禮	賓告事畢。……主人爵弁。纁裳緇袘。從者畢玄端。乘墨車。……女從者畢袗玄。
儀禮·大射	司馬正東面以弓為畢。既設楅。……遂命釋獲者設中。以弓為畢。
儀禮·聘禮	賓告事畢。……擯者出請賓告事畢。……主人畢歸禮。賓唯饔餼之受。
儀禮·覲禮	事畢。
儀禮·喪服子夏傳	絛屬右縫。冠六升外畢。鍛而勿灰。衰三升。
儀禮·士喪禮	主人不哭。辟君式之。貳車畢乘。……宗人告事畢。
儀禮·既夕禮	賓告事畢。
儀禮·士虞禮	宗人告事畢。……曰。哀薦成事。獻畢未徹。……哭止告事畢賓出。
儀禮·特牲饋食禮	宗人告事畢。……告事畢。……宗人執畢先入。……宗人告事畢。……主人送于門外。再拜。佐食徹阼俎堂下俎。畢出。
禮記·檀弓上	天子之殯也。菆塗龍輴以椁。加斧于椁上。畢塗屋。天子之禮也。
禮記·檀弓下	如我死。則必無廢斯爵也。至于今既畢獻。斯揚觶。謂之杜舉。……卒哭而諱。生事畢而鬼事始已。
禮記·月令	乃脩闔扇。寢廟畢備。……句者畢出。萌者盡達。……毋有障塞。田獵罝罘。羅罔。畢翳。餧獸之藥。毋出九門。……命國難。九門磔攘。以畢春氣。……孟夏之月。日在畢。昏翼中。……蠶事畢。后妃獻繭。乃收繭稅。……孟秋之月。日在翼。昏建星中。旦畢中。……征鳥厲疾。乃畢山川之祀。
禮記·曾子問	五祀之祭不行。已葬而祭。祝畢獻而已。
禮記·禮運	事畢。

禮記・郊特牲	唯為社田。國人畢作。
禮記・玉藻	用笏。造受命於君前。則書於笏。笏。畢用也。因飾焉。
禮記・喪服小記	以三為五。以五為九。上殺。下殺。旁殺。而親畢矣。……有司告事畢而后杖。
禮記・學記	今之教者。呻其佔畢。多其訊。言及于數。進而不顧其安。
禮記・雜記上	凡哭服未畢。有弔者則為位而哭。……枕以桑。長三尺。或曰五尺。畢用桑。
禮記・雜記下	其次含襚賵臨。皆同日而畢事者也。……宗人告事畢。……纂某廟事畢。
禮記・喪服大記	大夫士畢主人之祭服。親戚之衣受之。不以即陳。……君殯用輴。欑至于上。畢塗屋。
禮記・祭統	孝子之事親也。有三道焉。生則養。沒則喪。喪畢則祭。
禮記・奔喪	相者告事畢。……相者告事畢。……相者告事畢。……相者告事畢。……相者告事畢。
禮記・三年問	三年之喪。二十五月而畢。……二十五月而畢。
左傳・隱公傳元年	天子七月而葬。同軌畢至。
左傳・隱公傳11年	周麾而呼曰。君登矣。鄭師畢登。
左傳・莊公傳29年	凡土功。龍見而畢務。戒事也。火見而致用。水昏正而栽。日至而畢。
左傳・閔公傳元年	趙夙御戎。畢萬為右。……賜畢萬魏。……卜偃曰。畢萬之後必大。……初。畢萬筮仕於晉。
左傳・僖公傳13年	事畢。
左傳・僖公傳22年	饗畢。
左傳・僖公傳24年	畢。原。酆。郇。文之昭也。
左傳・僖公傳27年	楚子將圍宋。使子文治兵於睽。終朝而畢。不戮一人。子玉復治兵於蒍。終日而畢。鞭七人。貫三人耳。
左傳・襄公傳13年	臧武仲請俟畢農事。禮也。
左傳・襄公傳17年	子罕請俟農功之畢。
左傳・襄公傳31年	事畢而出。
左傳・昭公傳元年	事畢。
左傳・昭公傳4年	祭寒而藏之。獻羔而啟之。公始用之。火出而畢賦。自命夫命婦。至於老疾。無不受冰。
左傳・昭公傳9年	魏。駘。芮。岐。畢。吾西土也。
左傳・昭公傳10年	曰。大夫之事畢矣。……則喪禮未畢。

左傳・昭公傳 13 年	事畢。
左傳・昭公傳 16 年	事畢。
左傳・昭公傳 28 年	及饋之畢。
左傳・定公傳元年	三月。歸諸京師。城三旬而畢。乃歸。
左傳・定公傳 3 年	明日禮不畢。將死。
左傳・哀公傳 2 年	曰。畢萬匹夫也。……吳洩庸如蔡納聘。而稍納師。師畢入。眾知之。
左傳・哀公傳 12 年	事既畢矣。……仲尼曰。丘聞之。火伏而後蟄者畢。今火猶西流。司麻過也。
左傳・哀公傳 13 年	曰。魯將以十月上辛。有事於上帝先王。季辛而畢。
公羊傳・僖公 22 年	有司復曰。請迨其未畢濟而擊之。……吾雖喪國之餘。寡人不忍行也。既濟未畢陳。有司復曰。請迨其未畢陳而擊之。
公羊傳・昭公 15 年	大夫聞大夫之喪。尸事畢而往。
穀梁傳・隱公 3 年	天子之大夫。其稱武氏之子。何也。未畢喪。孤未爵。未爵使之。非正也。
穀梁傳・莊公 4 年	不遺一人之辭也。言民之從者四年而後畢也。
穀梁傳・莊公 8 年	秋。師還。還者事未畢也。遯也。
穀梁傳・閔公 2 年	乙酉。吉禘于莊公。吉禘者。不吉者也。喪事未畢而舉吉祭。故非之也。
穀梁傳・文公 13 年	己丑。公及晉侯盟。還自晉。還者。事未畢也。自晉事畢也。
穀梁傳・宣公元年	三月。遂以夫人婦姜至自齊。其不言氏。喪未畢。
穀梁傳・宣公 8 年	事畢也。
穀梁傳・宣公 18 年	歸父還自晉。至檉遂奔齊。還者。事未畢也。自晉。事畢也。
穀梁傳・襄公 19 年	至穀。聞齊侯卒。乃還。還者。事未畢之辭也。受命而誅。生死無所加其怒。不伐喪。善之也。善之。則何為未畢也。
爾雅・釋詁下	殄。悉。卒。泯。忽。滅。罄。空。畢。罄。殲。拔。殄。盡也。
爾雅・釋器	簡。謂之畢。
爾雅・釋天	月在甲曰畢。在乙曰橘。……濁謂之畢。
爾雅・釋丘	外為限。畢堂牆。
孟子・滕文公上	子力行之。亦以新子之國。使畢戰問井地。……公事畢。然後敢治私事。
孟子・離婁下	文王生於岐周。卒於畢郢。
孟子・萬章上	三年之喪畢。……三年之喪畢。……三年之喪畢。

5	杓	禮記・禮器	大路素而越席。犧尊疏布冪。樿杓。此以素為貴也。
6	棓	公羊傳・成公二年	蕭同姪子者。齊君之母也。踊于棓而窺客。則客或跛或眇。
7	孛	左傳・文公經 14 年	秋。七月。有星孛入于北斗。
		左傳・文公傳 14 年	有星孛入于北斗。
		左傳・昭公經 17 年	冬。有星孛于大辰。
		左傳・昭公傳 17 年	冬。有星孛于大辰。……星孛天漢。漢。水祥也。
		左傳・哀公經 13 年	冬。十有一月。有星孛于東方。
		左傳・哀公經 14 年	有星孛。
		公羊傳・文公 14 年	秋。七月。有星孛入于北斗。孛者何。彗星也。
		公羊傳・昭公 17 年	冬。有星孛于大辰。孛者何。慧星也。
		公羊傳・哀公 13 年	冬。十有一月。有星孛于東方。孛者何。彗星也。
		穀梁傳・文公 14 年	秋。七月。有星孛入于北斗。孛之為言猶茀也。
		穀梁傳・昭公 17 年	冬。有星孛于大辰。
		穀梁傳・哀公 13 年	十有一月。有星孛于東方。
8	昴	尚書・虞書・堯典	平在朔易。日短星昴。以正仲冬。
		毛詩・召南・小星	嘒彼小星。維參與昴
		爾雅・釋天	大梁。昴也。西陸。昴也。
9	晶		
10	星	尚書・虞書・堯典	乃命羲和。欽若昊天。曆象日月星辰。敬授人時。……平秩東作。日中星鳥。以殷仲春。……平秩南訛。敬致。日永星火。以正仲夏。……平秩西成。宵中星虛。以殷仲秋。……平在朔易。日短星昴。以正仲冬。
		尚書・虞書・益稷	予欲觀古人之象。日。月。星。辰。山。龍。華蟲。作會。
		尚書・周書・洪範	五紀。一曰歲。二曰月。三曰日。四曰星辰。五曰曆數。……俊民用微。家用不寧。庶民惟星。星有好風。星有好雨。日月之行。則有冬有夏。月之從星。則以風雨。
		毛詩・召南・小星	小星。惠及下也。……嘒彼小星。三五在東。……嘒彼小星。維參與昴。
		毛詩・鄘風・定之方中	靈雨既零。命彼倌人。星言夙駕。說于桑田。
		毛詩・衛風・淇奧	充耳琇瑩。會弁如星。
		毛詩・鄭風・女曰鷄鳴	子興視夜。明星有爛。
		毛詩・唐風・綢繆	綢繆束薪。三星在天。……綢繆束芻。三星在隅。……綢繆束楚。三星在戶。

毛詩・陳風・東門之楊	昏以為期。明星煌煌。……昏以為期。明星晢晢。
毛詩・小雅・魚藻之什・苕之華	牂羊墳首。三星在罶。
毛詩・大雅・蕩之什・雲漢	瞻卬昊天。有嘒其星。
毛詩・周頌・閔予小子之什・絲衣	高子曰。靈星之尸也。
周禮・大宗伯	以實柴祀日月星辰。
周禮・典瑞	圭璧以祀日月星辰。
周禮・占夢	觀天地之會。辨陰陽之氣。以日月星辰占六夢之吉凶。
周禮・馮相氏	二十有八星之位。
周禮・保章氏	保章氏掌天星以志星辰日月之變動。……以星土辨九州之地所封。封域皆有分星。以觀妖祥。
周禮・司寤氏	司寤氏掌夜時。以星分夜。
周禮・硩蔟氏	二十有八星之號。
周禮・輈人	蓋弓二十有八。以象星也。
周禮・玉人	圭璧五寸。以祀日月星辰。
周禮・匠人	晝參諸日中之景。夜考之極星。以正朝夕。
禮記・月令	司天日月星辰之行。……仲春之月。日在奎。昏弧中。且建星中。……季春之月。日在胃。昏七星中。……孟秋之月。日在翼。昏建星中。……孟冬之月。日在尾。昏危中。且七星中。……日窮于次。月窮于紀。星回于天。數將幾終。歲且更始。
禮記・曾子問	見星而行者。唯罪人與奔父母之喪者乎。日有食之。安知其不見星也。
禮記・禮運	故天秉陽。垂日星。……以四時為柄。以日星為紀。月以為量。鬼神以為徒。……以日星為紀。故事可列也。
禮記・樂記	動己而天地應焉。四時和焉。星辰理焉。萬物育焉。
禮記・祭法	幽宗。祭星也。雩宗。祭水旱也。……帝嚳能序星辰以著眾。堯能賞均刑法以義終。……及夫日月星辰。民所瞻仰也。
禮記・中庸	日月星辰繫焉。萬物覆焉。
禮記・奔喪	唯父母之喪。見星而行。見星而舍。
左傳・莊公經 7 年	夏。四月。辛卯。夜。恆星不見。夜中。星隕如雨。

左傳・莊公傳 7 年	夏。恆星不見。夜明也。星隕如雨。與雨偕也。
左傳・僖公傳 16 年	春。隕石于宋五。隕星也。
左傳・文公經 14 年	秋。七月。有星孛入于北斗。
左傳・文公傳 14 年	有星孛入于北斗。
左傳・成公傳 16 年	免使者而復鼓。旦而戰。見星未已。
左傳・襄公傳 9 年	晉侯曰。十二年矣。是謂一終。一星終也。
左傳・襄公傳 28 年	歲在星紀。而淫於玄枵。……龍。宋鄭之星也。
左傳・昭公傳元年	遷閼伯于商丘。主辰。商人是因。故辰為商星。……故參為晉星。……日月星辰之神。則雪霜風雨之不時。於是乎禜之。……若君身。則亦出入飲食哀樂之事也。山川星辰之神。又何為焉。
左傳・昭公傳 7 年	公曰。何謂六物對曰。歲時日月星辰是謂也。
左傳・昭公傳 10 年	春。王正月。有星出于婺女。……姜氏任氏。實守其地。居其維首。而有妖星焉。告邑姜也。……戊子。逢公以登星斯於是乎出。吾是以譏之。
左傳・昭公經 17 年	冬。有星孛于大辰。
左傳・昭公傳 17 年	冬。有星孛于大辰。……星孛天漢。漢。水祥也。衛。顓頊之虛也。故為帝丘。其星為大水。水火之牡也。
左傳・昭公傳 26 年	齊有彗星。齊侯使禳之。
左傳・哀公經 13 年	冬。十有一月。有星孛于東方。
左傳・哀公經 14 年	有星孛。……
公羊傳・莊公 7 年	夏。四月。辛卯。夜。恆星不見。夜中。星霣如雨。恆星者何。列星也。列星不見。何以知夜之中星反也。……不脩春秋曰。雨星不及地尺而復。君子脩之曰。星霣如雨。
公羊傳・文公 14 年	秋。七月。有星孛入于北斗。孛者何。彗星也。
公羊傳・昭公 17 年	冬。有星孛于大辰。孛者何。慧星也。
公羊傳・哀公 13 年	冬。十有一月。有星孛于東方。孛者何。彗星也。
穀梁傳・莊公 7 年	夏。四月。辛卯。昔。恒星不見。夜中星隕如雨。恒星者。經星也。日入至於星。出謂之昔。不見者。可以見也。夜中星隕如雨。其隕也如雨。……其不曰恒星之隕。何也。我知恒星之不見。而不知其隕也。
穀梁傳・文公 14 年	秋。七月。有星孛入于北斗。
穀梁傳・昭公 17 年	冬。有星孛于大辰。
穀梁傳・哀公 13 年	冬。十有一月。有星孛于東方。
論語・為政	為政以德。譬如北辰。居其所。而眾星共之。

		爾雅・釋天	壽星。角亢也。……星紀。斗牽牛也。……明星謂之啟明。……彗星為欃槍。奔星為彴約。星名。……祭星曰布。
		孟子・離婁下	天之高也。星辰之遠也。
11	參	周易・繫辭上	參伍以變。錯綜其數。通其變。遂成天下之文。
		周易・說卦	參天兩地而倚數。觀變於陰陽而立卦。
		尚書・商書・西伯戡黎	嗚呼。乃罪多參在上。乃能責命于天。
		毛詩・周南・關雎	參差荇菜。左右流之。……參差荇菜。左右采之。……參差荇菜。左右芼之。
		毛詩・召南・小星	嘒彼小星。維參與昴。
		周禮・大宰	乃施典于邦國。而建其牧。立其監。設其參。傅其伍。
		周禮・疾醫	兩之以九竅之變。參之以九藏之動。
		周禮・司會	以參互攷日成。以月要攷月成。
		周禮・大司徒	諸侯之地。封疆方四百里。其食者參之一。諸伯之地。封疆方三百里。其食者參之一。
		周禮・簭人	七曰巫祠。八曰巫參。九曰巫環。
		周禮・大司馬	凡令賦。以地與民制之。上地食者參之二。……下地食者參之一。
		周禮・司勳	凡頒賞地。參之一食。
		周禮・輪人	六分其輪崇。以其一為之牙圍。參分其牙圍而漆其二。……參分其轂長。二在外。一在內。……參分其輻之長而殺其一。……參分其股圍。……綆參分寸之二。……參分弓長而揉其一。……參分其股圍。……參分弓長。以其一為之尊。
		周禮・輿人	車廣。衡長。參如一。謂之參稱。參分車廣。去一以為隧。參分其隧。一在前。二在後。……參分軫圍。……參分式圍。……參分較圍。……參分軹圍。
		周禮・輈人	參分其兔圍。……參分其金而錫居一。
		周禮・桃氏	參分其臘廣。
		周禮・鳧氏	參分其圍。……參分其甬長。
		周禮・磬氏	參分其股博。……參分其股博。
		周禮・矢人	鍭矢參分。茀矢參分。……參分其長而殺其一。……參分其羽以設其刃。
		周禮・梓人	參分其廣。
		周禮・盧人	參分其圍。……參分其長。……參分其晉圍。
		周禮・匠人	晝參諸日中之景。夜考之極星。……闈門容小扃參个。……應門二徹參个。……凡行奠水。磬折以參伍。欲為淵。則句於矩。……其瀦參分去一。……葺屋參分。

周禮・車人	有參分柯之二。……有參分柯之一。……參分其長。
周禮・弓人	張如流水。維體防之。引之中參。維角圉之。……材美工巧為之時。謂之參均。角不勝幹。幹不勝筋。謂之參均。
儀禮・士昏禮	參分庭。
儀禮・鄉射禮	中掩束之。乏參侯道。居侯黨之一。
儀禮・大射	大侯九十。參七十。干五十。……大侯之崇見鵠於參。參見鵠於干。干不及地武。……大夫射參。士射干。……始射干。又射參。
儀禮・士喪禮	參分庭。
禮記・曲禮上	離坐離立。毋往參焉。離立者不出中間。
禮記・檀弓上	曾子曰。參也聞諸夫子也。……曾子曰。參也與子游聞之。
禮記・王制	量地以制邑。度地以居民。地邑民居。必參相得也。……王命三公參聽之。三公以獄之成告於王。
禮記・月令	孟春之月。日在營室。昏參中。……天子親載耒耜。措之于參保介之御間。
禮記・禮運	故聖人參於天地。並於鬼神。以治政也。
禮記・郊特牲	龜為前列。先知也。以鐘次之。以和居參之也。
禮記・玉藻	子游曰。參分帶下。紳居二焉。
禮記・祭義	君子之所為孝者。先意承志。諭父母於道。參直養者也。安能為孝乎。
禮記・祭統	安之以樂。參之以時。明薦之而已矣。
禮記・經解	天子者。與天地參。故德配天地。兼利萬物。
禮記・孔子閒居	子夏曰。三王之德。參於天地。敢問何如斯可謂參於天地矣。
禮記・中庸	可以贊天地之化育。則可以與天地參矣。
禮記・鄉飲酒義	古之制禮也。經之以天地。紀之以日月。參之以三光。……三賓者。政教之本。禮之大參也。
左傳・隱公傳元年	先王之制。大都不過參國之一。中五之一。小九之一。
左傳・桓公傳 2 年	往來稱地。讓事也。自參以上。則往稱地。來稱會。成事也。
左傳・宣公傳 12 年	嬖人伍參欲戰。……今茲入鄭。不無事矣。戰而不捷。參之肉。其足食乎。參曰。若事之捷。孫叔為無謀矣。不捷。參之肉。將在晉軍。可得食乎。……伍參言於王曰。
左傳・襄公傳 7 年	正直為正。正曲為直。參和為仁。

		左傳‧襄公傳 26 年	初楚伍參與蔡太師子朝友。
		左傳‧襄公傳 27 年	志以發言。言以出信。信以立志。參以定之。
		左傳‧昭公傳元年	伍於後。專為右角。參為左角。偏為前拒。以誘之。……遷實沈于大夏。主參。……余命而子曰虞。將與之唐。屬諸參而蕃育其子孫。……故參為晉星。由是觀之。則實沈。參神也。
		左傳‧昭公傳 3 年	民參其力。二入於公。而衣食其一。
		左傳‧昭公傳 6 年	今吾子相鄭國。作封洫。立謗政。制參辟。鑄刑書。將以靖民。
		左傳‧昭公傳 12 年	中美能黃。上美為元。下美則裳。參成可筮。猶有闕也。
		左傳‧昭公傳 15 年	武所以克商也。唐叔受之。以處參虛。匡有戎狄。
		左傳‧昭公經 32 年	衛世叔申。鄭國參。曹人。莒人。
		公羊傳‧昭公 32 年	衛世叔申。鄭國參。曹人。莒人。
		穀梁傳‧隱公 8 年	諸侯之參盟於是始。故謹而日之也。
		穀梁傳‧僖公 5 年	故曰。杞伯姬來朝其子。參譏也。
		穀梁傳‧昭公 32 年	衛太叔申。鄭國參。曹人。莒人。
		論語‧里仁	子曰。參乎。吾道一以貫之。
		論語‧先進	柴也愚。參也魯。師也辟。由也喭。
		論語‧魏靈公	敬雖州里行乎哉。立則見其參於前也。在輿則見其倚於衡也。
		孝經‧開宗明義章	曾子避席曰。參不敏。何足以知之。
12	晨		
13	姓		
14	罕罕	毛詩‧鄭風‧大叔于田	叔馬慢忌。叔發罕忌。抑釋掤忌。抑鬯弓忌。
		禮記‧檀弓下	司城子罕入而哭之哀。……而子罕哭之哀。
		禮記‧少儀	罕見曰聞名。亟見曰朝夕。
		禮記‧學記	其言也約而達。微而臧。罕譬而喻。可謂繼志矣。
		左傳‧閔公傳 2 年	梁餘子養御罕夷。……罕夷曰。尨奇無常。金玦不復。
		左傳‧成公傳 10 年	鄭子罕賂以襄鍾。子然盟于脩澤。
		左傳‧成公傳 14 年	八月。鄭子罕伐許。
		左傳‧成公傳 15 年	鄭子罕侵楚。取新石。
		左傳‧成公傳 16 年	鄭子罕伐宋。……戊午。鄭子罕宵軍之宋齊。
		左傳‧襄公傳 2 年	秋。七月。庚辰。鄭伯睔卒。於是子罕當國。

左傳・襄公傳 6 年	司城子罕曰。同罪異罰。非刑也。……子蕩射子罕之門曰。幾日而不我從。子罕善之如初。
左傳・襄公傳 7 年	鄭僖公之為大子也。於成之十六年。與子罕適晉。……子罕止之。
左傳・襄公傳 15 年	司城子罕以堵女父。……子罕聞之。固請而歸之。……宋人或得玉。獻諸子罕。子罕弗受。……子罕曰。我以不貪為寶爾。以玉為寶。……子罕寘諸其里。使玉人為之攻之。
左傳・襄公傳 17 年	子罕請俟農功之畢。……子罕聞之。親執扑。……子罕曰。宋國區區。而有詛有祝。禍之本也。
左傳・襄公傳 26 年	叔向曰。鄭七穆。罕氏其後亡者也。子展儉而壹。
左傳・襄公傳 27 年	公與之邑六十。以示子罕。子罕曰。凡諸侯小國。晉楚所以兵威之。
左傳・襄公傳 29 年	故罕氏常掌國政。以為上卿。宋司城子罕聞之。曰。鄰於善。民之望也。……曰。鄭之罕。宋之樂。其後亡者也。
左傳・襄公傳 30 年	罕。駟。豐。同生。伯有汏侈。故不免。……齊公孫蠆。宋向戌。衛北宮佗。鄭罕虎。及小邾之大夫。會于澶淵。
左傳・昭公經元年	鄭罕虎。許人。曹人。于虢。
左傳・昭公傳元年	罕虎。公孫僑。
左傳・昭公傳 3 年	秋。七月。鄭罕虎如晉。
左傳・昭公傳 4 年	渾罕曰。國氏其先亡乎。
左傳・昭公傳 5 年	鄭罕虎如齊。娶於子尾氏。
左傳・昭公傳 6 年	鄭罕虎。公孫僑。游吉。從鄭伯以勞諸柤。
左傳・昭公傳 7 年	齊師還自燕之月。罕朔殺罕魋。罕朔奔晉。
左傳・昭公傳 10 年	鄭罕虎。許人。曹人。
左傳・昭公經 11 年	鄭罕虎。曹人。杞人。于厥慭。
左傳・定公經 15 年	鄭罕達帥師伐宋。
左傳・定公傳 15 年	鄭罕達敗宋師于老丘。
左傳・哀公經 2 年	秋。八月。甲戌。晉趙鞅帥師。及鄭罕達帥師。戰于鐵。
左傳・哀公傳 2 年	與罕駟兵車。先陳。罕駟自後隨而從之。
左傳・哀公傳 12 年	十二月。鄭罕達救喦。
左傳・哀公經 13 年	春。鄭罕達帥師取宋師于喦。
公羊傳・桓公 6 年	何以書。蓋以罕書也。
公羊傳・昭公 8 年	何以書。蓋以罕書也。
公羊傳・昭公 11 年	何以書。蓋以罕書也。

		穀梁傳・莊公 29 年	民勤於力。則功築罕。民勤於財。則貢賦少。
		穀梁傳・昭公元年	鄭罕虎。許人。曹人。于郭。
		穀梁傳・昭公 11 年	鄭罕虎。曹人。杞人。于厥憖。
		穀梁傳・定公 15 年	鄭罕達帥師伐宋。
		穀梁傳・哀公 2 年	秋。八月。甲戌。晉趙鞅帥師。及鄭罕達帥帥。戰于鐵。
		穀梁傳・哀公 13 年	春。鄭罕達帥師。取宋師于嵒。
		論語・子罕	子罕子罕言利。與命與仁。
		爾雅・釋詁下	希。寡。鮮。罕也。
		孟子・告子上	一日暴之。十日寒之。未有能生者也。吾見亦罕矣。
15	彴 彴	爾雅・釋天	奔星為彴約。星名。
16	涒	爾雅・釋天	在申曰涒灘。
17	媏		
18	婺	禮記・月令	孟夏之月。日在畢。昏翼中。旦婺女中。……季冬之月。日在婺女。
		左傳・昭公傳 10 年	春。王正月。有星出于婺女。
19	氐	毛詩・商頌・殷武	昔有成湯。自彼氐羌。莫敢不來享。莫敢不來王。
		禮記・月令	季冬之月。日在婺女。昏婁中。旦氐中。
		爾雅・釋天	天根。氐也。
20	斗	周易・豐	六二。豐其蔀。日中見斗。往得疑疾。……九四。豐其蔀。日中見斗。遇其夷主。……象曰。豐其蔀。位不當也。日中見斗。幽不明也。
		毛詩・小雅・谷風之什・大東	維北有斗。不可以挹酒漿。……維北有斗。西柄之揭。
		毛詩・大雅・生民之什・行葦	酒醴維醹。酌以大斗。
		周禮・鬯人	大喪之大渳設斗。共其鬻彝。
		儀禮・聘禮	十斗曰斛。十六斗曰籔。……十籔曰秉。二百四十斗。
		禮記・月令	日夜分。則同度量。鈞衡石。角斗甬。正權概。……正鈞石。角斗甬。是月也。……仲冬之月。日在斗。
		禮記・投壺	容斗五升。
		左傳・文公經 14 年	秋。七月。有星孛入于北斗。
		左傳・文公傳 14 年	有星孛入于北斗。
		左傳・襄公傳 30 年	伯有之臣在市側者。既而葬諸斗城。

		公羊傳・文公 14 年	秋。七月。有星孛入于北斗。……其言入于北斗何。北斗有中也。
		公羊傳・宣公 6 年	公怒。以斗摮而殺之。
		穀梁傳・文公 14 年	秋。七月。有星孛入于北斗。……其曰入北斗。斗有環域也。
		論語・子路	子曰。噫。斗筲之人。何足算也。
		爾雅・釋天	箕斗之間漢津也。星紀。斗牽牛也。
		爾雅・釋地	岠齊州以南。戴日為丹穴。北戴斗極為空桐。
		爾雅・釋魚	科斗。活東。
21	魁	尚書・夏書・胤征	殲厥渠魁。脅從罔治。
		儀禮・士冠禮	素積白屨。以魁柎之。
		禮記・檀弓上	曰。不為魁。主人能。則執兵而陪其後。
		左傳・成公傳 2 年	春。齊侯伐我北鄙。圍龍。頃公之嬖人盧蒲就魁。門焉。龍人囚之。
		左傳・哀公傳 27 年	鄭人俘酅魁壘。賂之以知政。閉其口而死
		爾雅・釋木	枹。遒木。魁瘣。
		爾雅・釋魚	魁陸。
22	辰	尚書・虞書・堯典	乃命羲和。欽若昊天。曆象日月星辰。敬授人時。
		尚書・虞書・皋陶謨	百僚師師。百工惟時。撫于五辰。庶績其凝。
		尚書・虞書・益稷	予欲觀古人之象。日。月。星。辰。山。龍。華蟲。作會。
		尚書・夏書・胤征	乃季秋月朔辰。弗集于房。
		尚書・周書・武成	惟一月壬辰。旁死魄。
		尚書・周書・洪範	五紀。一曰歲。二曰月。三曰日。四曰星辰。
		尚書・周書・洛誥	戊辰。王在新邑。
		毛詩・齊風・東方未明	不能辰夜。不夙則莫。
		毛詩・秦風・駟驖	奉時辰牡。辰牡孔碩。
		毛詩・小雅・節南山之什・小弁	天之生我。我辰安在
		毛詩・小雅・甫田之什・車舝	辰彼碩女。令德來教。
		毛詩・大雅・蕩之什・抑	訏謨定命。遠猶辰告。敬慎威儀。維民之則。
		毛詩・大雅・蕩之什・桑柔	我生不辰。逢天僤怒。
		周禮・大宗伯	以禋祀祀昊天上帝。以實柴祀日月星辰。

周禮・典瑞	圭璧以祀日月星辰。
周禮・占夢	以日月星辰占六夢之吉凶。
周禮・馮相氏	十有二辰十日。
周禮・保章氏	保章氏掌天星以志星辰日月之變動。
周禮・家宗人	凡以神仕者。掌三辰之灋
周禮・硩蔟氏	十有二辰之號。
周禮・玉人	圭璧五寸。以祀日月星辰。
儀禮・士冠禮	再加曰。吉月令辰。乃申爾服。
禮記・月令	司天日月星辰之行。……乃擇元辰。
禮記・內則	妻將生子。及月辰。居側室。……姜將生子。及月辰。……庶人無側室者。及月辰。
禮記・樂記	星辰理焉。萬物育焉。
禮記・祭法	帝嚳能序星辰以著眾。……及夫日月星辰。
禮記・中庸	日月星辰繫焉。萬物覆焉。
左傳・隱公經 2 年	秋。八月。庚辰。
左傳・隱公經 3 年	八月。庚辰。
左傳・隱公傳 3 年	八月。庚辰。
左傳・隱公傳 8 年	四月。甲辰。
左傳・隱公經 9 年	三月。癸酉。大雨震電。庚辰。
左傳・隱公傳 9 年	王三月。癸酉。大雨霖以震。書始也。庚辰。
左傳・隱公傳 10 年	辛未。歸于我。庚辰。鄭師入防。
左傳・隱公經 11 年	冬。十有一月。壬辰。
左傳・隱公傳 11 年	五月。甲辰。……秋。七月。公會齊侯。鄭伯。伐許。庚辰。……十一月。公祭鍾巫。齊于社圃。館于寫氏。壬辰。
左傳・桓公傳 2 年	三辰旂旗。昭其明也。
左傳・桓公經 3 年	秋。七月。壬辰朔。
左傳・桓公經 12 年	八月。壬辰。
左傳・桓公經 17 年	春。正月。丙辰。
左傳・莊公經 28 年	大無麥禾。臧孫辰告糴于齊。
左傳・莊公傳 28 年	冬。饑。臧孫辰告糴于齊。
左傳・莊公傳 30 年	夏。四月。丙辰。
左傳・僖公經元年	秋。七月。戊辰。
左傳・僖公傳 5 年	童謠云。丙之晨。龍尾伏辰。均服振振。
左傳・僖公經 9 年	九月。戊辰。
左傳・僖公傳 22 年	富辰言於王曰。

左傳・僖公傳 24 年	富辰諫曰。不可。……富辰諫曰。不可。……大敗周師。獲周公忌父。原伯。毛伯。富辰。
左傳・僖公傳 25 年	三月。甲辰。
左傳・僖公傳 28 年	夏。四月。戊辰。
左傳・僖公傳 32 年	冬。晉文公卒。庚辰。
左傳・文公傳 6 年	辰嬴嬖於二君。立其子。……辰嬴賤
左傳・文公經 10 年	春。王三月。辛卯。臧孫辰卒。
左傳・文公經 16 年	六月。戊辰。
左傳・宣公經 10 年	夏。四月。丙辰。
左傳・宣公經 11 年	夏。楚子。陳侯。鄭伯。盟于辰陵。
左傳・宣公傳 11 年	夏。楚盟于辰陵。……鄭既受盟于辰陵。
左傳・宣公傳 12 年	丙辰。楚重至於邲。
左傳・宣公傳 16 年	春。晉士會帥師滅赤狄甲氏。及留吁。鐸辰。
左傳・成公經 7 年	八月。戊辰。
左傳・成公傳 9 年	莒恃其陋。而不脩城郭。浹辰之間。而楚克其三都。無備也夫。……十二月。楚子使公子辰如晉。
左傳・成公經 15 年	秋。八月。庚辰。
左傳・成公傳 17 年	六月。戊辰。
左傳・成公傳 18 年	楚子辛。鄭皇辰。侵城郜。
左傳・襄公經 2 年	六月。庚辰。
左傳・襄公傳 2 年	秋。七月。庚辰。
左傳・襄公傳 6 年	十一月。丙辰。
左傳・襄公傳 8 年	夏。四月。庚辰。……五月。甲辰。
左傳・襄公傳 10 年	冬。十月。戊辰。
左傳・襄公傳 11 年	十二月。戊寅。會于蕭魚。庚辰。赦鄭囚。
左傳・襄公經 13 年	秋。九月。庚辰。
左傳・襄公經 19 年	甲辰。東侵及濰。（襄公傳 18 年）八月。丙辰。
左傳・襄公傳 19 年	夏。五月。壬辰。……甲辰。子展。子西。率國人伐之。
左傳・襄公經 20 年	冬。十月。丙辰朔。
左傳・襄公經 21 年	冬。十月。庚辰朔。
左傳・襄公傳 27 年	五月甲辰。……丙辰。……戊辰。……庚辰。……九月。庚辰。……十一月。乙亥。朔。日有食之。辰在申。
左傳・襄公傳 28 年	丙辰。文子使召之。
左傳・昭公傳元年	三月。甲辰。……五月。庚辰。……遷閼伯于商丘。主辰。商人是因。故辰為商星。……日月星辰之神。則雪霜風雨之不時。於是乎禜之。……山川星辰之神。又何為焉。……甲辰朔。

左傳・昭公經 5 年	戊辰。叔弓帥師敗莒師于蚡泉。
左傳・昭公傳 5 年	戊辰。叔弓敗諸蚡泉。
左傳・昭公經 7 年	夏。四月。甲辰。……秋。八月。戊辰。
左傳・昭公傳 7 年	夏。四月。甲辰。……公曰。何謂六物對曰。歲時日月星辰是謂也。公曰。多語寡人辰。而莫同。何謂辰。對曰。日月之會是謂辰。
左傳・昭公傳 9 年	辰在子卯。謂之疾日。
左傳・昭公傳 10 年	五月。庚辰。
左傳・昭公傳 13 年	丙辰。弃疾即位。
左傳・昭公經 17 年	冬。有星孛于大辰。
左傳・昭公傳 17 年	大史曰。在此月也。日過分而未至。三辰有災。……故夏書曰。辰不集于房。……冬。有星孛于大辰。……宋。大辰之虛也。
左傳・昭公經 19 年	夏。五月。戊辰。
左傳・昭公傳 19 年	五月。戊辰。
左傳・昭公傳 20 年	癸卯。取大子欒。與母弟辰。公子地。以為質。……丙辰。……戊辰。……戊辰。
左傳・昭公傳 22 年	戊辰。……五月。庚辰。……壬辰。焚諸王城之市。
左傳・昭公經 23 年	戊辰。吳敗頓胡。
左傳・昭公傳 23 年	丙辰。……戊辰。晦。
左傳・昭公經 25 年	冬。十月。戊辰。
左傳・昭公傳 25 年	戊辰……十二月。庚辰。
左傳・昭公傳 26 年	戊辰。……庚辰。
左傳・昭公經 30 年	夏。六月。庚辰。
左傳・昭公傳 31 年	吳其入郢乎。終亦弗克。入郢必以庚辰。日月在辰尾。庚午之日。日始有謫。
左傳・昭公傳 32 年	對曰。物生有兩。有三有五。有陪貳。故天有三辰。地有五行。
左傳・定公經元年	戊辰。
左傳・定公傳元年	戊辰公即位。
左傳・定公經 2 年	夏。五月。壬辰。
左傳・定公經 4 年	夏。四月。庚辰。……庚辰。吳入郢。
左傳・定公傳 4 年	庚辰。吳入郢。
左傳・定公經 8 年	秋。七月。戊辰。
左傳・定公傳 8 年	壬辰。……與孟孫以壬辰為期。
左傳・定公經 10 年	宋公之弟辰。暨仲佗。石彄。出奔陳。

左傳・定公傳 10 年	母弟辰曰。子分室以與獵也。……公子地出奔陳。公弗止。辰為之請。弗聽。辰曰。是我迂吾兄也。……冬。母弟辰。暨仲佗。石彄。出奔陳。
左傳・定公經 11 年	春。宋公之弟辰。及仲佗。石彄。公子地。自陳入于蕭以叛。
左傳・定公傳 11 年	春。宋公母弟辰。暨仲佗。石彄。公子地。入于蕭以叛。
左傳・定公經 14 年	宋公之弟辰。
左傳・定公經 15 年	八月。庚辰。
左傳・哀公經 4 年	蔡公孫辰出奔吳。
左傳・哀公傳 4 年	故逐公孫辰。而殺公孫姓。
左傳・哀公傳 6 年	夏。六月。戊辰。
左傳・哀公經 12 年	夏。五月。甲辰。
左傳・哀公傳 14 年	庚辰。
左傳・哀公傳 23 年	壬辰。
左傳・哀公傳 25 年	夏。五月。庚辰。
公羊傳・隱公 2 年	秋。八月。庚辰。
公羊傳・隱公 3 年	八月。庚辰。
公羊傳・隱公 9 年	庚辰。
公羊傳・隱公 11 年	冬。十有一月。壬辰。
公羊傳・桓公 3 年	秋七月。壬辰朔。
公羊傳・桓公 12 年	八月。壬辰。
公羊傳・桓公 17 年	春。正月。丙辰。
公羊傳・莊公 28 年	臧孫辰告糴于齊。……何以不稱使。以為臧孫辰之私行也。曷為以臧孫辰之私行。君子之為國也。必有三年之委。
公羊傳・僖公 9 年	秋。七月。戊辰。（僖公元年）九月。戊辰。
公羊傳・文公 10 年	春。王三月。辛卯。臧孫辰卒。
公羊傳・文公 16 年	六月。戊辰。
公羊傳・宣公 10 年	夏。四月。丙辰。
公羊傳・宣公 11 年	夏。楚子。陳侯。鄭伯。盟于辰陵。
公羊傳・成公 7 年	八月。戊辰。同盟于馬陵。
公羊傳・成公 15 年	秋。八月。庚辰。
公羊傳・襄公 2 年	六月。庚辰。
公羊傳・襄公 13 年	秋。九月。庚辰。
公羊傳・襄公 19 年	八月。丙辰。
公羊傳・襄公 20 年	冬。十月。丙辰。

公羊傳・襄公 21 年	冬。十月。庚辰朔。
公羊傳・昭公 5 年	戊辰。
公羊傳・昭公 7 年	夏。四月。甲辰。……秋。八月。戊辰。
公羊傳・昭公 17 年	冬。有星孛于大辰。……其言于大辰何。在大辰也。大辰者何。大火也。大火也。大火為大辰。伐為大辰。北辰亦為大辰。何以書。記異也。
公羊傳・昭公 19 年	夏。五月。戊辰。
公羊傳・昭公 23 年	戊辰。吳敗頓。
公羊傳・昭公 25 年	冬。十月。戊辰。
公羊傳・昭公 30 年	夏。六月。庚辰。
公羊傳・定公元年	戊辰。公即位。……則曷為以戊辰之日。然後即位。
公羊傳・定公 2 年	夏。五月。壬辰。
公羊傳・定公 4 年	夏。四月。庚辰。……庚辰。吳入楚。
公羊傳・定公 8 年	秋。七月。戊辰。
公羊傳・定公 10 年	齊公之弟辰。暨宋仲佗。石彄。出奔陳。
公羊傳・定公 11 年	春。宋公之弟辰。及仲佗。石彄。公子池。自陳入于蕭。
公羊傳・定公 14 年	宋公之弟辰。自蕭來奔。
公羊傳・定公 15 年	八月。庚辰朔。
公羊傳・哀公 4 年	蔡公孫辰出奔吳。
公羊傳・哀公 12 年	夏。五月。甲辰。
穀梁傳・隱公 2 年	秋。八月。庚辰。
穀梁傳・隱公 3 年	三月。庚辰。……八月。庚辰。
穀梁傳・隱公 9 年	庚辰。大雨雪。
穀梁傳・隱公 11 年	冬。十有一月。壬辰。
穀梁傳・桓公 3 年	秋七月。壬辰。
穀梁傳・桓公 12 年	八月。壬辰。
穀梁傳・桓公 17 年	春。正月。丙辰。
穀梁傳・莊公 28 年	臧孫辰告糴于齊。……故舉臧孫辰以為私行也。……臧孫辰告糴于齊。告。然後與之。言內之無外交也。
穀梁傳・僖公元年	秋。七月。戊辰。
穀梁傳・僖公 9 年	九月。戊辰。
穀梁傳・文公 10 年	春。王三月。辛卯。臧孫辰卒。
穀梁傳・文公 16 年	六月。戊辰。
穀梁傳・宣公 10 年	夏。四月。丙辰。

穀梁傳・成公 7 年	八月。戊辰。同盟于馬陵。
穀梁傳・成公 15 年	秋。八月。庚辰。
穀梁傳・襄公 2 年	六月。庚辰。
穀梁傳・襄公 13 年	秋。九月。庚辰。
穀梁傳・襄公 19 年	八月。丙辰。
穀梁傳・襄公 20 年	冬。十月。丙辰。
穀梁傳・襄公 21 年	冬。十月。庚辰。
穀梁傳・昭公 5 年	戊辰。叔弓帥師。敗莒師于賁泉。
穀梁傳・昭公 7 年	夏。四月。甲辰。……秋。八月。戊辰。
穀梁傳・昭公 17 年	冬。有星孛于大辰。……曰有。于大辰者。濫于大辰也。
穀梁傳・昭公 19 年	夏。五月。戊辰。
穀梁傳・昭公 23 年	戊辰。吳敗。
穀梁傳・昭公 25 年	冬。十月。戊辰。
穀梁傳・昭公 30 年	夏。六月。庚辰。
穀梁傳・定公元年	戊辰。公即位。……戊辰。公即位。……戊辰之日。然後即位也。……何為戊辰之日。然後即位也。
穀梁傳・定公 2 年	夏。五月。壬辰。
穀梁傳・定公 4 年	夏。四月。庚辰。……庚辰。吳入楚。
穀梁傳・定公 8 年	秋。七月。戊辰。
穀梁傳・定公 10 年	宋公之弟辰。暨宋仲佗石彄。出奔陳。
穀梁傳・定公 11 年	春。宋公之弟辰。未失其弟也。
穀梁傳・定公 14 年	宋公之弟辰。自蕭來奔。
穀梁傳・定公 15 年	八月。庚辰。
穀梁傳・哀公 4 年	蔡公孫辰出奔吳。
穀梁傳・哀公 12 年	夏。五月。甲辰。
論語・為政	子曰。為政以德。譬如北辰。居其所。而眾星共之。
爾雅・釋訓	不辰。不時也。
爾雅・釋天	大歲在寅曰攝提格。在卯曰單閼。在辰曰執徐。……大辰。房心尾也。大火謂之大辰。……北極謂之北辰。
孟子・離婁下	天之高也。星辰之遠也。